Anne von Canal
Heikko Deutschmann

I get a bird

mare

1. Auflage 2021

Typografie Iris Farnschläder, mareverlag
Schrift Albertina
Druck und Bindung CPI books GmbH, Germany
ISBN 978-3-86648-682-9

FSC
www.fsc.org
MIX
Papier aus verantwortungsvollen Quellen
FSC® C083411

www.mare.de

Briefe

Gefunden und herausgegeben
von beirette.art.ca

»Die Geburt des Lesers ist zu bezahlen
mit dem Tod des Autors.«

Roland Barthes

Ich arbeite mit Fotos, oder besser: mit Bildern.

Seit Jahren ist mir bewusst, dass mein Blick auf die Welt immer nur *ein* Blick auf die Welt sein kann. Daher verwende ich fast ausschließlich vorhandenes Material, das bereits ein Leben, eine Bestimmung hinter und in sich hat. Das erhöht die Vielfalt der Perspektiven und damit die Chancen auf einen Fund.

Antiquariate und Trödelläden, Flohmärkte, Wohnungsauflösungen, Recyclinghöfe und selbst Wertstofftonnen sind dabei für mich die zuverlässigen Lieferanten all dessen, was absichtslos vorhanden ist und eine eigene Erzählung mitbringt.

Der Zufall spielt mir Objekte in die Hand.

Objets trouvés.

Offen für neue Einordnung und Zuschreibung.

Warum ich das tue?

Die Sehnsucht nach dem Unmessbaren treibt mich an. Nach dem kaum oder nicht Sagbaren. Vielleicht ist das die Dimension, die ich verloren habe? Ihre Spuren, ihren Ausdruck jedenfalls nenne ich »das Original«.

Lange Zeit bestand mein einziger Zugang zur Welt darin, sie durch das Objektiv meiner Kamera zu lesen. Durch Verschiebung des Kaders, Schärfentiefe, Detailbetonungen oder durch eine Perspektivwahl, die vielleicht den Blick ins Unendliche öffnet, hoffte ich, die mir früh verlorene Dimension wiederzuentdecken. Allerdings will ich mich nicht Fotografin nennen, denn ich habe die

Ungenauigkeit, die Unzuverlässigkeit dieser Art der Abbildung eingesehen: Der Moment, den es braucht, den Auslöser zu drücken, verschiebt das Erlebnis. Er verschattet sich gewissermaßen selbst. Der richtige Zeitpunkt für ein Foto existiert faktisch nicht. Ich würde notgedrungen immer zu spät sein. Oder zu früh. Es sei denn, ich verzichtete auf die Aufnahme selbst.

Aus diesem Grund habe ich den Schwerpunkt meiner Arbeit in einen Bereich verlegt, der mich zumindest von meiner eigenen schicksalhaften Unzeitigkeit und von einer Rolle befreit, die ich nie ausfüllen konnte. Ich suche, sammle, betrachte bereits entstandene Fotos. Versuche, sie zu verstehen, zu kombinieren, zu collagieren und falls nötig aufzulösen, ohne mich ihrer Herkunft oder ihrem ursprünglichen Zusammenhang zu unterwerfen.

Ich suche das Original – und gebe ihm so die Chance, mich zu finden.

Die Umstände, unter denen vorliegende Briefe zu mir fanden, waren für meine Vorgehensweise unüblich. Zwar sind auch sie gewissermaßen Fundstücke – doch der Zufall war nicht unbedingt willig, eher bestochen. Jedenfalls überredet.

Im Spätsommer vor zwei Jahren trug mir eine Galeristin aus London den Kontaktwunsch eines hartnäckigen deutschen Sammlers an, der mehrere meiner Werke besaß.

Meine Anonymität wahrend, hielt mir die Galeristin den Bewunderer zunächst vom Leib, berichtete aber bald, er habe angeblich »Material« für mich. Angebote dieser Art sind keine Seltenheit, doch mit dem Verweis auf das Entstehungsprinzip meiner Projekte lehne ich stets ab.

Ich hatte gerade die Arbeit an *Visual Acuity* abgeschlossen (wofür ich Fotografien eines Anthropologen aus den Dreißigerjahren an ihre Entstehungsorte in Afrika zurückgebracht, den heutigen

Bewohnern gezeigt und deren Reaktionen auf die historischen Vorlagen festgehalten hatte) und bereitete zur Buchpremiere eine Ausstellung im *Koninklijk Museum voor Midden-Afrika* in Tervuren vor. Die Vernissage sollte am 18. Oktober 2019 stattfinden.

An ebenjenem Tag erreichte mich knapp eineinhalb Stunden vor Beginn der Veranstaltung eine absenderlose Briefsendung. Ein einfacher, dicker DIN-A4-Umschlag lag einsam auf einem der Stehtische im Ausstellungsraum. Darauf stand: *WHO – IF – WHEN*.

Die einzigen drei Wörter meiner Homepage.

Es bestand kein Zweifel daran, dass dieses Päckchen für mich bestimmt war.

Während die Vernissage, wie üblich ohne meine Anwesenheit, ihren Lauf nahm, suchte ich mir einen Platz in einer Bar gegenüber dem Museum. Dort öffnete ich die seltsame Post.

Ein dicker Haufen beschriebenes Papier. Bis auf wenige Fotos, Postkarten und ausgerissene Zeitungsseiten hauptsächlich Text. Teils Computerausdrucke, teils Handschriftliches, stellenweise nahezu unleserliche Kommentare am Rand. Offensichtlich eine Sammlung von Briefen. Nirgends fand sich ein Hinweis darauf, wer sie mir zugespielt hatte. Keine Notiz, keine Begründung.

Der deutsche Sammler, den ich abgewiesen hatte, kam mir in den Sinn. Das angekündigte »Material«? Meine Neugier erwachte.

Wie es auch meiner Vorgehensweise bei Bildern entspricht, eine Szene nämlich so eingehend zu untersuchen, dass sie selbst den kleinsten Widerspruch verrät, widmete ich mich jetzt diesen Briefen.

Ich las.

Was ich las, nahm mich sofort gefangen. Aber weniger das *Wie* und das *Was* berührten mich als die ungewöhnliche Situation, in der diese Briefe verfasst worden waren und die sich wie selbstverständlich in ihre Matrix eingebrannt hatte: Hier schrieben sich zwei, die sich nicht kannten.

Vom Zufall, einem Fundstück, zusammengeführt.

Das Tasten, Lauschen, Zurückschrecken, Vorpreschen, Staunen und Bedauern der ersten Briefe: Da wird geraten und gemutmaßt, beleidigt, ins Blaue hinein fantasiert und aus demselben Blau intimste Wahrheiten gezogen – ihre Fremdheit macht die beiden frei.

Ohne Erwartung und Voraussetzung öffnen sich zwei Menschen in einen Raum, als beträten sie eine Halle, lassen ihre Blicke über die Anwesenden streifen, und jeder Einzelne fühlt sich momentweise »angesehen, ohne gesehen zu werden«, wie es in Roland Barthes' *Bemerkung zur Photographie* heißt.

De facto trennen diese Briefe »Beachtung von Wahrnehmung und setzen nur die erste ins Bild. Obwohl sie ohne letztere gar nicht denkbar ist.«

Zwei Welten rasen aufeinander zu, die unterschiedlicher kaum sein könnten. Sie kollidieren – ohne erzählerisches Ziel und doch mit weitreichender Konsequenz. Und weil die Schreibenden sich nur allmählich kennenlernen und Zuschreibungen sich dabei vor Gewissheiten schieben, treibt sie eine einzige Hoffnung: Weiterreden. Weiterschreiben. Da sein.

Es ist ein »Zielen ohne Ziel. Und dennoch bringt dieser unbegreifliche Vorgang die höchst seltene Erscheinung eines Ausdrucks hervor.«

Dieser Ausdruck ist das Original.

Das kaum oder nicht Sagbare, das alles klärt.

Seit meinem 16. Lebensjahr suche ich es.

Seit meine Herkunft sich unerwartet als unecht entpuppte und kompromisslos auflöste und die Mitglieder meiner Familie vom einen auf den anderen Moment zu Fremden wurden. Seit meiner Welt die Notwendigkeit und mit ihr eine Dimension verloren ging, sie zur reinen Oberfläche verkam. Seit ich nicht mehr dazugehöre.

Seither versuche ich, mich zumindest in meiner künstlerischen Arbeit diesem Original zu nähern. Es gelingt mal mehr und mal weniger.

An jenem Abend in der Bar nun fiel ich in diese beiden schreibenden Unbekannten wie in einen Trichter. Ich las etwa die ersten zehn Briefe, ziemlich genau, bis Johan von seinem 14. Geburtstag erzählt, und die rätselhaften Menschen hatten mich fest im Griff – beinahe möchte ich sagen, wie eine Familie.

Ich fühlte mich beschenkt. Gefunden.

Dabei wusste ich zu diesem Zeitpunkt noch nicht, dass dieses Päckchen etwas enthielt, das mein Leben auch auf einer anderen Ebene gänzlich umkrempeln würde.

Ich schreibe das auf, weil es mir nie um mich ging. Und weil ich mich frage, ob das so bleiben kann.

Herbst 2021
beirette.art.ca

[Dieser erste, getippte Brief lag offen einem übertrieben sorgfältig verklebten Paket bei. Anmerkung der Herausgeberin]

September 2018

Sehr geehrte(r) Frau(?) / Herr(?) M. Richter,

für einen Busfahrer verläuft der Alltag nach den Gesetzen von Ebbe und Flut. Ungeachtet der Wetterverhältnisse, der Umstände und Befindlichkeiten, wie das Wasser den Anziehungskräften des Mondes ausgeliefert, stapeln sich morgens die Fahrgäste, schon schwitzend oder regendurchnässt, in ihre Fellimitat-Kragen verkrochen, die Fingerspitzen mit den Resten des Nachtatems wärmend oder eben nervös die Klappfenster öffnend, um das Gesicht in den Fahrtwind zu halten. Die hecheln wie schwitzende Hunde.
Gleichgültig zu welcher Jahreszeit leert sich der Bus erst wieder, wenn die Luft gerade erträglich zu werden verspricht. Endlich frischer oder warm genug, um beim Vorsichhinstarren nicht unmerklich zu zittern. Das tun nämlich die meisten: starren. Auf ihre Smartphones oder die zerschlissenen Handschuhe, eine Wegbeschreibung, den Eisfleck am Ärmel des Nachbarn, Vokabelkarten, ein lächerlich verrutschtes Wadentattoo oder die Schattenreste ihrer Traumwelt, die sich nicht lösen wollen. Sie steigen ein, sie starren, sie steigen wieder aus. Und ich hatte immer das Gefühl, ich müsste ihnen diesen Übergang so reibungslos wie möglich gestalten.

Ich kenne Kollegen, die denken, sie seien der Mond und der Fahrplan nur ein viel zu klein gedrucktes, dennoch weithin sichtbares Zeichen ihres Magnetismus. Ich gehöre nicht zu denen, die sich mit dem Mond vergleichen. Wenn mich der Nachbarshund anbellt, dann nur, weil meine Schritte unhörbar sind. Er erschreckt sich, was wiederum mich erschreckt. Weil ich wieder daran denken muss, wie alles gekommen ist.
Jedenfalls bricht die frühe Fahrgastwelle mit der ersten Schulstunde, der Ladenöffnung, dem allgemeinen Arbeitsbeginn. Danach wird es allmählich stiller im und um den Bus. Schließlich so still, dass eine Frühstückspause drin ist. An der Endstation. Bei gutem Wetter: auf und ab in der Wendeschleife. Das Rauchen habe ich vor vielen Jahren schon aufgegeben. Wartehäuschen, Telefonzelle, die Stimmen vom nahen Schulhof, die Absperrung, an der vergessene Fahrräder verrosten. Wie kann man sein Fahrrad vergessen? Bei schlechtem Wetter: Entspannungsübungen im Mittelgang, von den Sitzreihen notdürftig vor neugierigen Schulschwänzerblicken geschützt. Ich will mich nicht lächerlich machen. Die Lendenwirbel sind das Problem. Aushängen an den Haltestangen tut gut. Aber von dort sehe ich den Müll auf dem Boden und fange an zu räumen.
Nachmittags kommen die Kinder zurück, sie haben andere Gesichter als auf der Hinfahrt. Abends kommen die Berufstätigen, sie haben keine Gesichter mehr. Aber sie starren immer noch aus ihren flachen Augen, um die herum der Tag jede Zuversicht ausradiert hat. Rückstandslos. In meinem Bus dürfen sie sein, was sie sind. Müde, bleich, von Schmerzen geplagt, unglücklich verliebt oder von Erwartungen erdrückt. Gleichgültig oder überfordert. Es spielt keine Rolle, mein Bus beschützt sie.
Der Verkehr schwillt an, nimmt wieder ab, Baustellen und Umleitungen mischen sich ein, verändern Wege und Geschwindig-

keiten. Die Kraft der Stadt ist größer als die des Mondes. Es geht immer nur so schnell, wie es geht. Und manchmal kommt etwas Außergewöhnliches dazwischen. Ich habe da Erfahrungen gemacht.

Warum, fragen Sie sich, schreibt er mir das alles? Wo das Päckchen doch vor mir liegt. Wo doch die Peinlichkeit schon ausgepackt ist und jedes weitere Wort zum Ärgernis macht.
Ich erzähle Ihnen von meinem Alltag, weil ich hoffe, dass es Sie aus dem Konzept bringt, von etwas zu lesen, das weder mit Ihnen noch mit diesem Päckchen zu tun hat. Ich will einen Raum schaffen für die fällige Entschuldigung. Einen tatsächlichen Raum. Ich möchte, dass Sie sie hören, sie wahrnehmen. Denn sie wird mein letztes Gefühl sein. Es ist mir gleichgültig, wie Sie darauf reagieren, ich will nur sichergehen, dass sie existiert hat.

Ich stelle mir vor, wie Sie beim Abwasch, auf der Suche nach dem Hausschlüssel Ihres halbwüchsigen Sohnes oder während eines geschäftlichen Telefonats von der Klingel überrascht werden. Wie Sie sich die Hände abtrocknen, einen Stapel Comics vom Tisch fegen oder einfach, den Hörer zwischen Ohr und Schulter geklemmt, konzentriert weitersprechen, während Sie zur Haustür gehen und nach einem routinierten Blick auf das Videobild, das das verregnete Davor zeigt, den Türöffner drücken. Dass der Paketbote Ihnen die kleine Sendung in die Hand drückt, die Sie nicht erwartet hatten, und auf eine Unterschrift besteht. Wie Sie abgelenkt nach einem Ihnen bekannten Absender suchen, den es nicht gibt, denn ich bin Ihnen nicht bekannt. Wie Sie dennoch unterschreiben und die Tür einen Wimpernschlag zu früh vor dem Boten zuschlagen. Ja, ich kann sehen, dass Sie ihre Ruppigkeit gar nicht registrieren, weil Ihr Interesse ausschließlich dieser

unerwarteten, gewissenhaft verpackten, aber rätselhaften Post gilt.
Oder war es anders?
Ich möchte glauben, dass Sie sich über das Packpapier hergemacht haben. Sie haben es weder ungeduldig zerrupft noch besonders feierlich auseinandergeschlagen, sondern an den Rändern des Klebebandes gezogen und die großen Papierfetzen auf den Tisch gebogen, um freien Blick auf den Inhalt zu haben. Ich hielt es für angebracht, Luftpolsterfolie zu verwenden, damit sie keinen Schaden nimmt. Nicht nach all der Zeit. Nicht nach meiner Nachlässigkeit. Nicht auch das noch. Sie haben den knisternden Kunststoff zerschnitten, und nun liegt sie vor Ihnen. Über diesen Moment will ich nicht spekulieren, denn ich habe ihn (mit)verursacht. Aber ich gebe zu, dass ich nicht sicher bin, wie Sie sich beim ersten Blick gefühlt haben. Allerdings weiß ich, dass das abgegriffene Leder jetzt seinen Duft entfaltet. Dass er Ihre Nase erreicht, bevor sich Ihr Kopf ordnen kann. Dass Sie ebenso überwältigt wie empört sind. Selbstverständlich zu Recht. Aus allen Wolken fallen, sagt man wohl. Ihre Entrüstung entwischt in einem spitzen Laut, der sich an den Rändern kräuselt, einem Seufzer auf Socken quasi, wenn nicht in einem Fluch – was ich nachvollziehbar fände. Weil Sie unbeobachtet sind, wird das niemandem auffallen. Und dann starren Sie. Zwischen dem Langeher und dem Nichtmehrerwartet. Wie die Leute in meinem Bus. Das Starren ist geschützt. Die völlige körperliche und geistige Reglosigkeit ist der lebendigste Zustand, zu dem wir fähig sind, weil die Welt durch uns hindurchgehen kann.

Oder waren Sie nicht allein? Mussten Sie sich erklären, vielleicht herunterspielen oder sogar lügen?

Sie ist aus beachtlichem Leder. Robust, haltbar und hochwertig. Mussten Sie lange überlegen, ehe Sie sie sich geleistet haben, oder war es ein Impulskauf? Sie hatten sie tausendfach in der Hand, das kann ich sehen, und sie wurde schöner dadurch. Haben Sie die Leere in Ihrer Hand nicht registriert, nach dem Verlust? Sind Sie in meinem Bus zur Endstation gefahren? Habe ich Sie befördert? Oder sind Sie auf andere Weise in die Telefonzelle gelangt, in der Sie sie vergessen haben?
Es war die Telefonzelle in meiner Wendeschleife.
Wie kann man seine Agenda vergessen? Das Sammelbuch aller Nachlässigkeiten und Ideen; Rechnungen, Stichworte, Telefonnummern und Adressen (auch ausgestrichener); der ausgerissenen Zeitungsnotizen und mit schneller Hand hingeworfenen Kritzeleien?
Wie?
Nur um das klarzustellen: Ich habe nicht drin gelesen. Nicht einmal gestöbert. Ich hatte sie in einer schmutzigen Jutetasche vergraben. Auf der Tasche steht: *I get a bird*. Ein dummer Scherz natürlich. Aber als ich die Tasche bekam, war sie als Friedensangebot gemeint. Eine dieser Gesten, die sich ihrer Doppeldeutigkeit bedienen, um ein zerknautschtes Lächeln zu provozieren. Ich habe sie jahrelang bei mir gehabt. Sie wurde zum Talisman, der Gefahren, Missverständnisse, Streitereien abhalten sollte. Nur hat das leider nicht funktioniert. Oder doch, aber eben nur bis zu diesem Freitag vor drei Jahren, an dem ich die Telefonzelle betreten hatte und Ihre Agenda fand.

Ich erinnere mich noch, dass ich sofort einen Blick in die Wendeschleife warf. Niemand war zu sehen. Weil meine Mittagspause beinahe abgelaufen war, verstaute ich die Agenda im Beutel, ohne sie einer näheren Betrachtung zu würdigen. Ich hatte ja

meinen täglichen Anruf zu absolvieren. Der war mir wichtiger als alles.
Zwar wusste ich, dass er nicht lange dauern würde, weil er in den vergangenen sieben Monaten immer auf dieselbe Weise abgelaufen war: Tag für Tag hatte ich mich in der banalen Leere des Freizeichens verlaufen, hatte die Signaltöne mitgezählt, bis sich der öde Rhythmus zu verbiegen begann. Hatte gerade noch rechtzeitig aufgelegt, bevor die Versuchung, aus den feinen Abweichungen der Töne eine geheime Botschaft abzuleiten, übermächtig wurde. Danach lehnte ich mich an den kalten Apparat, schüttelte sacht den Kopf und war doch sicher, dass sie wusste, dass ich es wieder versucht hatte. Wieder. Und immer wieder. Eine Minute täglich, die alles zusammenhält.
Nicht so an jenem Freitag, als ich gerade Ihre Agenda gefunden hatte. Da wählte ich dieselbe siebenstellige Nummer zur selben Zeit wie an jedem Tag der letzten sieben Monate. Für einen Moment knackte es in der Leitung, wie bei einer altmodischen Schalte. Ich sah das Telefonfräulein, das die Verbindung stöpselte, vor mir: Petticoat und Beehive-Frisur. Sie hatte sogar eine Stimme. Und sie sprach!
»Kein Anschluss unter dieser Nummer«, sagte sie.
Kein Anschluss unter dieser Nummer. Jedes Wort ein Fallbeil. Ob ich den Hörer eingehängt habe, weiß ich nicht. Ich floh aus der Telefonzelle und stürzte auf meinen Bus zu, vor dem schon eine Traube von Fahrgästen wartete. Ich schwang den Beutel über meinem Kopf, glaube ich, um mir Zutritt zu verschaffen, und schrie wahrscheinlich Unzusammenhängendes. Jedenfalls machte sich Unruhe breit, und als ich mich umdrehte, um zu beschwichtigen, stand da dieser Typ. Er hatte etwas Verstörtes an sich, glotzte auf meinen Beutel und lachte mich aus:
I get a bird.

Was in der Stunde, den Wochen danach und schließlich in den drei Jahren seither passiert ist, will ich nicht erzählen. Aber es hat dazu geführt, dass ich vor einiger Zeit beschlossen habe, aufzuräumen. Im ganz wörtlichen Sinne habe ich meine Wohnung durchforstet und jedes Ding auf seinen Wert, seine Nützlichkeit, auch Schönheit untersucht.

Sie glauben nicht, wie wenig man braucht.

So ist mir dann auch die Tasche wieder in die Hände gefallen und damit Ihr Kalender. Ihre Agenda, der Terminplaner, Filofax oder wie auch immer man so etwas nennt. Ich habe ihn aufgeschlagen und Ihre Adresse gefunden. Es hat ein paar Tage gedauert, bis ich den Mut gefasst habe, sie Ihnen zurückzuschicken. Und noch ein paar Tage, bis ich mich entschlossen hatte, einen Brief beizulegen. In dieser Zwischenzeit wuchs mein schlechtes Gewissen. Obwohl die Scham in meinem augenblicklichen Zustand längst überwunden sein sollte, wuchs sie immer weiter. Und wenn ich gerade jetzt etwas nicht gebrauchen kann, dann sind es Gefühle.

Ich hoffe, es ist mir gelungen, zu Ihnen durchzudringen.

Ich wünsche Ihnen Freude mit der Agenda, die ja jetzt eher ein Schatzkästchen der Erinnerungen geworden ist, zu denen ich auch bald zählen werde.

Johan Zweipfennig

PS: Die betreffende Telefonzelle ist schon seit geraumer Zeit stillgelegt. Eine AG der nahen Oberschule hat sie zu einer Bücherbox umfunktioniert. Das waren lustige Tage. Sie haben sie bunt bemalt, mit Regalen ausgestattet und mit Comics befüllt. Ich habe alle meine Bücher letzte Woche dorthin gebracht. Jetzt platzt sie aus allen Nähten.

PPS: Natürlich schicke ich das Paket mit Sendungsverfolgung. Meinen Computer werde ich erst entsorgen, wenn die Zustellung bestätigt ist.

Freiburg, den 18.10.2018

Sehr geehrter Johan Zweipfennig,

sind Sie noch da?
Dachten Sie, ich melde mich nicht?
Natürlich sind Sie noch da. Niemand ruft in den Wald, ohne zumindest ein kleines Echo zu erwarten, auch wenn Sie so wortreich das Gegenteil behaupten.
(Wahrscheinlich sitzen Sie in Ihrer Küche, in der jetzt nicht mehr viel übrig ist, außer ein paar Stühlen und einem Tisch, und sind damit zufriedener als mit allen Möbeln, die dort je Ihr Leben bevölkert, aber nicht belebt haben. Sie sitzen dort und hören den Briefträger im Treppenhaus. Seine Schritte, seinen Schlüsselbund. Das Klappern der Kästen, viele klappern, aber man kann sie kaum unterscheiden. Und dann bleiben Sie noch eine Stunde sitzen, ehe Sie die Wohnung verlassen, einen langen Spaziergang machen und erst auf dem Rückweg im Vorbeigehen – und natürlich aus reiner Routine – in den Kasten schauen, weil Sie selbst vor sich nicht in den Verdacht geraten wollen, Sie würden auf Post oder irgendetwas warten.)
Ich habe tatsächlich überlegt, ob ich Ihnen überhaupt schreiben soll.
Eigentlich ändert es ja nichts, dachte ich. Nicht für Sie und nicht für mich. Aber vielleicht ja doch.
So, wie Sie in Ihrem Brief erwirken wollten, dass ich in meinem Leben Raum und Zeit erübrige für Ihr schlechtes Gewissen und Ihre Bitte um Entschuldigung (ist angekommen und gewährt, auch wenn Sie nur drum rumgeredet haben. Absolution erteilt.

Amen!), müssen Sie jetzt eben meine Sicht der Dinge ertragen. Ich weiß, Gefühle sind nicht so Ihr Ding, sorry, aber dann hätten Sie meinen Kalender besser mitsamt dem Sofa, der Stereoanlage und den leeren Bilderrahmen in den Müll geworfen.
Wissen Sie, ich habe geheult vor Zorn und Verzweiflung, damals, als ich dumm, *so* saudumm, meine Agenda in dieser verdammten Telefonzelle in der Wendeschleife vergessen hatte. Und wieder, als Sie sie mir zurück in mein Leben geschickt haben. Und zwischendrin auch.
Ich war so bis ins kleinste Detail wütend. Nicht auf Sie, nein, *Sie* haben in der Telefonzelle nur vergeblich etwas gesucht (was? Trost? Erleichterung?) und dann etwas ganz anderes gefunden. *Sie* trifft im engeren Sinne keine Schuld. Ich bin wütend auf mich. Auf den Bindfadenregen an diesem Tag damals. Auf diesen Termin, den man mir eingeräumt hatte: »Rufen Sie bis 9.15 Uhr an.« Auf das ewige Besetztzeichen im Hörer Ihres ach so bunten Bücherschranks. Sogar auf die Wahlwiederholungstaste (hätte ich die Nummer so oft tippen müssen, wie ich die Wahlwiederholung gedrückt habe, hätte ich sie am Ende wahrscheinlich auswendig gewusst, und der Verlust des Kalenders hätte nichts bedeutet). Und dann doch auf Sie oder Ihre Kollegen mit ihrem magnetischen Mondfahrplan, dessentwegen ich um 9.12 Uhr schließlich aufhängen musste, ohne durchgekommen zu sein, und rennen, um den Bus (Sie?) nicht zu verpassen.
Als ich kurze Zeit später bei der Konferenz bemerkte, dass der Timer weg war (ein Geschenk übrigens und darüber hinaus quasi mein Gehirn, ohne das zu leben erst mal nicht besonders einfach war), habe ich mir ein Taxi zur Telefonzelle genommen. Aber ich war zu spät. Sie waren mir zuvorgekommen.
Ich habe alles Erdenkliche versucht, um den Planer zurückzukriegen: Leute in der Nachbarschaft gefragt, das Fundbüro

bemüht, sogar einen Zettel mit dem Versprechen auf Finderlohn habe ich an die Scheibe der Zelle geklebt. Aber den haben Sie natürlich nicht gesehen, Sie hatten ja offenkundig keinen Grund mehr, das Telefon zu benutzen …

Ich erspare Ihnen eine lange Beschreibung der persönlichen und beruflichen Beschwernisse, die sich aus meiner und letztlich auch aus Ihrer Nachlässigkeit ergeben haben. Das spielt alles keine Rolle mehr. Das meiste ist ja ersetz- oder verzichtbar. Aber die NUMMER war weg, und mit ihr die *eine* winzige Chance, mein größtes, allergrößtes Versäumnis wenn auch nicht ungeschehen, so doch vielleicht ein kleines bisschen erträglicher zu machen.

Ihre Vorstellungen davon, wie mich der Blitz, den Sie so reuig losgeschickt haben, getroffen hat, sind wirklich hübsch, aber leider völlig unzutreffend. Ich kam aus der Dusche (war gerade von der Arbeit gekommen), hab noch im Bademantel der Nachbarin aufgemacht, die schon drei Tage zuvor Ihre Sendung für mich entgegengenommen hatte (Ira hat übrigens die Annahme auch quittiert; Sie haben Ihren Computer also wahrscheinlich verschrottet, bevor Ihre Post mich tatsächlich erreichte – so viel zum Thema »Sendungsverfolgung«), wir tranken Kaffee und sprachen über meinen kaputten Boiler, und das Päckchen lag dann noch mal einen weiteren Tag herum. Ich musste nämlich sofort los zur Fahrradwerkstatt, weil ich am Morgen bei der Arbeit einen Beinaheunfall mit einem Linienbus (!) gehabt hatte. Der Idiot von Fahrer hat mir die Vorfahrt genommen, und ich bin mit dem Vorderrad in die Tramschienen geraten. Natürlich hat der Typ nicht mal angehalten. (Ich sage es ganz ehrlich, auch wenn Sie offenbar ein harmloses Exemplar sind: Ich habe auch so meine Erfahrung, insbesondere mit Busfahrern, und zwar mehr und schlechter, als mir lieb ist. Hätten Sie angehalten? Ja? Ich könnte es mir vorstellen. Sie mögen ja sogar Ihre Fahrgäste, dann bremsen Sie vielleicht auch für Fahrradkuriere.)

Ich habe den Timer schon durch die Folie erkannt. Es war, als hätte ich ihn gestern zuletzt in der Hand gehabt. Ich hab gleich die Nummer aufgeschlagen, *diese eine* Nummer. Ich wusste noch genau, wo ich sie hingeschrieben hatte, zigfach umrandet, und als ich sie sah, habe ich mich tatsächlich sogar an die Nummer selbst erinnert. Wie oft habe ich vergeblich versucht, sie wieder hochzuholen aus den Tiefen meines Gedächtnisses. Und als sie da stand, wirkte sie so lächerlich, unfassbar einfach.
Ich habe sofort angerufen, ohne nachzudenken. Ohne mir zu überlegen, was ich sagen würde (ganz anders als damals in der Telefonzelle, da hatte ich mir jedes Wort genau zurechtgelegt).
Es klickte. Jemand antwortete. Und jetzt raten Sie mal, was.
Genau: »Kein Anschluss unter dieser Nummer.«
Ist das nicht absurd? Ganz ehrlich: Es wäre doch zum Lachen, wenn es nicht so zum Heulen wäre, oder?
Ich kann nur erahnen, was diese Ansage damals für Sie bedeutet hat. Wer weiß, wer Ihnen abhandengekommen ist und warum (es scheint eine ausreichend traurige Geschichte zu sein, wenn sie Sie dazu gebracht hat, sich schriftlich bei einem wildfremden Menschen von der Welt abzumelden).
Mir kommt es so vor, als hätte die Stimme seit diesem verregneten Freitag vor drei Jahren faul in den Leitungen rumgehangen und bloß darauf gewartet, dass sie endlich auch zu mir durchdringen durfte, um mir eine lange Nase zu drehen. Nie vorher ist mir aufgegangen, wie gemein, wie zerstörerisch, ja, wie absolut endgültig dieser kurze Satz ist.

Armeen von »Hättes« sind mir durch den Sinn gezogen: Hätte ich damals jemanden erreicht, wäre ich heute ein anderer Mensch, vielleicht sogar ein glücklicher. Hätte ich den Bus doch einfach fahren lassen. Hätte ich nur besser aufgepasst. Hätten Sie mal früher bei sich aufgeräumt. Hätten Sie doch einfach reingeschaut in den Planer. Hätten Sie Ihren kleinbürgerlichen Anstand doch über Bord geworfen und wären Sie neugierig gewesen. Hätten Sie mal aus Ihrem Kosmos raus- und in meinen reingeguckt. Dann hätten Sie vielleicht gesehen – ach, es führt ja zu nichts.
Es soll einfach nicht sein. Wieder nicht. Und nie.
Man könnte wirklich einen Vogel kriegen!
Aber keine Sorge, Herr Zweipfennig. Ich will Ihr Mitleid genauso wenig, wie Sie meines wollen. Das liegt hinter uns.
Wir weinen nicht über verschüttete Milch, nicht wahr? Das tun wir nicht. Nicht mehr. Genug geheult. (Mein Leben ist längst von Salz gesättigt. Bei mir gedeihen nur noch Halophyten. Bei Ihnen ist das bestimmt ganz anders. Ich bezweifle, dass Sie je ein Tränchen verdrücken, auch wenn Sie nur zu gut zu wissen scheinen, wie sich Kummer anfühlt. Bei Ihnen herrscht wahrscheinlich eher mineralarmes Wüstenklima. Ein Tipp am Rande: Pfaffenhütchen wachsen gut auf solchen salzarmen Böden.) Wir leben mit dem sauren Geruch, der zwischen den Dielen festsitzt, und warten auf den nächsten Sonnenaufgang. So ist es doch.
Sie sind doch noch da?
Ich bin noch da.
Sie dort, ich hier und zwischen uns *Kein Anschluss unter dieser Nummer,* immerhin, das verbindet.
Es tut mir leid, wenn dieses Schreiben anders ausgefallen ist, als Sie es erwartet, gewollt haben. Keine Dankeskarte.
Den Timer habe ich übrigens weggeworfen.

Und was machen wir jetzt? Hm? Hand in Hand von der Brücke springen, oder was?
Sagen *Sie* es mir.

Und lassen Sie sich ja nicht einfallen, sich jetzt einfach gekränkt in Luft aufzulösen, weil ich Ihnen Gefühle zugemutet habe. *Sie* haben zuerst in meine Welt gerufen (Wie heißt der Bürgermeister von Wesel?). Ich rufe nur zurück.

Jana Richter

PS:
Ich füge zu Ihrer Entschädigung 20 Euro bei, den gesetzlichen Pauschalbetrag für Auslagen in Porto und Telekommunikation.

[Handschriftlich auf einem Briefbogen des FEK; fragmentiert; offenbar zu verschiedenen Tages- und Nachtzeiten notiert. Anm. d. Hrsg.]

Friedrich-Ebert-Krankenhaus
DRK-Fachklinik
Hahnknüll GmbH
Hahnknüll 58
24537 Neumünster

Mitfühldreck. Ich hätte nicht gebremst. Ich hätte sie im toten Winkel liegen lassen. Für die Tram.

[Teespuren, Text verschmiert]

Das ist zu viel. Ich schlafe nicht. *Citalopram* 20. Die Brunslow hat 2 × 1 auf die Schachtel gekliert. Ich glotze an die Küchenwand und schrecke jedes Mal zusammen, wenn das Scheinwerferlicht drüberwischt. Das Licht ist laut. Es macht solchen Lärm. Meine Schrift so krakelig! Der Mund ist voll Sand, und das Zahnfleisch blutet. Stimmt nicht, aber wenn ich mit der Fingerspitze den Kiefer berühre, quietscht es. Es quietscht. Es quietscht. Alles ist so trocken, meine Lippen platzen auf. Ich muss trinken. Sudan ist tot. Vierzig Ranger bewachen seine Tochter und seine Enkelin. Aber die sind unfruchtbar: Auch Pech. Wo ist die Tasse? Die FEK-Tasse …

[ein Stück der Seite abgerissen]

Gesetzlicher Pauschalbetrag für Auslagenerstattung! Wahrscheinlich setzt die das Porto von der Steuer ab! Rubrik: Vertrauensbildende Maßnahmen für potenzielle Gegner im Individualverkehr/ÖPNV. *Verpiss dich in den toten Winkel.*
Ich wollte die verschissenen 20 Euro zurückschicken. Der Fahrer vom Transportdienst, der mich um 5.30 zur Therapie abholt, hat an der Ecke gehalten und mir einen Briefkasten gezeigt. Ich habs nicht hingeschafft. Er hat das für mich erledigt. Ob da keine Adresse draufsoll, hat er gefragt. Schreib »Freiburg«, habe ich gesagt, und er hat genickt. Freundlicher war er nie wieder.

Unbedingt mit (Dr.!) Brunslow sprechen ~~wg.~~

[schwer zu entziffern]

Das FEK-Logo auf der Tasse wächst mir in den Kopf, bis zum Stammhirn. Aber die Tassen leuchten so sauber und solide. Nach zwei Wochen hat die Brunslow gesagt, ich sei ein Zwischending. Nicht ganz hier und nicht ganz dort. Die Art meiner Einweisung hätte das auf skurrile Weise deutlich gemacht. Deshalb würde sie mich gerne in die Tagesklinik überweisen. Dort würde sie auch behandeln. Nur will sie von mir: »Eine gewisse Selbstständigkeit und Eigenmotivation. Für einen Behandlungserfolg wäre eine vertrauensvolle Zusammenarbeit eine wichtige Grundlage, daher ist eine eigene Behandlungsmotivation unabdingbar. Hilfreich ist ebenfalls ein ausreichender sozialer Bezugsrahmen, denn das soziale Umfeld ist Teil des Therapiekonzepts.« Ich hatte nur die Tasse im Kopf und die Vorstellung, sie könnte mir nützlich sein. Ihr Blabla habe ich mit verständnisvollem Nicken beantwortet. Sie war zufrieden und hat die Medikation umgestellt. Sozialer Bezugsrahmen, padamm! Vertrauensvolle Zusammen-

arbeit, Padamm! Eigene Motivation, PADAMM! Das Klauen war nicht so schwierig. Nur musste ich zwei Tage warten, bis sie mich endlich nach Hause gefahren haben. Schwierig, die Tasse so lange zu verstecken. Vorgestern Nacht war ich so weit. Ich wollte sie zerbrechen und mir mit den Scherben –
Aber sie ist aus Kunststoff. Es hätte mir auffallen sollen, als ich sie anfasste. Ich habe sie gegen die Wand geworfen und gegen das Fenster, bis die Lambrecht empört an der Wohnungstür gerappelt hat. Ich habe mich auf den Boden gekauert und, nachdem ich mir die fünf Quadratmeter große Kamelhaardecke aus dem Mund operiert hatte, versucht, den Therapieplan der Tagesklinik aufzusagen. Vergeblich. Dabei war ich immer gut im Behalten. Beweis! Aber der Tagesplan? Was, ja. Wann, nein. Einzel- und Gruppentherapie/Ergotherapie/Bewegung/Entspannung/Sport/~~Soziales/Kompetenztraining~~/Verhaltenstherapie/Kunsttherapie/Außenaktivitäten/~~Familiengespräche/Angehörigenberatung~~
(HAHA!!)

[die folgenden vier Notizen stehen auf einzelnen Post-its, im Weiteren akribisch getippt]

Es werden 6 Wochen.
Um die 40 Tage.
Dann soll alles gut sein?
Ich muss etwas beweisen.

Beweis: Linie 2

HAUPTBAHNHOF HÜRSLAND TUNGENDORF

Sonnabends, sonn- & feiertags.

Hauptbahnhof 06:551 07:55 08:55 09:55 10:55 11:55 12:55 13:55 14:55 15:55 16:55 17:55 18:55 20:00 10:05 12:05 14:05 16:05

Parkcenter 06:571 07:57 08:57 09:57 10:57 11:57 12:57 13:57 14:57 15:57 16:57 17:57 18:57 20:02 10:07 12:07 14:07 16:07

Joachimstraße 06:571 07:58 08:58 etwas kündigt sich an 09:58 10:58 11:58 12:58 13:58 14:58 15:58 16:58 17:58 18:57 20:02 10:08 12:08 14:08 16:08

Bismarckstraße 06:581 07:59 08:59 09:59 10:59 11:59 12:59 13:59 14:59 15:59 16:59 17:59 18:58 20:03 10:09 12:09 14:09 16:09

Ilsahl 06:591 08:00 09:00 10:00 11:00 12:00 13:00 14:00 15:00 16:00 17:00 18:00 18:59 20:04 10:10 12:10 14:10 16:10

Jungmannstraße 06:591 08:01 09:01 10:01 11:01 12:01 13:01 14:01 15:01 16:01 17:01 18:01 18:59 20:04 10:11 12:11 14:11 16:11

Langjähren 07:001 08:02 09:02 die zigfach umrandete Nummer aus dem Timer!! 10:02 11:02 12:02 13:02 14:02 15:02 16:02 17:02 18:02 19:00 20:05 10:12 12:12 14:12 16:12

Alsenplatz 07:011 08:03 09:03 10:03 11:03 mein Gedächtnis funktioniert wieder … 12:03 13:03 14:03 15:03 16:03 17:03 18:03 19:01 20:06 10:13 12:13 14:13 16:13

Oberjörn 07:021 08:04 natürlich erinnere ich mich an die Nummer: 04321/2829301 09:04 10:04 11:04 12:04 13:04 14:04 15:04 16:04 17:04 18:04 19:02 20:07 10:14 12:14 14:14 16:14

Volkshaus 07:031 08:05 09:05 10:05 11:05 12:05 13:05 14:05 15:05 16:05 17:05 18:05 19:03 20:08 10:15 WAR ES DIE?! 12:15 14:15 16:15

Hagedornbusch 07:031 08:06 09:06 10:06 11:06 12:06 13:06

14:06 15:06 16:06 17:06 18:06 19:03 20:08 10:16 12:16 14:16 16:16
Dahlienweg 07:041 08:07 09:07 10:07 11:07 12:07 13:07 14:07 15:07 16:07 17:07 18:07 19:04 20:09 10:17 12:17 14:17 16:17
Helmut-Loose-Platz 07:041 08:07 09:07 Glaubt sie wirklich, ich hätte nicht im Timer gelesen? Geschnüffelt? 10:07 11:07 12:07 13:07 14:07 15:07 16:07 17:07 18:07 19:04 20:09 10:17 12:17 14:17 16:17
Rüschdahl 07:051 08:08 09:08 10:08 11:08 12:08 13:08 14:08 15:08 16:08 17:08 18:08 19:05 20:10 10:18 12:18 14:18 16:18
Vogelbeerallee 07:061 08:09 09:09 10:09 11:09 12:09 13:09 14:09 15:09 16:09 17:09 18:09 19:06 20:11 10:19 12:19 14:19 16:19
Preetzer Landstraße 07:071 08:10 09:10 10:10 11:10 12:10 13:10 14:10 15:10 16:10 17:10 18:10 19:07 20:12 10:20 12:20 14:20 16:20
Pappelweg 07:081 08:11 09:11 10:11 »Ich sehe was, was du nicht siehst …« 11:11 12:11 13:11 14:11 15:11 16:11 17:11 18:11 19:08 20:13 10:21 12:21 14:21 16:21
Rotdornallee 07:081 08:12 09:12 10:12 11:12 12:12 13:12 14:12 15:12 16:12 17:12 18:12 19:08 20:13 10:22 12:22 14:22 16:22
Wookerkamp 07:091 08:13 09:13 10:13 11:13 12:13 13:13 14:13 15:13 16:13 17:13 18:13 19:09 20:14 10:23 12:23 14:23 16:23
Krokusweg 07:101 08:14 09:14 10:14 Das ist das Problem. 11:14 12:14 13:14 14:14 15:14 16:14 17:14 18:14 19:10 20:15 10:24 12:24 14:24 16:24
Erikaweg 07:111 08:15 09:15 10:15 11:15 12:15 13:15 14:15 15:15 16:15 17:15 18:15 19:11 20:16 10:25 12:25 14:25 16:25
1 = Diese Fahrt entfällt am 24. Dezember (Heiligabend).

Beweis:
Vogelbeer, Rotdorn, Krokus usw. ABER KEIN PFAFFENHÜT-
CHEN!

[Teil der Seite fehlt]

Warum eigentlich M., wenn sie Jana heißt?
Der Brief ist das einzige Ding, das sich noch in meiner Wohnung befindet. Außer Bett, Tasse, Stuhl, Tisch und Stift. Irgendjemand war gründlich. Ich klebe ihn an die Küchenwand. Ein Auge.
~~Soz. Komp.~~

[Keine Unterschrift. Als Adresse der vom Kuvert ausgerissene Absender über eine alte Anschrift geklebt.
Handschriftlich: Porto zahlt Empfänger. Doppelt unterstrichen.
Poststempel: Neumünster, 25.10.2018]

Die Steine

Die Steine, die wir geworfen, höre ich
fallen, glasklar durch die Jahre. Im Tal
fliegen die verworrenen Handlungen
des Augenblicks schreiend von
Wipfel zu Wipfel, verstummen
in Luft, dünner als die des Jetzt, gleiten
wie Schwalben von Gipfel
zu Gipfel, bis sie
die äußersten Plateaus erreicht haben
längs der Grenze des Seins. Dort fallen
all unsre Taten
glasklar
auf keinen andern Boden
als uns selbst.

Tomas Tranströmer, 1957

Freiburg 28.10.2018,
Mañana Lucía Richter

[Beigefügt eine gepresste Pfaffenhütchenblüte. Anm. d. Hrsg.]

Neumünster, 05.11.2018

Mañana Lucía.

Ist die »Jana« aus dem spanischen Wort für »morgen« entstanden: eine Rufform für das Zukünftige? Das fände ich schön. Auch wenn ich die Sprache gar nicht verstehe und es mich natürlich nichts angeht.
Ich habe mir *Mañana* von Naira, meiner Krankengymnastin hier in der Klinik, übersetzen lassen. Sie stammt aus Ecuador, hat massive Wangenknochen, Augen wie Apfelkerne und schwarze Haare, die ihr bestimmt bis zu den Kniekehlen reichen – allerdings ist sie nur 150 cm groß und trägt das Haar bei der Arbeit geflochten. Alles an ihr ist freundlich. Ihr Dauerlächeln hat etwas von der Sonne über einer Hochebene – man weiß nie, ob es einen nicht auch versengen könnte. Sie kann sehr streng sein.
Ich wollte sie dazu bringen, mir das Quechua-Wort für »Zukunft, Hoffnung oder Aussicht« zu verraten. Weil ihre Deutschkenntnisse aber nur in Bezug auf Muskeln und Knochen bestehen, verhedderten wir uns schnell in Erklärungen, wie in einem Wollknäuel. Und je länger wir daran zerrten, desto schlimmer wurde es.
Das Gezerre führte zu einer Krise in mehrfacher Hinsicht. Wir hatten gerade die Führungsübung begonnen. Bei dieser Übung lasse ich mich von Naira mit verbundenen Augen durch den Raum führen. Durch Handauflegen gibt sie mir klar definierte Signale. Ich soll ihr vertrauen, was mir selten gelingt.
»Es muss doch auch in einer fast untergegangenen Sprache ein Wort für Zukunft geben«, sagte ich. Sie legte ihre warmen Hände

von hinten in meinen Nacken und drückte mich sanft vorwärts. Sofort versteifte sich mein Rücken. »Das ist es doch, was ihr uns hier eintrichtert: Es gibt immer ein Morgen, eine Aussicht, eine Hoffnung. Du machst ja Brunslows ganze Therapie kaputt. Ich bewege mich erst, wenn du mir mindestens ein Quechua-Wort dafür sagst!«

»Frrau Doktorr Brrunslow!«, knurrte sie, und das gerollte R hörte sich beleidigt an. Eine beleidigte Sonne. Dann nahm sie die Hände aus meinem Nacken, stellte sich vor mich, griff meine Handgelenke und zog.

»*Esperanza*, das Hoffnung. Wie wenn Rregen auf Boden. Schrritt. Jetzt. Komm.«

Der Vorteil der verbundenen Augen war, dass ich deutlich hören konnte, wie ich sie getroffen hatte: Noch ein, zwei Worte, eine kleine Weigerung oder eine Bosheit, und ich würde auch diese Stunde überstanden haben, ohne mich zu langweilen. Nichts ist schrecklicher als die Öde in der eigenen Dunkelheit. Also legte ich nach.

Wenn sie mir schon täglich von ihrer Heimat erzählte, sollte sie ihre Herkunft doch durch Gebrauch ihrer Muttersprache untermauern können. Erst recht, wenn es um Begriffe ging, die für mich und meinen Aufenthalt in dieser Klapse zentral wichtig waren und ihr dadurch ein vermutlich solides Auskommen sicherten:

»Aussicht, Ausblick, Zuversicht, Fenster« – es sprudelte nur so aus mir heraus –, »Dach, Schutz, Nest« – von ihr nur schwerer Atem –, »Blick, Weite, Horizont, Vogelflug, vogelfrei« – mich durchfuhr ein unerklärliches Kichern, verstehen Sie. Ich versuchte, den unbändigen Spaß dieser Wortkette mit Armbewegungen zu befeuern. »FAHRTENSCHREIBER! DUSCHKOPF! BÜCHERBOX! JAGDPLAUTE! BLUT! ÜBERALL BLUT!«

Naira ist für solche Rückfälle gewappnet. Ihr Griff wurde eisern, ihre Bewegungen waren keine Vorschläge mehr, sondern Befehle. Sie führte meine Arme kreuzweise um meinen Körper, bis sie hinter mir stand, und zwang mich mit einem leichten Druck in die Kniekehlen zu Boden. Da lag ich nun, noch immer mit verbundenen Augen, und dachte, dass ich zum ersten Mal ihren Impulsen gefolgt war, ohne mich zu wehren. Wirklich. Es war ein gutes Gefühl. Etwas wie Vertrauen. Ich ließ noch einen Wortschwall los. Böse Worte kamen darin vor: »Herne«, »Malocher«, »Kanaken«, »Rothäute«, so was. Ich kam erst zu mir, als ich hörte, dass die Tür zum Behandlungszimmer ins Schloss fiel.
Naira war gegangen.
Ich musste mir die Augenbinde selbstständig abnehmen. Ich glaube, dass sie mich beobachtet haben, bis ich es endlich tat. Vielleicht haben sie sogar die Zeit gestoppt. Als ich so weit war und das Tuch über die Haare schob, stand die Brunslow vor mir.

Liebe Jana,
ich habe nur den öffentlichen Computer im Wartebereich der Klinik, an dem ich tippen kann. Handgeschriebene Notizen aus dem Therapie-Tagebuch sollte ich Ihnen wohl besser nicht mehr schicken … (Hinter mir stehen ein Zwängler, der nach einem geheimen System die Türen kontrolliert, und eine Magersüchtige. Beide wollen an den Rechner.) Ich muss jetzt zum Sport. Aerobes Ausdauertraining, in meinem Fall Jogging auf dem Band. Das hilft. Und wie! Danach habe ich ein Gespräch mit der Brunslow. Sie hatte so einen bedenkengeplagten Blick.
Ich komme später noch mal und schreibe weiter. Ich möchte mich gerne mit Ihnen unterhalten. Gerade weil ich nichts von Ihnen, über Sie weiß, nichts erwarte und auch nichts fürchten muss. Wir sind uns vollkommen fremd. Aber Sie haben mir die-

ses Gedicht geschickt! Vielleicht war das auch nur ein Zufall. Wie der Kalender. Wie alles. Keine Ahnung, ob ich Ihnen etwas über mich erzählen kann. Und ich bezweifele auch, dass es interessant wäre. Außer: Ich bin wirklich Busfahrer gewesen. Ein Spätberufener zwar, aber dennoch. Ich wollte schon immer die großen Dinger fahren. Ich habe von Doppelstockbussen geträumt in London oder Berlin, von Greyhounds im Mittleren Westen. Dann ist es Neumünster geworden, alles inbegriffen.

… bis sie
die äußersten Plateaus erreicht haben
längs der Grenze des Seins.

Wenn ich jetzt nicht gehe, hat der Zwängler bald eine Klinke abmontiert. Was er damit anstellt, möchte ich lieber nicht sehen.

16:40 Uhr (Darf länger bleiben. Naira fährt mich nach Hause.)
Ich möchte von vorne anfangen, auch wenn ich keine Ahnung habe, wo das ist.
Dr. Brunslow wird mich nicht mehr allzu lange hierbehalten.
Das Gespräch mit ihr war überraschend. Sie hat mir gesagt, ich brauche einen Ausblick. Ich glaube, ich werde ein Fenster basteln. Zu Hause. In der Küche.
Mich überfällt immer wieder die Angst, ich könnte den nächsten Satz nicht zu Ende bringen. Ich muss mir ein Thema vornehmen. Ich muss mich konzentriert von Gedanken zu Gedanken hangeln. Wie im Hochgebirge, angeseilt an wen? An den trockenen Mund habe ich mich gewöhnt, aber die Nervosität, das Flimmern aller Härchen am Körper! *Über dem Abgrund* – und wenn er nur ein Spiegel wäre, es wäre nicht weniger schlimm. Dabei hatten wir die Dosis schon halbiert.

Das Gespräch mit der Brunslow:
Es stellte sich heraus, dass die Bedenken, die ich in ihrem Blick gesehen haben wollte, eher Ideen waren, zu denen ihr noch etwas Mut fehlte. Sie hatte sich von Naira unseren kleinen Zwischenfall berichten lassen, und ich war dementsprechend verunsichert. Wie ein Schuljunge stand ich in ihrem Zimmer. Sie bot mir einen Platz an, lächelte, soweit ihr kantiges Gesicht es mitmachte, und spielte mit einem Kugelschreiber. Ich sollte ihr die Sache aus meiner Sicht schildern.
Nun müssen Sie wissen, Jana, dass linker Hand eine Glasscheibe freien Blick auf den Flur bot. Draußen ging Naira auf und ab. Sie drückte sich ein Coolpack an die linke Wange und pendelte mit dem Oberkörper auffällig nach vorne, als hätte sie Schmerzen. Sie können sich ausmalen, wie ich mich schämte. Hatte ich sie nicht nur beleidigt, sondern auch verletzt? Hatte ich sie mit einer meiner unbeherrschten Armbewegungen im Gesicht erwischt? Und nun saß ich der sphinxhaften Ärztin gegenüber und sollte mich rechtfertigen?!
Ich habe dann mit meiner Selbstanklage doch ein wenig übertrieben. Jedenfalls schien die Brunslow das zu denken. Sie schüttelte immer erstaunter den Kopf über meine Beichte, und ihre Gesichtszüge, die mich an die Kurische Nehrung erinnern (so klar, so einfach, beinahe grafisch), hellten sich zusehends auf. Schließlich stutzte sie, blickte über ihre rechte Schulter zu Naira hinüber und lachte. Ihr Blick erlaubte es auch mir, einmal unvorsichtig und offen auf den Flur zu schauen. Und da fiel mir auf, dass Naira sich zwar weiterhin vor und zurück wiegte, aber weniger, als plagten sie Schmerzen, sondern als betrachtete sie ihre Schuhspitzen. Außerdem bewegte sie ihren Mund. Sie sprach.
Das war gar kein Coolpack an ihrer Wange! Naira ging auf und

ab, telefonierte versunken mit einem dieser altmodischen Handys in einer blauen Glitzergummihülle und inspizierte dabei den Zustand ihrer Krankenhauslatschen! Nichts mit mir zu tun. Keine Schuld.

Die Brunslow wurde wieder ernst und meinte, die Therapiefortschritte seien eindeutig. Sie würde gerne besprechen, ob ich mir zutraute, auch ohne das Citalopram auszukommen.

»Ganz?«

»Komplett ohne.«

Sie betonte diese Antwort, wie man eine Aufgabe stellt. Ich fühlte mich wie samstagabends zwischen 20:46 und Dienstende, von Volkshaus nach Oberjörn: den Dicken noch in die Garage kriegen und dann Testbild.

»Aber wenn …«

Sie schüttelte bestimmt den Kopf: »Ich glaube, dass Sie hier genug gelernt haben, um ohne Medikament zurechtzukommen. Einen Versuch ist es immerhin wert. Wenn nicht, können wir das ja sofort auffangen.«

Ich dachte, es müsse jetzt ein großes Zittern kommen. Aber es blieb aus.

Schließlich hatte sie noch etwas auf dem Herzen. Wir müssten uns, vorausgesetzt, diese Phase verliefe zu aller Zufriedenheit, langsam auch mit dem Gedanken anfreunden, dass ich wieder ganztags zu Hause lebe.

Ja, das Zittern blieb aus. Zumindest fast.

Natürlich könnte ich bestimmte, vor allem gesprächsbasierte Angebote der Klinik nach vorheriger Vereinbarung wahrnehmen, aber wenn alles so liefe wie von ihr vorhergesehen, fände sie keinen Grund, warum ich nicht auch langsam damit beginnen sollte, meinen Tagesablauf wieder in die eigene Hand zu nehmen.

Ich habe mich gewehrt. Ich habe in Stellung gebracht, was mir einfiel: die Ängste, die Unfähigkeit, die Nebenwirkungen, das dauernde Scheitern, die Perspektivlosigkeit, meine einschlägige Vergangenheit; ihre Verantwortung, die medizinische Expertise, schließlich sogar moralische Bedenken und deren Auswirkung auf ihre Karriere: Die Kurische Nehrung blieb unbewegt. Sie ließ mich reden, nahm alles wie der Strand die brechenden Wellen, bis meine Gegenwehr auströpfelte.
Die Kurische Nehrung lag weiter in ihrem kalten Licht. Sie blickte offen, vorbehaltlos und neugierig. Schließlich nickte sie sachlich, als wolle sie quittieren, was ich gerade erkannt hatte. »Sie können mehr, Johan, als Sie sich zutrauen. Sie sind nicht ganz hier und nicht ganz dort. Denken Sie an die Art Ihrer Einlieferung. Sie wollten doch nie wirklich Ernst machen. Es war ein trauriges Gedankenspiel. Ein gefährliches auch. Es wird Zeit, dass Sie diesen Durchgangsraum verlassen. Denken Sie darüber nach. Ach, und eines noch: Mit Ihren Füßen müssen Sie etwas machen. Es wird Winter, Sie wollen doch nicht krank werden. Schön ist wirklich anders.«

Die Steine, die wir geworfen, höre ich
fallen, glasklar durch die Jahre.

Warum ich eingeliefert wurde:
Ich habe ja schon geschrieben, dass ich meine Wohnung nach und nach aufgelöst hatte. Alles (außer Tisch, Stuhl, Bett und ein wenig Wäsche) war verschwunden. Verschenkt (an den Straßenrand gestellt), zerstört, weggeschmissen. An dem betreffenden Abend, es muss der 4. Oktober gewesen sein, machte ich kein Licht mehr in der Wohnung. Ich saß am Küchentisch und starrte auf die Sammlung von Tabletten, die ich in den drei Jahren mei-

nes Therapiechaos unbemerkt hatte abzweigen können. Sie würden auf jeden Fall ausreichen, da war ich mir sicher. Irgendwann hatte ich den Punkt erreicht. Ich zog mich aus. Ich weiß noch, dass der Trainingsanzug, den ich wochenlang angehabt hatte, furchtbar verdreckt war. Umso ordentlicher legte ich ihn über die Stuhllehne. Dann ging ich ins Bad und drehte die Dusche auf. Ich muss dazusagen, dass die Heißwasserversorgung in den Wohnungen unseres Blocks noch immer über Durchlauferhitzer funktioniert. Das Gerät ist in den letzten fünf Jahren dreimal ausgetauscht worden. Immer waren irreparable Fehler oder Konstruktionsmängel dafür verantwortlich, dass diese Dinger nicht ausreichend warmes Wasser produzierten. Billiggeräte aus Asien, die die Hausverwaltung wahrscheinlich aus einer Konkursmasse erstanden hatte, wie ich einmal in einer Beschwerde vermutete. Überhaupt war der Briefwechsel mit dem Verwalter schon bald zu einem erbitterten Grabenkampf ausgeartet. Nach täglichen Frechheiten, impertinenten Anrufen, ahnungslosen Monteuren und einem halben Jahr ganz ohne Warmwasser stellte die Verwaltung plötzlich ihre Kommunikation ein. Stattdessen stand der alte Lambrecht vor meiner Tür. Offenbar hatte man ihm den Auftrag gegeben, den Querulanten aus dem Erdgeschoss zum Schweigen zu bringen. Hausmeister Lambrecht gehört zu denen, die sich wie Generäle fühlen, weil sie die Heizkörper entlüften können, die Rasenfläche makellos halten und einen Schlüssel zu jedem Kellerraum haben. Aber ich mochte ihn für seine korrekte Art. Das sollte unserem Verhältnis allerdings ebenso wenig helfen wie meiner Warmwasserversorgung. Binnen Kurzem waren wir heillos zerstritten, und das Wasser blieb lau.

Ich habe also geduscht. Es war irgendwie feierlich. Nicht dass ich die Tropfen gezählt hätte, aber es war beachtlich, es zum letzten

Mal zu erleben. Ich stand ganz still unter dem lauwarmen Regen und dachte nichts. In dieses Nichts war ich eingehüllt. In dieses Nichts war ich versunken, als plötzlich ein kochend heißer Strahl aus der Dusche schoss. Im Nachhinein würde ich behaupten, es sind 70 Grad gewesen. Das viel zu heiße Wasser traf mich wehrlos, und was danach passierte, ist schnell erzählt: Das Rückenmark übernahm. Mein Körper gehorchte. Die Arme rissen den Duschvorhang beiseite. Mit einem offenbar panischen Schrei sprang ich heraus. Diesen Schrei muss die Lambrecht schon gehört haben. Im Aufkommen fanden meine (zugegeben überwachsenen) nassen Füße keinen Halt. Ich verlor Bodenkontakt und krachte auf die Kacheln. Vorteil: Kein kochendes Wasser mehr. Nachteil: Mein Hinterkopf knallte auf den Duschtassenrand. Etwas zerplatzte. Dann war es dunkel.
Vom Lärm beunruhigt, muss die Lambrecht 20 Minuten gegen meine Tür gehämmert haben, während ihr Mann vergeblich seinen Nachschlüssel suchte. So viel zu Generälen. Schließlich hat sie Notarzt und Polizei alarmiert. Als sie endlich eintrafen, hätte ich längst tot sein können. Mit dem Verdacht auf ein Schädel-Hirn-Trauma wurde ich ins FEK eingeliefert. Glücklicherweise blieb von dem Verdacht nach eingehender Untersuchung nur eine schwere Gehirnerschütterung übrig.
Doch der Zustand meiner Wohnung, wahrscheinlich auch die missgünstigen Kommentare des Hausmeisters, vor allem aber die Medikamentensammlung auf meinem Küchentisch, die die Polizei sicherstellte, führten dazu, dass nach meinem (chemisch etwas verzögerten) Aufwachen Frau Dr. Brunslow an meinem Bett stand.
Und neben meinem Ohr baumelt jetzt ein Zündschlüssel mit blau glitzerndem Anhänger. Naira will fahren. Es ist nach 18:00 Uhr. Sie hat Feierabend.

[Dazu handschriftlich am Rand. Anm. d. Hrsg.]

Auf der Heimfahrt hat Naira lange geschwiegen. Schließlich sagte sie mir, dass sie heute Nachmittag mit ihrem Vater telefoniert habe. Er meint, das Wort, das wir so dringend suchten, hieße in ihrer Sprache *puyu*. Wir einigten uns freundschaftlich auf einen deutschen Begriff dafür: Wolke.
Bitte schreiben Sie mir.

Johan Z.

PS: Ich sitze am Küchentisch und schreibe das Gedicht ab. Wieder und wieder. Bis ich zwischen den Zeilen verschwinde oder jeder einzelne Buchstabe in mir Wurzeln geschlagen hat.
Danke.

Freiburg, 11. 11. 2018

Guten Tag, Johan,

»guten Tag« im Sinne von: Ich wünsche Ihnen, dass es einer jener besseren Tage ist, deutlich besser als die, die hinter Ihnen liegen; einer jener Tage, an denen sich der Morgen anfühlt wie ein frisches Handtuch und nicht wie tiefste mondlose Polarnacht; also »gut« im Sinne von »mit Fenster«, wenn Sie wissen, was ich meine?
Haben Sie Ihr Fenster gebastelt?
Ich halte das für eine sehr gute Idee. Ein Fenster lässt den Blick raus und das Draußen rein, ohne dass man merken muss, wie kalt es ist. Und das Gute an einem gebastelten Fenster ist, dass man auch noch die Aussicht selbst bestimmt.
Wohin schauen Sie? Wohin wollen Sie schauen?

Ich schaue hinunter in die herbstliche Gerberau.
Es ist ein zugiger Sonntag, und kaum jemand ist unterwegs, obwohl heute Fasnetsbeginn ist und die Narren in den Hexengilden endlich wieder ihre gruseligen Holzmasken aufsetzen können. Narri, narro!
Das olle Krokodil hockt unten im trockengefallenen Gewerbebachbett, und ohne das Wasser, das es sonst umspült, ist es, was es ist: ein gestrandetes Stück Stein. Es tut mir leid. Es würde mich nicht wundern, wenn es irgendwann einfach verschwände. Was hält es noch hier? Den Straßenmusiker mit dem Fagott hat es jedenfalls nicht mehr auf der Brücke gehalten, zu kalt, zum Glück. Irgendwann werde ich ihm Wasser über den Kopf schüt-

ten, irgendwann kommt der Punkt, an dem ich ein weiteres schief gepupstes Forellenquintett nicht mehr ertragen kann, und dann regnet das Bächlein helle schlicht von oben auf ihn. Oder ich werfe einen Blumentopf. Obwohl, nein, das haben die Blumen wahrlich nicht verdient.
Na, egal. Ich schaue auf die Fassade von Haus Himmelsbach und auf einen geschlossenen Spielzeugladen. Es ist Sonntag in den Gassen, hinter den Türen und in den Fugen des Kopfsteinpflasters. Das ist eins meiner Fenster. In diesem Fall mein *echtes* Fenster, hier bei mir zu Hause.
Sind Sie inzwischen wieder ganztägig zu Hause? Was tun Sie?

Ich war zugegeben sehr überrascht, noch einmal von Ihnen zu hören, Johan; aber gefreut habe ich mich, dass Ihnen Tranströmers Gedicht gefallen und dass es Wurzeln geschlagen hat. Wenn man es gedeihen lässt, kann so etwas wie ein Lianengewächs daraus werden, stabil genug, um einen zu halten, wenn man strauchelt. Woher ich das weiß? Ich halte mich selbst daran fest, wenn es leer in mir ist und wieder der Abgrund droht.
Ja, ich war auch schon mal dort unten. Genau wie Sie. Kenne das Zittern. Es ist also *kein* Zufall, dass ich Ihnen das Gedicht geschickt habe. Nein. Diesmal nicht.
(Wussten Sie übrigens, dass viele Lianengewächse sehr nützlich sind und sehr gesund? Indianische Völker aus Südamerika verwenden sie angeblich als heilende Halluzinogene.
Lianen werden auch als Therapeutikum verwendet. *Paullinia Cupana* gegen Erschöpfung. Katzenkralle anscheinend gegen Krebs. Und bei uns, in den hiesigen Breiten, die Rebe und der Hopfen, alles Lianen, Schling- und Kletterpflanzen mit ganz erstaunlichen Haftfähigkeiten. Efeu zum Beispiel oder Wilder Wein kann die bröckeligsten Fassaden aufrechterhalten …)

Schreiben Sie mir, schreiben *Sie* mir.
Das sagt sich so einfach.
Aber ich bin ziemlich aus der Übung. Die meisten Briefe, die ich abfasse, sind offizieller Natur. Anträge und Eingaben, formal devote Bittschreiben um Geld oder Förderung oder Genehmigung meiner Projekte. (Wenn ich es recht bedenke, habe ich keinen persönlichen Brief mehr verfasst, seit mein Vater vor etwas mehr als drei Jahren gestorben ist. Er war der Einzige, mit dem ich mir noch echte »Schreibebriefe«, wie er sie nannte, schickte, denn er weigerte sich, sich einem Computer auch nur zu nähern, und das Telefonieren fand er zu teuer und zu anstrengend.)
Was habe ich schon zu berichten, das für Sie nicht nur ein beliebiges Geräusch ist. Das Sie wirklich interessiert. Und was sollte es Ihnen bedeuten, was irgendeine Fremde, die allein der Zufall ans selbe Ufer gespült hat wie Sie, über das Leben denkt? Ich weiß es nicht.

Ich versuche es mal mit meinem Namen, denn danach haben Sie gefragt. Ob Mañana eine Rufform für das Zukünftige sei?, schreiben Sie. *So* hat es bestimmt noch nie jemand betrachtet, inklusive mir selbst. Aber es gefällt mir, sehr sogar.
Mañana. Das war bisher immer: Morgen, morgen, nur nicht heute. Später, irgendwann. Zu spät. Ein Ärgernis der ersten Stunde. *That's me.*
Mañana Banana. Mañana Marihuana. Mama Mañana. *Hola, Chica.* Mana mana, dupdubidubi. Mañana, Mañana, morgen soll deine Hochzeit sein. *Tomorrow you'll get it.*
Ach, ich kenne sie alle, diese lustigen Anspielungen.
Ich frage Sie, ist das ein Name für ein Kind, das in den Siebzigerjahren in Kirchhörde-Nord zu einem selbstbewussten Menschen heranwachsen soll? Nein, er ist eine Strafe. Darum bin ich seit

meinen Teenagerjahren nur Jana, Nana oder sehr selten Maja, obwohl Letzteres natürlich unweigerlich die dumme Biene und Karel Gott ins Spiel bringt, weshalb ich mich ziemlich konsequent an Jana halte.
Die Umstände meiner Namensgebung sind zu einer jener hundertfach zitierten und damit identitätsstiftenden Familienanekdoten geworden (denn so ist es doch? Wir sind die Geschichten, die wir von uns erzählen! Jede Familie wird von ihren Geschichten, Legenden zusammengehalten, wie ein Mauerwerk vom Efeu, auch wenn es im Innern völlig marode ist), und eigentlich widerstrebt es mir, ausgerechnet mit dieser Episode in dem hallenden Nichts zwischen uns in Erscheinung zu treten, denn es ist viel weniger meine Geschichte als die meiner Mutter, es ist eine Anekdote aus *ihrer* Beweissammlung im endlosen Fall »Die Welt gegen Maria Alvarez«. Beweisstück 4324 c oder so. Aber sei's drum. Vielleicht kann ich ja auf diese Weise wenigstens zu Ihrer Unterhaltung beitragen.

Ich sollte unbedingt Spanierin werden. Meine Mutter stammt aus Sagunt, in der Nähe von Valencia, und sie war entschieden, ihr erstes (und, wie sich herausstellte, einziges) Kind, wenn es schon einen deutschen Vater haben musste, in ihrem Heimatort zu gebären, so die Überlieferung. Also reisten meine Eltern in größter Sommerhitze mit dem Zug von Dortmund nach Valencia. Bis zum Umstieg in Madrid ging alles gut, dann wurde meiner Mutter schlecht. Auf der Höhe von Almodóvar del Pinar setzten die ersten Wehen ein, ab Utiel kamen sie regelmäßig, in Valencia wurde ihr beim Aussteigen schwarz vor Augen. Die gesamte Verwandtschaft wartete schon am Gleis, und als auf dem Bahnsteig die Fruchtblase platzte, konnten sich Tanten und Onkel und Großeltern nicht entschließen, in welche Klinik meine Mutter gebracht werden sollte. Alle krakeelten durcheinander, meine Mutter mittendrin. Schließlich winkte mein Vater ein Taxi heran und brachte sie, ohne ihren Widerspruch zu hören, ins nächstgelegene Krankenhaus. Maria schrie und zeterte, weil sie nach Sagunt wollte, nur nach Sagunt und nirgendwo anders hin, schon gar nicht in dieses verkommene Valencia. Für solche Schmach habe sie diese beschwerliche Reise nicht auf sich genommen! Sie beschimpfte den Taxifahrer und die Krankenschwestern, den Arzt und meinen Vater, ihren Bauch und den Heiligen Geist und rief: Wann kommt das Kind? Wann kommt endlich das verdammte Kind? Und der Arzt sagte: *Tranquilo, Señora.* Und es wurde Nacht, meine Mutter schimpfte, und der Arzt sagte: *Aguante un poco más.* Und es wurde Morgen, und sie schimpfte. Und der Arzt sagte: *Mañana, mañana, Señora.* Es dauerte und dauerte, inzwischen wiederholte auch mein Vater stoisch *Mañana*, Schätzchen, *Mañana*, auch noch, als ich 29 Stunden später unter dem wüsten Geschrei meiner Mutter das Licht der Welt erblickte. Angeblich sah sie mich kurz an und sagte dann zu meinem Vater: Das verzeihe ich dir nie.

Während ich das schreibe, merke ich, wie lange ich nicht an meine *Familie* gedacht habe (also an uns drei als Gesamtheit, das Wort »Einheit« wage ich nicht in den Mund zu nehmen) und wie die alten Bisse sich zwischen meine Worte schleichen, obwohl die Tiger schon lange zahnlos sind. Ich höre die Stimme meiner Mutter, wie sie sich bei jeder Wiederholung dieser Geschichte mit dem scharf gerollten R (wahrscheinlich ganz ähnlich der Aussprache von Naira) in Rrrrage erzählt. Dazu sehe ich meinen Vater vor mir, der geduldig wie Schlachtvieh auf seinen Einsatz (den einzigen heroischen in seinem Leben) wartet, an der Stelle mit dem Taxi, da rief er immer: Dann habe ich kurzen

Prozess gemacht, einer musste ja eine Entscheidung treffen!, und wie sie schließlich gemeinsam die Pointe orchestrieren, um dann vereint darüber zu lächeln. Und wie sich unter mir der Boden auftut.

Wie heißt es noch in *Pulp Fiction*? Das war etwas mehr Information, als ich mir gewünscht hätte …? Entschuldigen Sie. Aber ich habe mich richtig warmgeschrieben. Langsam erinnere ich mich daran, warum ich einmal gerne Briefe schrieb: Die Gedanken werden klarer, wenn man sie für jemanden formuliert. Auch kleine Gedanken finden Raum. Die unwichtigen. Ach. Was sind überhaupt wichtige Gedanken?
Außerdem merke ich plötzlich, dass mir die Briefe meines Vaters fehlen. Dabei waren sie eigentlich ziemlich kläglich. Die immer gleichen cremefarbenen Umschläge in meinem Briefkasten, seine strenge Handschrift, dann die alltäglichen, belanglosen und wenig abwechslungsreichen Beobachtungen und Überlegungen in seinem spanischen Exil. Sein Wetterbericht und seine Fragen (die jetzt keiner mehr stellt, vielleicht ist es das, was mir fehlt?): Hast du Pläne? Hast du genug Geld? Wann kommst du mal nach Málaga? Gießt du auch brav meinen Oleander?
(Ja, Papa. Ich gieße den Oleander. Er hat geblüht, prächtig und wunderbar, den ganzen heißen Sommer lang. Ich habe ein neues Bewässerungssystem ausprobiert, das nicht von oben nässt, und ich glaube, es hat ihm gefallen. Vor einer Woche habe ich ihn reingeholt, denn auf dem Feldberg fiel schon der erste Schnee. Das merkt er sofort. Er ist ja so eine Mimose … Und Pläne, ja, ja, ich habe mir das ein oder andere vorgenommen, für das kommende Jahr, vor allem, was die Gärtnerei betrifft. Nächste Woche habe ich einen Termin bei der Bank, und dann sehen wir weiter.)

Wir standen uns nie nah, meistens tat er mir auf eine distanzierte Art leid, trotzdem fehlt er mir irgendwie.

Ich glaube, ich höre jetzt besser auf und gehe eine Runde laufen. Aber eine Frage habe ich noch, die bewegt mich die ganze Zeit. Warum ausgerechnet Neumünster, Johan? Warum diese Stadt, die so sehr darunter leidet, einerseits nicht Kiel und andererseits nicht schön zu sein. Warum nicht der Greyhound? Warum nicht London? Wie ist es dazu gekommen? Darf ich das fragen?

Passen Sie auf sich auf, vor allem in der Dusche,

Jana

PS: Haben Sie der Dame Lambrecht mal eine Schachtel Pralinen zum Dank für Ihre Rettung vorbeigebracht? Ich bin sicher, dann funktioniert der Boiler auch bald wieder …

13.11.2018

¡Hola Jana!

Schade, dass im Hahnknüll kein Spanisch-Kurs angeboten wird. Das wäre sinnvoller als Kunsttherapie, Außenaktivitäten oder Familiengespräche. Für mich jedenfalls.
Vielleicht.
Nicht nur, dass ich Ihnen in einer mir neuen, von keiner Assoziation verdorbenen Sprache schreiben könnte, was zur Fremdheit und allmählichen Erkundung einer helleren Zukunft passen müsste. Es würde auch die Abhängigkeit von Naira ein bisschen verringern. Seit meinem letzten Brief hat unser Verhältnis nämlich etwas Abnormes entwickelt. Und daran sind Sie nicht unschuldig.
Aber von vorn.
Ich lächle immer noch über Ihren Brief. Er hat mich aber auch aus dem Konzept gebracht. Ich weiß nicht genau, was mich an ihm berührt hat, wie mich das berührt hat und warum. Sind es die Orte, die ich nicht kenne: Gerberau, Kirchhörde-Nord, Sagunt? Die will ich kennenlernen. Sind es die Rätsel, die losen Enden von »Bittschreiben«, »Beweisstück« und »Förderung« – die mich allesamt neugierig machen, als angelte ich in Ihrem Kopf nach seltenen Fischen –, auch »Gärtnerei«, »Fahrradkurierin« und »zu genehmigende Projekte«? Wie passt das zusammen? Ist es die Freundlichkeit, mit der Sie mir entgegenkommen? Der praktische Witz, mit dem Sie mein jahrelanges Lambrecht-Problem im Handstreich lösen? Die Geschichte Ihrer Geburt, die tanzt und zappelt wie ein Wirtschaftswunder-Comic? Oder

ist es einfach die Tatsache, dass Sie zu Fastnacht in der Wohnung sitzen und mir schreiben, anstatt sich unter die zotteligen Wesen zu mischen, die unerträglich laut auf ihre Schellen schlagen? Darf man denn so etwas versäumen?
Das alles erscheint mir bunt und melodisch, auch wenn Sie behaupten, in grauen Gewässern unterwegs zu sein. Ich sehe Sie aus der Ferne. Das darf ich nicht vergessen. Ich will diese Entfernung ausmessen. Aber wie macht man das?

Sie sagen, wir *sind* die Geschichten, die wir von uns erzählen. Ist das so? Ja, für mich sind Sie, was Sie erzählen, weil ich Sie nicht kenne. Ich habe keine Handhabe, kann Ihnen keine gemeinsame Erfahrung entgegenhalten, Sie keiner Schönfärberei überführen, weil ich Ihre Grundfarbe nicht sehen kann. Ich bin blind und muss hören. Aber stimmt es deswegen auch für Sie?
Es ist ja nicht auszuschließen, dass wir nur erzählen, *weil* wir etwas sein wollen. Dann wären aber alle Anekdoten, Legenden, Erinnerungen nur Orchestrierung der gewaltigen Furcht, *nichts zu sein*? (Oder wenigstens nicht das Gewünschte. Und warum ist uns genau das so wichtig?)
Erzählen wir aus Angst?
Ein Teil meines Lebens bestand beinahe ausschließlich aus Geschichten. Es war die Zeit, in der ich versucht habe, festzuhalten.
Sind wir, wenn wir nichts von uns erzählen? Ja.
Sind wir auch, wenn andere nichts über uns erzählen? Ja.
Dieses Sein ist nicht mehr als die Summe unserer einfachsten Instinkte. Gier, Hunger, Geilheit, Brutpflege. Auch Angst gehört dazu. Sie führt zu Flucht. Ist das Erzählen eine Flucht? Eine Flucht, die uns in mehr oder weniger plausible Zusammenhänge treibt, die vortäuschen, was es gar nicht gibt: Sinn und Bedeutung. Sicherheit. Das absolut Zwangsläufige, das alles zu umge-

ben scheint und uns zu Einzigartigen macht, weil wir es entdecken, herleiten, verknüpfen, entwickeln, anschaulich machen, dann durchschauen und benutzen können und uns so schließlich unsterblich fühlen, allmächtig.
Die Spinne im Netz. Die spröder werdenden Fäden wippen im Herbstwind. Der Raufrost beißt sich fest. Noch blitzt die Sonne in den Kristallen. Aber bald reißt das Lügengespinst. Ob Spinnenfaden oder Liane, sie halten nicht.

Macht Sie das Heimweh Ihrer Mutter zu einer Spanierin? Nein. Bin ich ein Pfaffenhütchen? Ja. Mag sein. Vielleicht.
Nur, wie bin ich dazu geworden (oder zu einem Halophyten oder einem anderen Gemüse)? Ich weiß nicht, ob ich, was jetzt kommen sollte, durchhalten werde. Es müsste der Teil meines Lebens sein, der mit »Kein Anschluss unter dieser Nummer« endete, und ich wünschte, er hätte sich wenigstens unter warmer Sonne, zwischen Oleanderblüten und Meeresrauschen abgespielt. Aber auch hier nur: Neumünster.
Na ja, fast – ein Teil der Geschichte spielt in Hamburg.
Warum Neumünster, haben Sie mich gefragt? Die Antwort ist so einfach wie langweilig. Ich wurde hier 1972 geboren. Am 27. Mai, während die erste Folge von *Raumschiff Enterprise* im Fernsehen lief, setzten bei meiner Mutter die Wehen ein. Ihre Freundin Anette, auf deren Sofa Mutter lag, weil sie den einzigen Farbfernseher weit und breit besaß, wollte einen Krankenwagen rufen. Meine Mutter fand das unnötig dramatisch, hatte aber kein Geld für ein Taxi. Also steckte sie sich eine Zigarette an und ging zum Bus. Anette guckte die Folge zu Ende und verliebte sich in *Spock*. Ich würde jetzt gerne erzählen, dass ich unter heldenhaftem Einsatz eines Busfahrers zwischen Padenstedt und Wittorf das Licht der Welt erblickte, aber so war es nicht. Ein Busfahrer hatte

nichts damit zu tun. Nach einem weiteren langen Fußmarsch und der einen oder anderen *Ernte 23* gebar mich meine Mutter in der Scholtz-Klinik. Mit abgelaufenen Hacken, wie nebenbei, unaufgeregt und allein – einen Vater zu dem Kind gab es nicht, nicht einmal auf einen Kreis potenzieller Erzeuger wollte sie sich je festlegen. Später, wenn sie einen im Tee hatte und ich sie nach meinem Vater fragte, zählte sie die ganze Mannschaft der *Enterprise* auf und endete jedes Mal mit: »Die Abenteuer des Raumschiffs mit seiner *400 Mann* starken Besatzung!« Dann kamen mir aus Wut und Hilflosigkeit die Tränen, und sie kicherte so niedergeschlagen in sich hinein, dass ich Angst um sie bekam. (Übrigens ist die Pilotfolge von *Star Trek* eine Halophythenfolge! Ein extraterrestrisches Lebewesen, das Salz zum Überleben braucht, ermordet in seiner Verzweiflung mehrere Mannschaftsmitglieder, ehe es selbst getötet wird.)

Hier in Neumünster wuchs ich auf. Ich brach das Gymnasium nach der Zehnten ab und begann eine Lehre in Lüneburg. Meinen Meisterbrief bekam ich 1993 in Hamburg: Ich war Metallbau-Meister geworden. Ein vernünftiger Beruf. Und alles, was ich wollte, war, es besser zu machen, als ich es mir selbst zugetraut hatte.

Das Schicksal spielte mir in die Karten, ich fand eine Anstellung als Assistent der Zentralen Sterilgutversorgungsabteilung am Krankenhaus Groß-Sand in Wilhelmsburg. Reinigung und Desinfektion von chirurgischen Instrumenten, Funktionsprüfung, Packen und Verpacken des Sterilgutes nach Listen, Wartung der Reinigungsmaschinen. Das war genau das Maß an Verantwortung, das ich mir zutraute. Es war eine gute Zeit.

Und allmählich wurde ich sicherer. Es begann Spaß zu machen, Teil eines so wichtigen Prozesses zu sein. Bald hatte ich Verbesserungsvorschläge, konnte kleine Optimierungen im

Arbeitsablauf durchsetzen, die Effizienz der Reinigungsmaschinen besser ausnutzen.
Kurz, ich kam voran, war akzeptiert und guter Dinge.
Ich lernte Kiki kennen. Im November '95 in der U-Bahn, wo sie mit einem Bauchladen über die Bahnsteige zog, um ihr BAföG aufzustocken. Sie hatte eine bunte Zipfelmütze über die roten Haare gezogen, auf der *Sugafari* stand, bot Süßigkeiten aus aller Herren Länder an, und wenn sie einen großen Riegel finnischer Schokolade beiseiteschob, erweiterte sich ihr offizielles Sortiment um ein inoffizielles: Kleiner Feigling, Jägermeister, Küstennebel, Boonekamp und Korn. Sie war offensiv und neugierig, in ihren Augenwinkeln wohnten Kobolde. Ich richtete meinen Fahrplan, soweit es ging, nach ihren Arbeitszeiten.
Ein Jahr später zogen wir zusammen. Ich war zum Leiter der ZSVA aufgestiegen und konnte von meinem Gehalt etwas zurücklegen. Kiki studierte weiter BWL – allerdings ohne Ehrgeiz. Sie war im 9. Semester, und das Ziel lag noch in weiter Ferne.
1997 wurde sie schwanger. Wir badeten in Glück und Hoffnung. Dass unsere wenig synchronisierten Leben austrockneten, fiel uns nicht auf. Wir heirateten sogar. Am 2.2.1998. Am 13. Februar wurde unsere Tochter geboren. Marie.
Ich habe mich nie wieder so stark gefühlt wie in diesen ersten Jahren. Ich dachte, ich könnte alles tragen. Ich hatte eine Frau, eine Tochter und einen ordentlichen Job. Ich war ein guter Mann, ein verliebter Vater und ein fairer Abteilungsleiter. So konnte es weitergehen.
Ging es aber nicht.

Kiki brach das Studium ab und konzentrierte sich voll auf Marie, bewachte eifersüchtig ihr kleines Leben. Keinen Atemzug durfte die Kleine unbeaufsichtigt machen. Wollwindeln wurden in Olivenseifenflocken gewaschen. Auf dem Spielplatz musste Marie einen Schnuller benutzen, damit ihr keine Insekten in den Mund flogen. Als sie in die Kita kam, drückte sich Kiki vormittagelang am Eingang herum und horchte ängstlich auf die Kinder. Als sie sich endlich mit der Fremdbetreuung abgefunden hatte, schrieb sie detaillierte Anweisungen für die Erzieherinnen: »Unter 18,5 Grad Pulli anziehen, ab 20 Grad Sonnenschutzoberteil an. Ersteres im Schatten, Letzteres bei Sonnenschein ebenso im Schatten messen!« Die Kita kündigte den Betreuungsvertrag. Kiki stürzte sich in einen Rechtsstreit, der schon bald das einzige Thema war, um das sich ihre Gedanken drehten. Das vergiftete unsere Tage.

Nur selten schien die alte Kiki noch durch. Zwar konnte sie mich in aller Öffentlichkeit beschimpfen und einfach stehen lassen, aber wenn sie dann am Abend wiederauftauchte, weder kleinlaut noch reuig, sondern mit einem Friedensangebot vor der Brust, blitzten in ihren Augenwinkeln die Kobolde, die ich so liebte. So kam ich auch an diese Jutetasche, auf der *I get a bird* stand.

Natürlich war ich ziemlich eingespannt, kümmerte mich aber um Marie, wann immer es ging, um Kiki zu entlasten. Als die Kleine Pseudo-Krupp bekam, habe ich sie nachts im Buggy spazieren gefahren. Wir drehten Runde um Runde durch Parks, stille Straßen, und ich erzählte ihr leise alles, was mir durch den Kopf ging. Nach zehn Metern schon fielen ihr die Augen zu, und die Hustenkrämpfe blieben aus. Zumindest solange ich redete, was absurde Situationen ergab.

Manchmal schoben wir an Nachtschwärmern vorbei, die sich totlachten über den Depp, der seinem schlafenden Kind die Funktionsweise eines Dampfsterilisators erklärte. Oder wir standen an einer stark befahrenen Straße, während ich gerade ein

Lied sang, von dem wegen des Verkehrslärms kein Ton zu hören war – aber wehe, ich hätte aufgehört.
Das muss der Anfang unserer besonderen Nähe gewesen sein.

Als Marie 2003 in die Vorschule kam, teilte Kiki mir mit, dass sie sich scheiden lassen wolle. Sie habe einen Mann kennengelernt, der »ihre Seele berühre«. Sie wolle mit ihm leben und werde *selbstverständlich* auch das alleinige Sorgerecht für Marie beantragen. Erst spät fand ich heraus, dass es der Anwalt war, mit dessen Hilfe sie die Kita verklagt hatte. Plötzlich fielen alle Puzzleteile an ihren Platz.

Im Nachhinein Sinn zu schaffen, indem ich ausmale, koloriere und dann jede Schattierung auf Fehlpigmente untersuche, ist überflüssig. Es war nichts Besonderes. Ich war wie der Klettermaxe, den ich als Kind von einem Onkel aus dem Erzgebirge bekommen hatte: ein Holzmännchen auf einer Leiter, das unaufhaltsam abwärtsklickerte.
Klick, klick, klick, klick – klack!

Ich war so fassungslos, dass ich die Flucht ergriff. Kopflos räumte ich die Wohnung, zog in ein billiges Hotel. Ich ließ mich krankschreiben und stand jeden Tag am Pausenhof, um Marie zu sehen. Manchmal gelang es mir, eine Mitschülerin zu überreden, ihr kleine Briefchen mitzunehmen. Da waren Zeichnungen drin: eine lachende Sonne; ein Mann, der eine Kartoffel im Buggy durch die Welt schiebt; bunte Eistüten, so was. Aber natürlich fiel das auf, und der Anwalt erwirkte im Handumdrehen eine vorläufige Kontaktsperre.
Die Scheidung ging durch, aber das Sorgerecht wurde geteilt. Allerdings durfte ich Marie nur jedes zweite Wochenende sehen.

Zu Beginn ausschließlich unter Kikis Aufsicht – das waren die schlimmsten Nachmittage. Doch das änderte sich bald, denn ich kündigte (bevor mir gekündigt werden konnte, weil mein Zustand für die Firma nicht mehr tragbar war). Ich wollte Hamburg verlassen. Jetzt wäre der Augenblick gewesen, nach London zu gehen, Berlin oder in den Mittleren Westen. Allerdings hätte ich Marie dann aufgeben müssen.
Da ergab sich die Möglichkeit, Anettes Wohnung in Neumünster zu übernehmen – und das schien mir wie ein Zeichen: zurück auf die *Enterprise* – »Viele Lichtjahre von der Erde entfernt, dringt die *Enterprise* in Galaxien vor, die nie ein Mensch zuvor gesehen hat«. Die Vorstellung, mich dort einzuigeln, wo ich herkam, beruhigte mich.

Während ich mich in meiner Heimatstadt schnell wieder zurechtfand, begann ich ein Studium an der Fernuni Hagen. Philosophie. Wie um mein bisheriges Leben mit einem Streich über den Haufen zu werfen. Ich begann zu lesen, was mir in die Hände fiel. Von der »historisch-systematischen Einführung in die Entstehung, Begrifflichkeit und konzeptuelle Vielfalt der Kulturphilosophie« über den »Zusammenhang von Sprach- und Denkstrukturen« bis hin zur »Philosophie der Interkulturalität«. Nur die Einsamkeit beim Lesen machte mir zu schaffen. Wenn ich allerdings von meinen Büchern aufblickte, sah ich manchmal den Linienbus an der Haltestelle. Mein alter Traum, diese dicken Dinger zu fahren, klopfte an. Und was wäre denn eigentlich, fragte ich mich, der Unterschied zwischen den geistigen Transferleistungen, denen ich mich gerade widmete, und dem Passagiertransfer? Unterm Strich ging es doch immer um das Ankommen. Was sprach also dagegen, Fährmann zu werden? Schon bald studierte ich Verkehrsregeln statt Logik.

Unterdessen entwickelte sich mit Marie eine ganz spezielle Kommunikation: Es war mir unerträglich, dass ich in ihrem Alltagsleben keine (wenn auch noch so kleine) Rolle mehr spielen konnte. Ich kannte ja das Gefühl, ohne Vater zu sein. Ich hatte ständig das Gefühl, ihr etwas zu schulden. Sie verraten zu haben. Ich erinnerte mich, wie froh es mich gemacht hatte, wenn ihre Mitschülerinnen die kleinen Briefe entgegennahmen, schüchtern grienten und mit schnellen Trippelschritten in den Klassenraum rannten, um meine Post auszuliefern.
Ich begann, Marie Postkarten zu schreiben. Oder eigentlich am Anfang noch zu zeichnen. Sie war sieben Jahre alt und lernte ja gerade erst schreiben und lesen. Ich würde nach und nach Buchstaben in die Bilder schmuggeln können. Täglich schickte ich eine. Natürlich antwortete sie anfangs nicht. Aber an unseren Wochenenden konnten wir über die kleinen Bildergeschichten lachen und uns neue ausdenken, die ich dann in der kommenden Woche zeichnete. Marie sammelte sie alle. Sie hatte sich eine extra Pappkiste dafür besorgt und sie mit Trockenblumen verziert. Und so wie sie allmählich das Alphabet lernte, die ersten Zusammenhänge verstand, wurden aus meinen Zeichnungen nach und nach Comics. Sprechblasen mit einfachen Grüßen oder Witzen oder Fragen auf der Rückseite von historischen Ansichten, Scherzkarten, Werbe- oder den üblichen Touristenkarten. Mit neun Jahren, als wir am Wochenende in einem dieser schrecklichen Spaßbäder Pommes aßen, zeigte sie mir, dass sie alle bisher geschickten Karten an den Längsseiten zusammengeklebt hatte. Sie hatte so etwas wie einen bunten Zeitstrom, eine meterlange Vergangenheit gebastelt! Und sie teilte mir umwerfend altklug mit, dass sie die gezeichneten Bildchen langsam zu kindisch fand. Sie bestellte Geschichten bei mir. Und sie wollte antworten!

Jana, können Sie sich vorstellen, wie aufgeregt ich war?

Unsere nächsten fünf Jahre spiegelten sich in diesen regelmäßigen Schnipseln. Maries Entwicklung, ihre Wünsche, kleinen Niederlagen und Verwirrungen (das Leben mit Kiki bot wohl viele davon), mein mittlerweile fahrplanmäßiger Alltag, der so viele beiläufige Kostbarkeiten beinhaltete: z. B. den Riesenschnauzer, der allein in meinen Bus sprang und drei Haltestellen später wieder ausstieg, offenbar so desorientiert, dass ich rechts ranfuhr, den Hund mit meinem Pausenbrot an Bord lockte, Frau Florczak (die täglich mit mir zu ihrem Nagelstudio fuhr) bat, sich seiner anzunehmen, und ihn am Bahnhof der wartenden Feuerwehr übergab. Sein Frauchen war so erleichtert, dass sie mir eine Kiste Wein an die Endstation brachte. Mir, einem Berufsfahrer! Allein dieser Vorfall wurde eine 20-teilige Fortsetzungsgeschichte. Unsere Karten wurden immer genauer. Um ehrlich zu sein, war es Marie, deren Interesse entschiedener wurde. Ich musste mich anstrengen, ihre Fragen zu beantworten, ihre fantastischen Ausflüge in die Pubertätslabyrinthe mit Humor und Verantwortung zu kontern. Unsere Erzählungen wurden immer komplexer, und ich begann zu lesen, um mich an Beispielen zu orientieren. Marie schickte mir die Literaturlisten aus ihrem Deutschunterricht. Wir lasen parallel – und kommentierten auf unseren Karten, die nun endgültig zu klein waren und zu Briefen wurden.

Das hat mir eine unerwartete Welt eröffnet.

Gregor Samsa zum Beispiel habe ich unterm Lenkrad im Berufsverkehr kennengelernt. Immer darauf achtend, dass die Fahrgäste das Buch auf meinen Knien nicht entdeckten. Eine Zeit lang erwog ich ernsthaft, in eine Stadt mit mehr Staupotenzial zu ziehen. Auch das besprach ich mit Marie. Sie lachte mich aus.

Sie war 15, als sie eines Abends im Jahr 2013 an meinem Bus stand. Sie trug einen großen Rucksack, stieg ein wie ein normaler Fahrgast – ich war zu perplex, sie nach dem Fahrschein zu fragen – und fuhr bis Schichtende in der letzten Reihe mit. Wortlos. Ohne ein einziges Zeichen, das das Rätsel ihres Auftauchens erklärt hätte. In der Nacht gingen wir von der Garage ebenso wortlos nach Hause. Ich machte mein Bett auf dem Sofa. Sie ging duschen. Dann packte sie den Rucksack aus – die Kartenkiste hatte sie auch dabei und schob sie unter ihre Pullover im Schrank.

Ihre und meine Karten, Briefe, Zettel waren unter einem Dach. Natürlich konnte ich mir den Grund für ihren plötzlichen Besuch zusammenreimen. Aber fragen *musste* ich doch irgendwann. Ihre Antwort war ein Schock, im Guten wie im weniger Guten: Sie wollte bei mir leben. Die Konflikte mit ihrer Mutter (die sich, wie Marie meinte, mit einem Yogastudio selbstständig machen wollte) waren unauflöslich geworden. Kiki hatte Marie mehr oder weniger rausgeschmissen – abgeschoben zu mir. Einerseits war ich glücklich darüber, andererseits war mir sofort klar, dass das Leben, in dem ich mich so bereitwillig eingerichtet hatte, gefährlichen Belastungen ausgesetzt sein würde: das Leben in Geschichten.

Sollten wir jetzt anfangen, uns alles, was wir für Erlebnisse hielten, zu erzählen? Zu sagen? Reden? Unvorstellbar. Wir waren ja die Geschichten, die wir dem anderen geschrieben hatten. Wir waren so vieles.

Wir versuchten, uns das Schreiben irgendwie zu erhalten: Die Beobachtungen, Fragen, Verabredungen schmolzen auf Post-it-Größe zusammen und klebten am Kühlschrank. Zeichnungen wurden wieder häufiger. Und es war möglich, lustig und manchmal überraschend.

Es kam uns entgegen, dass wir uns, obwohl wir jetzt unter einem Dach lebten, selten sahen.
Wenn mein Dienst begann, kam Marie aus der Schule. Wenn ich nach Hause kam, war sie mit Freunden aus. Ich stellte ihr das Frühstück für den kommenden Morgen hin, klebte Post-its an Tassen, Besteck oder die Tageszeitung und ging zu Bett. Eine erstaunliche Weile lief das hervorragend. Wir hatten Spaß, an meinen freien Tagen auch eine vorsichtige Nähe, denn an ein Zusammenleben waren wir beide nicht gewöhnt, machten Blödsinn, führten ernsthafte Gespräche und überlegten angestrengt, wie man wohl die Post-its chronologisch verwahren könnte.
Es war Maries Idee, sie an einer Ecke mit einem robusten Faden zusammenzuheften. So konnten wir blättern, wie in einem Daumenkino.

Dann kam der Tag. Zur Orientierung: Es war exakt sieben Monate bevor ich Ihre Agenda fand.
Marie war 17 Jahre alt.

Ich kam etwas verspätet wegen einer Betriebsratsversammlung und bemerkte es sofort: Sie war weg. Nicht in der Disco oder bei Freunden. Nicht in Hamburg bei Kiki. Sie hatte sich in ihr eigenes Leben verabschiedet – ohne sich zu verabschieden!
Ja, sie hatte ein paar Mal davon gesprochen, mit einer Freundin zusammenziehen zu wollen, Backpacking durch Skandinavien vielleicht, Neuseeland stand auch hoch im Kurs. Träume, hatte ich gedacht. Aber es gab keinen Anlass, es gerade jetzt zu tun. Es war grund- und vorzeichenlos. Und sie hatte sich nicht verabschiedet.
Die Kartenkiste mit all unseren Briefen hatte sie mitgenommen und damit auch unsere Geschichte.

Wenn wir aber die Geschichten sind, die wir von uns erzählen, wo bin ich dann? Bin ich noch?
An der Türklinke zum Badezimmer hing ein Daumenkino, das Marie gebastelt hatte: Es zeigte ihr Selbstporträt, das langsam verschwand. Auf die letzte Seite waren sieben Ziffern notiert.
Am nächsten Tag in der Mittagspause ging ich zum ersten Mal in die Telefonzelle in der Wendeschleife und wählte diese Nummer. Ich ließ es 30-mal klingeln und redete mir ein, sie würde wissen, dass ich es versucht hätte, auch wenn niemand abgehoben hatte. Das machte ich dann ein Mal täglich. Exakt zur selben Zeit, exakt 30 Klingeltöne. Exakt sinnvoll – bis die Nummer abgeschaltet wurde.

Jana, Naira sitzt mir im Nacken.
Ich habe ja zu Hause nichts, keinen Computer, kein Smartphone. Ich muss also weiter den Patientenrechner des FEK nutzen, um Ihnen schreiben zu können. Aber der Zugang zum Netz ist eingeschränkt. Seiten und Suchoptionen sind gesperrt, damit wir Insassen keinen Blödsinn anstellen. Also habe ich mir Nairas Kontodaten erbettelt, um mich anmelden zu können und z. B. Dinge wie Kirchhörde-Nord zu googeln. Aber Naira wäre nicht Naira, wenn sie sich bedingungslos darauf eingelassen hätte.
Sie hat mir ein Versprechen abgenommen: Jeden Abend, an dem sie mich nach Hause bringt, muss ich mit ihr und dem Ehepaar Lambrecht mehrere Runden Mau-Mau spielen. Die Lambrechts sind sehr um mich bemüht, seitdem ich Ihre Idee mit den Pralinen beherzigt habe (auch wenn der General nicht versteht, dass ich nie wieder duschen werde). Und Naira ist, glaube ich, sehr einsam im norddeutschen Regen. Ich werde Ihnen demnächst von diesen Abenden schreiben. Sie sind wirklich abenteuerlich. Die Brunslow würde es »Training der sozialen Kompetenz« nen-

nen. Ich bin mir aber nicht sicher, ob ich das Trainingsziel erreichen werde.
Naira durchbohrt mich mit ihren ungeduldigen Blicken. Ihr Schlüsselbund hat etwas von einer Waffe.

Eine Frage noch: Sind Sie Gärtnerin?

Klick, klick, klick, klick – klack!

Johan Z.

Visby, 22. 11. 2018

Hej, Johan,

ich sitze hier in einer Ferienwohnung mit Blick auf eine riesige weiße Kirche (durch die offenen Bögen in den Türmen kann ich das Meer sehen. Das ist wirklich überraschend. In so einem Fenster erwartet man keine Horizontlinie, sondern nur Himmel), eben ist Barbro, die Vermieterin, gegangen, und nun schleicht sich langsam die Dunkelheit heran. Ich werde sie reinlassen müssen, denn im Gegensatz zu Ihnen habe ich das Rauchen noch nicht aufgegeben, ehrlich gesagt rauche ich in letzter Zeit sogar ein bisschen zu viel, und ich bilde mir ein, dass eine Zigarette mir hilft, einen Einstieg in mein Gedankenchaos zu finden.
Seit Tagen will ich Ihnen schreiben, doch ich weiß nicht, wo und wie ich anfangen soll.
Damit, wie sehr mich die Frage beschäftigt, ob Sie sich ein Fenster gebastelt haben (dazu haben Sie im letzten Brief gar nichts gesagt!)? Damit, wie ich lachen musste, über die Vorstellung Ihrer Mau-Mau-Runde? Oder damit, wie mich die Aufmerksamkeit rührt, mit der Sie lesen, was ich Ihnen schreibe? Wie mich Ihr Vertrauen und Ihre Offenheit gleichzeitig ehren und ängstigen? Oder soll ich damit beginnen, wie mich die Geschichte von Ihnen und Marie aufgewühlt, umgekrempelt und letztlich umgeworfen hat? Oder lieber damit, dass meine Großmutter auch am 13. 2. Geburtstag hatte und in diesem Jahr 106 geworden wäre? Soll ich noch mehr über Pflanzen schreiben, diese stillen Freunde? Soll ich damit beginnen, die Fragen aufzuschreiben?

Oder soll ich erzählen, dass ich nach Gotland geflüchtet bin, aus dem vorweihnachtlichen Irrsinn Freiburgs auf die winterkarge Insel in der Ostsee, um – ja, um was zu tun?

Hatte ich mal gesagt, Briefeschreiben würde helfen, die Gedanken zu sortieren? Nun, ich muss mir widersprechen. Briefeschreiben verursacht ein ziemliches Durcheinander, oder, um genau zu sein, weniger das Schreiben als das Bekommen. Ihre Briefe, *Sie*, haben in mir so manches ins Rollen gebracht …

Die Steine, die ich werfe …

Ich muss bei den Geschichten anfangen. Denn darum geht es. Es geht um unsere Geschichten. Unsere Lebensnarrative.
Ob wir aus Angst erzählen, fragen Sie sich / mich. Aus der Angst, *nichts* zu sein, und ich würde dem in gewisser Weise zustimmen. Wenn wir »uns« erzählen, werden wir sichtbar, werden *wahr* im Angesicht des anderen (egal, ob die Geschichten objektiv richtig sind oder nicht). Und liegt das nicht in der Natur des Menschen? Das Wahrsein? Ist das nicht das menschlichste Bedürfnis überhaupt? Ob es nun den berühmten Sinn gibt oder nicht, ist doch unerheblich. Wenn wir nicht tot sind, leben wir – und wir werden Geschichten.
(Kennen Sie das, wenn Kinder immer wieder die Geschichte ihrer Geburt erzählt bekommen wollen – es ist ein Ereignis vor ihrer bewussten Erfahrung, vor ihrer Erinnerung, und sie fühlen sich nicht vollständig, nicht »echt« ohne diese Geschichte. Oder wenn Paare sich immer wieder ihr Kennenlernen erzählen? Es ist für sie die Erzählung irgendwann verbindender als die Erinnerung. Familien pflegen Anekdoten, um sich gegenseitig der Wahrhaftigkeit zu versichern, um sich der Zugehörigkeit zu ver-

gewissern, der »Richtigkeit«, die gemeinsame Erzählung ist das, was sie zusammenhält.)
Für mich ist Erzählen nicht Flucht, sondern vielmehr der Versuch, zu leben. Für Sie doch auch, oder? Warum erzählen Sie mir sonst Ihre Geschichte?
Darüber hinaus glaube ich, dass man unterscheiden muss, zwischen den Geschichten, die wir *sind*, und jenen, die wir *erzählen*. Nicht jede Geschichte will oder kann man erzählen, doch sie ist trotzdem da, macht einen aus.

Nach Ihrem Brief habe ich mich an einen Abschnitt erinnert, den ich in einem Essay las, der ging ungefähr so: »Unsere Geschichten sind Kompasse und Gebäude. Wir richten uns an ihnen aus und bauen daraus unsere Zufluchtsstätten und unsere Gefängnisse; ohne Geschichte zu sein, würde bedeuten, sich in der weiten Unendlichkeit einer Welt zu verlieren, die sich um uns herum ausdehnt wie die arktische Tundra oder Meereis.«
Ich frage mich, ob es das ist, was Sie fühlen?
Die arktische Tundra? Das Eis um Sie herum?

Ihr schmerzvoller Bericht über Marie und die meterlange, aneinandergereihte Vergangenheit, über ihr plötzliches Auftauchen und ebenso plötzliches Verschwinden, über Ihre täglichen Anrufe aus der Telefonzelle (und ich frage mich, haben Sie eigentlich jemals versucht, zu einer anderen Tageszeit anzurufen?
Und wenn nicht, kann es sein, dass Sie Marie gar nicht wirklich erreichen wollten?), ja, auch schon Ihre Briefe davor, schon mein wiederaufgetauchter Kalender mit der endgültig verlorenen Telefonnummer – das alles hat für mich eine Geschichte wiederauferstehen lassen, die ich nicht mehr denken wollte, weil sie ein Gefängnis war und ich lange Zeit darin eingesperrt.

Es ist eine Geschichte, die ich noch nie freiwillig erzählt habe, und ich weiß nicht, ob ich es überhaupt jemals kann, ob ich sie kontrollieren und steuern kann. Bisher war es immer umgekehrt, bisher hat die Geschichte mich kontrolliert, geknebelt und still gehalten.
Die Steine, sie sind in Bewegung geraten – und ich weiß natürlich, wohin sie fallen werden; auf keinen anderen Boden als mich selbst.

Aber. Eine Geschichte, die ich erzählen kann:
Ich bin leider keine Gärtnerin – *noch* nicht, aber in diesem Punkt besteht *esperanza*!
Ich habe in grauer Vorzeit mal Soziologie studiert und betreibe seit ungefähr zehn Jahren die Denkfabrik »Futurisma« – zusammen mit meinem Buchhändlerfreund Friedemann. Ein ziemlich brotloses, idealistisches Projekt ist das, an das außer uns leider nicht wirklich viele Leute glauben, auch wenn die meisten, die davon erfahren, betonen, wie wichtig es ist, dass es uns gibt (daher rühren auch meine sämtlichen Projektanträge und Bittschreiben. Darin habe ich es inzwischen allerdings wirklich zu einer gewissen Professionalität gebracht).
Aus den diversen fachübergreifenden Visionswerkstätten ist auch mein neuestes Projekt entstanden: der Zukunftsgarten. Ich stelle mir eine Gärtnerei vor, in der ich bedrohte Pflanzenarten erhalten und züchten würde, daneben noch Nutzpflanzen, die mehr als eine Verwendung finden könnten und so besonders nachhaltig wären. Und natürlich auch bienenfreundliche heimische Wiesenblumen. Kräuter. Heilpflanzen. Und, und, und …
Letzte Woche hatte ich einen Termin bei der Bank, um die Finanzierung ebendieser Gärtnerei zu besprechen, und stellen Sie sich vor, tatsächlich sieht es gar nicht so finster aus. Die Stadt (grün,

wie sie ist) hat einen kleinen Förderbetrag zugesagt, sodass man mich bei der Bank zumindest ernst genommen und überhaupt angehört hat!
Es ist das erste Mal, dass ich eine Art Geschäftsplan habe, der Wirklichkeit werden könnte. Das erste Mal in 46 Jahren (ich bin Jahrgang 71, knapp elf Monate älter als Sie).
Aber noch ist es ja nicht so weit, noch ist das alles Zukunftsmusik (haha), und einstweilen verdiene ich meinen schnöden Lebensunterhalt weiterhin, indem ich für die Anwaltskanzlei meiner Freundin Jette als Fahrradkurierin Dokumente durch die Gegend transportiere und sonntagnachts im Stadttheater putzen gehe. Manchmal sehe ich mir die Vorstellung an, bevor ich anfange zu arbeiten. Sie lassen mich umsonst rein, um sich so ein besseres Gewissen zu kaufen für die eher müde Bezahlung.
Nicht gerade glanzvoll, diese Vita, was? Vielfältig und bunt vielleicht. Aber nicht melodisch.

Durch das offene Fenster fällt kalte Nachtluft herein. Ich höre das Meer rauschen und den Wind. Ein beständiges Dröhnen. Ich kann nicht sagen, ob mich das aufregt oder beruhigt.
In Ihrem ersten Brief, im ersten Satz schrieben Sie damals, das Leben eines Busfahrers ist wie Ebbe und Flut. Daran muss ich oft denken. Für mein Leben trifft das auch zu. Mal fühle ich mich wie ein Fisch auf dem Trockenen, mal hab ich das Gefühl, zu ertrinken. Ich sehne mich nach einem gleichbleibenden Wasserstand. Reguliert, von mir aus. Wie sie jetzt auch die Lagune in Venedig regulieren wollen. Mit Schwimmbarrieren, die verhindern sollen, dass die Stadt im immer extremeren Acqua Alta ersäuft. Ich frage mich, wie ich mich schützen kann.

Eine andere Geschichte, die ich Ihnen erzählen kann:
Sie erwähnten Padenstedt.
Dort habe ich zahlreiche Ferien verbracht. Jahr um Jahr wurde ich auf den Ponyhof zu Familie Kreikenbohm expediert, sollte Reiten lernen und kein Heimweh haben.
Im Alter zwischen 11 und 15 habe ich verschiedene Sechs-Bett-Zimmer mit fremden Mädchen geteilt, tausend Kilo Pferdeäpfel ausgemistet und irgendwann zum ersten Mal Alkohol getrunken (statt Reiten lernte ich damals, wie man eine Bierflasche mit dem Feuerzeug öffnet). Mir hat sich nie erschlossen, was das für ein Glück sein soll, das da auf dem Pferderücken liegt. Die Ferien waren immer so langweilig wie das platte Land, und Heimweh hatte ich sowieso keines. Die Attraktion eines Sommers war dann Mark. Ein Junge aus Neumünster, der irgendwann plötzlich auf dem Hof auftauchte und im Stall arbeitete. Er hatte ein Moped und einen Coolness-Sonderstatus, anders als die Feriengäste, und war gleich das Ziel vieler schamhafter Mädchenfantasien. Seinetwegen entspannen sich die zickigsten Intrigen, gingen Freundschaften in die Brüche und flossen Krokodilstränen. Muss für ihn als pubertierenden Jungen wie ein Sechser im Lotto gewesen sein. Warum er dann ausgerechnet mich wählte, weiß ich nicht. Wahrscheinlich war ich schlicht verfügbarer als die anderen, weil mich die weichen Ponymäuler zum Schmusen nicht sonderlich interessierten. Mark konnte anständig küssen (ansonsten war er ähnlich ahnungslos wie ich), und wir vertrieben uns die Zeit miteinander.

Eine weitere Geschichte, die ich erzählen kann:
Vor etwas mehr als zwei Monaten, kurz nachdem Ihr erster Brief mit dem Kalender kam, hat Moritz mich verlassen. Wir waren sechs Jahre und drei Monate zusammen. Es war eigentlich alles

gut zwischen uns, ich habe ihm seine kostspieligen Hobbys und andere Freiräume gelassen, und Moritz hat alle meine Marotten ertragen, vielleicht sogar gemocht, mein Chaos, meine Ideen, bis er durch eine unbedachte Bemerkung meinerseits herausfand, dass er nicht alle meine Geschichten kannte (womit wir wieder beim Thema wären). Er meinte, ich hätte sein Vertrauen missbraucht, oder besser gesagt, ihm nicht vertraut. Er fühlte sich um meine Vergangenheit betrogen und will mir nicht verzeihen.
Es hat mich sehr überrascht. Ich hatte nicht damit gerechnet, dass in unserer Beziehung die vollständige Offenlegung der gesamten Lebensgeschichte die Währung für Vertrauen ist. Es ist mir immer noch unbegreiflich. Bin ich denn nicht glaubwürdig durch das, was ich jetzt *bin*? Es ist ja nicht so, dass ich ein Verbrechen begangen habe. Jedenfalls nicht wirklich.
Nun. Seither bin ich also wieder allein, und ich muss sagen, dass es ok ist. Ich fühle mich weniger einsam, als ich erwartet hätte.

Dann kann ich noch diese Geschichte erzählen:
Meine Kindheit und Jugend spielte sich, wie Sie inzwischen wissen, in Kirchhörde-Nord/Dortmund ab. In einem kleinen hellgrauen Reihenhaus in einer Mittelstandssiedlung, mit Jägerzaun und Fertigbaugarage. Mit gemäßigter Lautstärke nach 22 Uhr und Sperrmüll zwei Mal im Jahr.
Mein Vater war Berufsschullehrer in Dortmund, meine Mutter unterrichtete an der Volkshochschule und in der Familie Spanisch und war ihr Lebtag verzweifelt darüber, dass mein Vater seinen deutschen Akzent nicht ablegen konnte und dass ich die Sprache nicht fließend beherrschte. (Ich wollte einfach nicht so werden wie sie. Es ist genau, wie Sie schrieben: Ich war keine

Spanierin, nur weil meine Mutter das wollte. Im Gegenteil. Aber das eine ist ihre und das andere meine Geschichte.)

Meine Mutter war chronisch bitter und unzufrieden. Sie lebte in der festen Überzeugung, alle seien gegen sie. Tag und Nacht suchte sie nach Beweisen dafür, dass wir (oder ihre Freunde, ihre Tanten, der Staat) sie hintergangen, belogen, betrogen oder einfach ignoriert hatten, dass wir sie missachteten. »Siehst du, das ist wieder ein Beweis dafür, dass …« war einer ihrer Standardsätze. Dabei tat mein Vater alles für sie, er versuchte, sie auf Händen zu tragen, damit sie sich ein wenig leichter fühlte, und schaffte es doch kaum, sie vom Boden aufzuheben.

Es war eng bei uns und normal und nur selten glücklich.

Als ich 15 war (also genau in dem Alter, in dem Marie zu Ihnen kam – erinnern Sie sich noch an dieses verzweifelte Noch-Kind-und-doch-schon-erwachsen-sein-Wollen, das man in diesem Alter durchlebt? Was für ein unseliger Zustand), liefen ich und mein Leben ziemlich aus dem Ruder, was zu folgenschweren Umständen führte und schließlich dazu, dass ich versuchte, mich umzubringen. Es wäre mir beinahe gelungen. Mit einem Liter Apfelkorn und reichlich Tabletten im Magen legte ich mich in die Badewanne einer Schulfreundin. Während sie bekifft in ihrem Zimmer mit einem Typen rummachte, warf ich genug Zeug ein, um ein Pferd zu killen. Doch die verfrühte Rückkehr der Eltern machte sowohl dem Typ als auch mir einen Strich durch die Rechnung. Ich wurde eingeliefert.

Das Zittern, die Klinik, die Medikamente, der Tonfall der Gespräche. Ich kenne das alles. Besser, als mir lieb ist, verstehen Sie?

Es ist, wie soll ich es sagen, alles noch in mir drin, auch wenn es sehr lange her ist. Und wenn Sie davon schreiben, wie Ihre Gedanken sich verlieren und Sie Tassen klauen, wird mir warm und kalt zugleich. Ich möchte Sie fest umarmen und davonlaufen.

Ich möchte nach Neumünster fahren und Ihnen mit dem Fenster helfen, und ich möchte mich einschließen und nie wieder nach draußen.

Es ist spät geworden, Johan. Die Insel schläft. Aber der Wind, das Meer und ich sind noch wach. Können Sie schlafen? Was machen Sie nachts? Ich liebe den Schlaf, dieses Gefühl, in die Stille zu sinken und ganz schwer und zugleich ganz leicht zu werden, nur leider stellt er sich viel zu selten ein (schon seit einer Weile nehme ich darum Johanniskraut, *Hypericum perforatum*, diese schöne kleine gelb blühende Pflanze, die älter ist als die Zeit, deren Heilkraft schon so lange bekannt ist und die auf unseren Feldern und Äckern wächst, am Wegrand golden leuchtet. Kennen Sie die? Saftige Blütendolden. Ich werde sie in meinem Garten haben. Für die Bienen und die Nerven. Welche Pflanze mögen Sie? Verraten Sie es mir? Ist es vielleicht die Anemone? Sie würde sehr gut zu Ihnen passen, finde ich. Oder mögen Sie am Ende gar keine Pflanzen?). Wenn ich nicht schlafen kann, beschäftige ich mich meist mit meinem Herbarium, es beruhigt mich, meine Sammlung zu betrachten. Vielleicht kommt der Schlaf ja hier zu mir. Das wäre schön.
Morgen besuche ich einen Bauernhof, der ein ganz ähnliches Konzept verfolgt wie ich mit meinem Zukunftsgarten. Es ist ein Pilotprojekt, das hier viel Aufmerksamkeit bekommen hat. Ich bin gespannt. Die Schweden sind in vielem weiter als wir, hoffentlich kann ich mir dort etwas abschauen.
Es ist mir ernst, wissen Sie. Ich möchte ein Mal etwas in die Hand nehmen und nicht scheitern. Nur ein Mal. Verstehen Sie?

Bevor ich mich noch um Kopf und Kragen schreibe, überlasse ich Sie Naira und den Lambrechts und Ihren Mau-Mau-Abenden. Vielleicht können Sie ja irgendwann auf Doppelkopf umsteigen, das ist ein bisschen interessanter und abwechslungsreicher. Erzählen Sie mir davon? Erzählen Sie mir, was mit Ihren Füßen ist? Erzählen Sie mir mehr von Marie? Von Ihren Geschichten (den wahren und den erfundenen?) – dann wachsen unsere Geschichten vielleicht irgendwann zusammen. Sie haben sich ja längst verwoben. Lange bevor wir angefangen haben, einander zu schreiben. Ist das nicht seltsam?

Gute Nacht,
Jana

27. 11. 2018

Liebe Jana,

wie lange bleiben Sie im Norden? Ich kann dort nicht hinschreiben. Es gibt keine Absenderadresse auf dem Umschlag. Ich muss nach Freiburg schreiben, ohne zu wissen, ob oder wann Sie wieder zu Hause sind. Das macht mich unruhig. Ich schreibe ins Leere. Ich habe Angst. Ich schreibe also jetzt, *obwohl* ich Angst habe. Nicht weil.
Ich schreibe, obwohl ich Angst habe, weil ich nicht weiß, wem der Brief in die Hände fällt. Ob er zwischen Werbung für Technikdiscounter und mobile Altenpflegedienste durchnässt, sich im Sud der billigen Drucke verfärbt, verklebt, beim Leeren zerreißt oder einfach mit den schmierigen, wertlosen Versprechungen im Müll verschwindet.
In ein Loch rufen, das durch die Erde geht. Ganz hindurch. Jenseits: das All. Nicht einmal ein Echo. Und nur, weil Sie denken, verschwinden zu müssen? Ohne vorzuwarnen? Und auch noch einen großen Schritt in meine Nähe? Oder, von Ihnen aus gesehen, sogar über mich hinweg?!
Finden Sie das richtig?
Ich schicke Ihnen etwas, was ich nicht vermissen werde: eine Beschreibung. Die wird mir nicht fehlen. Ich werde Ihnen mein Fenster beschreiben. Aber das wird nicht ohne Erklärungen möglich sein. Leider gibt es in meinem Leben seit geraumer Zeit nichts, was ohne Erläuterung auskäme.
Sie müssen wissen, wie meine Tage aussehen, damit Sie mein Fenster verstehen.

Ich stehe gegen 5:30 Uhr auf und zwinge mich zu einem Morgenlauf. So früh, weil ich die Erfahrung gemacht habe, dass Passanten auf meine Erscheinung befremdet reagieren. Einerseits, weil meine ganze Ausstrahlung an einen Unfall mit Personenschaden erinnert, andererseits, weil ich mich ausschließlich in Spenden des Hahnknüll'schen Fundus kleide. Es gibt dort eine Sammlung aus vergessenen oder zurückgelassenen Patientenklamotten.
Und oft, wenn jemand bei meinem Anblick auf der Straße zusammenschreckt, frage ich mich, ob ich ein Stück trage, das seinem verblichenen Angehörigen gehörte. Außerdem natürlich meine Füße … Jedenfalls habe ich beschlossen, im Dunkeln zu laufen. Wobei »Laufen« ein großes Wort ist für das, was ich mache. Trotten, watscheln, dackeln träfe es besser. Und wirklich treffe ich, wenn überhaupt, auf Hunde. Der Nachbarshund bellt, weil meine Schritte kaum hörbar sind. Nicht mehr als ein unbestimmtes Platschen, das je nach Wetterlage an Papier oder Plastik erinnert.
Er erschreckt sich, was mich erschreckt. Weil ich dann wieder daran denken muss, wie alles gekommen ist.
Der Hund ist ein Langhaardackel mit dickem Bauch. Wir stehen uns gegenüber. Und für einen Augenblick habe ich das Gefühl, in einen Spiegel zu schauen. Seine Krallen und meine Zehennägel haben Ähnlichkeit. Dann zuckele ich weiter. Am nächsten Baum muss ich pinkeln. Dabei werfe ich einen Blick über die Schulter und sehe, dass der Dackel das Bein hebt.
Sein Herrchen, Herr Lord, ist ein angejahrter, schwuler Ex-Lehrer, der die Wohnung nur äußerst selten verlässt. Er schickt den Hund in den Vorgarten, weil er zu faul ist, sich anzuziehen. Meine Angst schickt mich auf die Straße, weil sie sicher sein kann, dass ich immer zurückkomme: Einer wie ich haut ihr nicht ab.

Denkt sie.
Serotonin, Dopamin, Adrenalin und Noradrenalin sind die ersten Freuden meines Tages. Ich habe es der Brunslow versprochen. Sie meint, dass das der EMDR-Therapie zugutekäme. Für den Fall, dass ich mein Versprechen halte, hat sie mir versprochen, dass es mir besser gehen wird. Und es stimmt.
Wenn ich also mein Versprechen halte, hält sie ihres auch.
Ist das jetzt pathetisch oder absurd?

Nach meiner Runde habe ich noch exakt 25 Minuten, bevor Naira schellt. Allerdings kann ich nicht duschen. Ich habe aus der Klinik alte Handtücher bekommen (genauso wie Bettwäsche, diverse Hemden und Überjacken). Ich befeuchte eines lauwarm und reibe mich damit ab. Dann suche ich mir eine Kombination zusammen, die den meteorologischen Gegebenheiten angemessen scheint.
Pünktlich um 6:30 Uhr steht Naira vor der Tür. Ich weiß, dass das tägliche Grauen, das sich ihr bei meinem Anblick bietet, zu den wenigen Höhepunkten ihres langweiligen Lebens gehört. Ihr Gesichtsausdruck ist unbeschreiblich. Ihr Lächeln, das ursprünglich wohl mal »Guten Morgen. Die Klinik wartet …« oder »Wie war deine Nacht? Brauchst du etwas? Steh nicht so schief!« sagen wollte, ist längst zu einer Grimasse gefroren, wie man sie an gotischen Kathedralen findet. Ich freue mich jeden Morgen. Ich sage dann: »Gut geschlafen? Soll ich etwa fahren?!«
Das weckt sie aus ihrer Erstarrung. Allein die Aussicht, dass ich ihr noch einmal von meinem Busfahreralltag erzählen könnte oder ihr bei der kleinsten Unsicherheit ins Lenkrad greife, um zu demonstrieren, dass das mein Leben war und ich fahren kann wie kein anderer, führt dazu, dass sie den Schlüsselbund erschrocken wegzieht, sich umdreht und wortlos verschwindet.

Ich tappe hinterdrein. Ich murmele und grinse wie nach einem kleinen Sieg, und solange ich mich nicht frage, worüber ich wohl gesiegt habe, bleibt das Hoch bestehen.
Meinen Führerschein haben sie mir schon vor drei Jahren abgenommen, als ich zum ersten Mal eingeliefert wurde. In der Woche nachdem ich Ihren Kalender gefunden hatte.
Als sich mein Wortschatz exakt auf *I get a bird* beschränkte.
Als die Krankenkasse noch bezahlt hat!
Naira fährt mich, weil es mir immer noch nicht möglich ist, tiefer als zwei Querstraßen in die Stadt vorzudringen. Die Angst hält mich an kurzer Leine. Sobald ich fremden Menschen begegne, befällt mich eine Lähmung.

Es ist 7:15 Uhr, und meine erste Therapiestunde beginnt um elf. Ich lungere im Gemeinschaftsraum herum und räume auf, was einen guten Eindruck hinterlässt und die Chance erhöht, dass mir vom Stationswagen etwas vom Frühstück zufällt. Als Ambulanter habe ich ja keinen Anspruch mehr. Pfleger und Ärzte sind freundlich. Immer ist jemand da, der mich nach meiner Laune fragt, eine Tasse Tee für mich hat oder sogar einen Witz auf Lager – und sei es nur über meine Kleidung.

Um kurz vor neun setze ich mich an den öffentlichen Computer und logge mich mit Nairas Zugangsdaten ein. Wenig später kommen die ersten Stationären. Ich lese Zeitung, sehe Filmchen, tummele mich auf Mau-Mau-Seiten oder recherchiere was zum Thema GKV. Ich suche, klicke mich immer tiefer in den Wust verlinkter Nichtigkeiten, schneide aus, sichere und klicke weiter, bis ich mich heillos in den Eingeweiden der Server verloren habe. Kurz bevor ich es mir auf einer DIMM-Speicherbank bequem machen kann, kommt meist ein Patient und verjagt mich. Nur wenn ich Ihnen schreibe (wie gerade jetzt – 10:17 Uhr), lassen mich meine Mitbekloppten in Ruhe.

Von 11:00 bis 11:50 Uhr habe ich meine Stunde bei Naira. Sie hat sie so geplant, weil danach ihre Pause liegt und wir gemeinsam essen können. Naira teilt mit mir. Von 13:30 bis 15:00 Uhr muss ich in die Bastelgruppe. Hier beschäftigen wir uns zu fünft mit Werkstücken aus Holz – unter sachkundiger Anleitung.
Ich werde nicht den Fehler begehen, zu fragen, was das bringen soll.

Einmal pro Woche, donnerstags, habe ich eine Gesprächsstunde bei der Brunslow. Mittlerweile dreht es sich immer öfter um Praktisches: Da die Krankenversicherung meine Arbeitsunfähigkeit aufgrund eines MDK-Gutachtens anzweifelt und darum die Zahlung des Krankengeldes eingestellt hat, bin ich vollkommen mittellos. Um das zu ändern, sind zahllose nervenaufreibende Termine mit Anwälten, Sachverständigen und Ärzten, Papiere, Formulare, Gutachten nötig.
Frau Dr. Brunslow versucht, mir zu helfen, wo sie kann, aber die bürokratischen Fallstricke schießen wie Pilze aus dem Boden. Mitunter ist es so, dass *ich sie* trösten muss. Wir tauschen Plätze! Was mich allerdings leider nicht dazu befähigt, auch nur einen der notwendigen Schritte allein in Angriff zu nehmen. Ich habe nichts. Außer den Spenden des Krankenhauses besitze ich nichts. Ich habe keinen Teller, keinen Rechner, kein Waschmittel, keine Monatskarte; weder Butter, Hering oder Maggi noch Nagelschere, Tesafilm, Mehrfachstecker. Während die Luft um mich von Begriffen wie Frührente, Pflegegrad, Zwangsverrentung und Attest flirrt, warte ich täglich auf die Kündigung meiner Wohnung. Seit zwei Monaten habe ich keine Miete bezahlt. Es gehört

zu den größeren Rätseln meines Alltags, dass ich noch keine Mahnung, nicht einmal eine Nachfrage bekommen habe.
Dieser Zustand gefährdet den Erfolg der Therapie nachhaltig. Wie soll ich zu einem vernünftigen, vielleicht sogar gesunden Leben zurückfinden, wenn man mir nicht die geringsten Voraussetzungen dafür zugesteht? Ich lebe wie am Tropf. Meine Pfleger heißen Naira, Brunslow und Lambrecht (2 x). Aber je näher die mir kommen, desto ferner fühle ich mich. Nur bei Ihnen ist das anders: Ihre Briefe sind das einzige Zeichen dafür, dass ich aus mir selbst heraus lebe. Der einzige Faden, der mich ohne Hintergedanken mit der Welt verbindet.
Deswegen meine Furcht, als ich sah, dass Sie nicht zu erreichen sind!

Ja, ich fühle diese Tundra, wie Sie schreiben, dieses ewige Eis, diese öden Flure – aber ich glaube nicht, dass die Geschichten ein Kompass sind.
Ich glaube, unsere Geschichten sind allesamt gelogen. Weil wir lügen müssen. Und natürlich brauchen wir Sinn. Der Sinn ist der Hebel der Kontrolle. Er legt den vermeintlichen Zusammenhang zwischen Ursache und Wirkung in unsere Hand (zurück). Und auch wenn er dort nichts zu suchen hat, vermittelt er uns das Gefühl der Überlegenheit. Wir stehen am Hebel, wir haben Gewissheit, wir haben die Macht: weil wir uns die Welt so erzählen, wie wir sie brauchen. Und das ist richtig. Sie als Zukunftsforscherin (und auch: Stadttheatersonntagsputzfrau!) sollten das sehen. Wie bunt würde Ihr Zukunftsgarten, wenn Sie sich die Pflanzen nur ausdächten?!
Ich habe eine Bitte: Schreiben Sie mir (irgendwann) einen »Vorschlag zur Konsolidierung des Lebens von Johan Z.«. Mit einer Projektbeschreibung, die alle Schritte zu meiner Genesung be-

inhaltet. Sie dürfen lügen und erfinden und biegen und beugen. Wenn ich sie lesen werde, wird sie ihre Wirkung (nämlich: die von Ihnen beabsichtigte) entfalten.
Wir kommen mit allem zurecht, außer mit der Ohnmacht.

Nach dem Gespräch mit Frau Dr. Brunslow folgt, wie jeden Tag, die EMDR-Stunde bei Doc Fischer. Donnerstags bin ich von Bürokratie und Existenzängsten so weichgeklopft, dass ich manchmal früher abbreche. Manchmal arbeiten die Glückshormone aber gerade an diesem Tag besonders bereitwillig. EMDR bedeutet *Eye Movement Desensitization and Reprocessing* und wurde von einer amerikanischen Literaturwissenschaftlerin entwickelt!
Es ist ein Versuch. Wenn es sich so positiv entwickelt, wie es den Anschein hat, kann ich Ihnen vielleicht einmal erzählen, wie es funktioniert.
Noch muss ich mit Einzelheiten vorsichtig sein.

17:00 plus. Mein Therapietag ist beendet. Naira ist schon nach Hause gefahren. Sie wird mich in zwei Stunden abholen. Was sie zwischen Schichtende und 19:00 Uhr macht, bleibt ihr Geheimnis. Kein Wort lässt sie sich darüber entlocken. Und auch, ob sie einen extra Obolus für ihre Fahrdienste von der Brunslow bekommt, kann ich nicht herausfinden.
Ich setze mich noch mal an den Computer und schicke alles, was ich an dem Tag notiert, gesichert, geschrieben habe, an den Hauptcomputer in der Verwaltung. Dort druckt man mir meine Dokumente freundlicherweise aus. Gelegentlich frage ich mich, ob Duplikate meiner Briefe an Sie in der Verwaltung aufgehoben werden.
Der Tag im Gemeinschaftsraum tröpfelt aus, wie er begonnen hat. Eine Scheibe Graubrot mit Frischkäse ist allemal drin. Kalter

Hagebuttentee. Ungezuckert. Mehr ist auch nicht nötig. Denn wenn Naira mich in meine Küche bringt, hat Frau Lambrecht meist schon einen Teller vom Mittagessen dort deponiert. Samt Besteck und Gewürzen. (Seit meinem »Duschunfall« hat sie einen Nachschlüssel.)
Und so komme ich zu meinem lauwarmen Abendbrot.
(Jedenfalls an den seltenen Tagen, an denen sie sich nicht in den Kopf gesetzt hat, mit mir zu zocken.)
Später sitze ich mit leerem Kopf in der leeren Küche meiner leeren Wohnung. Es ist so dunkel, wie es war, als Naira mich morgens abgeholt hat. Bei Tageslicht würde mich die Wohnung erschrecken. Die Wände sind dünn. Ich brauche weder Fernseher noch Radio.

Ich mache mich ans Fenster.
Es sitzt rechts, beinahe an der Stirnwand, und geht auf den Hof hinaus. Das vermittelt einen ungeschickten Eindruck, als sei es einmal Opfer willkürlicher Umbaumaßnahmen geworden. Missachtet und übrig geblieben. Wie ein hängendes Auge, das einem ebenmäßigen Gesicht etwas Irritierendes verleiht. Ich mochte das schon, als ich einzog. Das Unerklärliche, das Zufällige, das zu jeder Raumachse Schiefe. Es misst einen Meter auf einen Meter. Auch dieses Quadrat ist für ein Fenster ein merkwürdiges Format. Nichts stimmt damit.
Auf dem Hof sehe ich in etwa sieben Metern Entfernung eine graue Bretterwand. Sie füllt beinahe den ganzen Fensterausschnitt. Es ist ein großer Materialschuppen – Lambrechts Paradies: Hier wohnen sein Werkzeug, die Ersatzteile, die Bestuhlung fürs Hoffest, sein Bierkasten (und sicher die eine oder andere Flasche Likör), selbst geschweißte Grillvorrichtungen, Rasenmäher, entsorgte Fahrradgerippe, Winterreifen; Rohre, Schläuche,

Bleche, Armaturen, Planen, Buggys, Springseile und ein klappbares Fußballtor. Kurz: sein Zauberkasten, sein Zylinderhut.

Als Sie mir (vor vier Wochen?) das Gedicht geschickt hatten, habe ich angefangen, es abzuschreiben. Wieder und wieder. Ich wollte zwischen den Zeichen verschwinden. Ich wollte Teil des Gedichtes werden. Dabei fiel mir auf, dass ich bei jeder Kopie auf andere Aspekte stieß, dass die Zusammenhänge sich auflösten – neue, bunte und gänzlich unerwartete Assoziationen auftauchten. Das regte mich auf. Immerhin war es doch derselbe Text. Auf allen Blättern. Fing ich an, mich aufzulösen, oder machte sich das Gedicht über mich lustig?

In meiner Verwirrtheit wollte ich noch eine Dimension herauskitzeln: In der Hoffnung auf etwas Unerwartetes klebte ich Ihren Brief (das Original) links oben in die Fensterecke. Und dann die saubersten meiner Kopien darüber. Allerdings nicht deckungsgleich, sondern jeweils um einen Buchstaben nach rechts gerückt und eine Zeile nach unten verschoben.
Selbstverständlich griff die Überlagerung (Zeilenabstand) erst ab dem dritten Blatt. Ab dem siebenten wurde sie zu einem undurchdringbaren Buchstabenkompost. Ich war entmutigt.
Bis mir Frau Lambrecht eines Abends während einer hitzigen Mau-Mau-Partie ein Stück selbst gebackenen Stachelbeerkuchen anbot. Die Sträucher stehen im Schatten des Materialschuppens und werden von ihr liebevoll gehegt. Auf dem Küchentisch lag eine Rolle Backpapier! Sie hat sie mir geschenkt. Ohne zu zögern oder sich zu wundern. Sie wertete mein Interesse wohl als Zeichen der Besserung.
Und so konnte ich den Versuchsaufbau von Neuem beginnen.
Ich kopierte, diesmal auf Backpapier. Ich schichtete die Kopien

ans Fenster. Aber wieder geschah nichts. Denn mittlerweile wurde es um fünf Uhr dunkel, und kein Schimmer fiel durch die vielen Lagen Backpapier.
Verzagt muss ich eingeschlafen sein. Halbwegs aufrecht sitzend am Küchentisch. Denn ich erwachte irgendwann von gleißendem Licht mit Schmerzen im Rücken. Ich schreckte auf, die Buchstabenschichten im Fensterrahmen tanzten für den Bruchteil einer Sekunde vor mir! Dann fielen sie ebenso unvermittelt zurück in die abgrundtiefe Dunkelheit.

Ich habe lange gebraucht, bis ich mich von dem Schreck erholt hatte. Bis ich mich auf die Spur einer Erklärung machen konnte. Inzwischen weiß ich: Der General hat aus Angst um seinen Zauberhut einen Bewegungsmelder angebracht, der einen Strahler schaltet. Taghell. Natürlich reagiert der Infrarotsensor nicht nur auf Einbrecher, sondern auch auf Tiere. Katzen, Ratten, vielleicht den Langhaardackel aus dem Seitenhaus? Und der Spot ist so ausgerichtet, dass ein Großteil des Lichts in mein Küchenfenster fällt.
Was mich früher sofort zu einer Beschwerde veranlasst hätte, ist jetzt mein Glück. Ich muss nur geduldig warten, bis sich wieder ein Tier, von Winterkälte getrieben, an der Schuppenwand reibt, schon gleißt Licht durch die Schichten des Gedichts, und Buchstaben aus verschiedenen Ebenen finden zueinander.
Ich muss nur noch notieren.
Schnell allerdings, denn die Leuchtphase ist auf 15 Sekunden programmiert.
Das ist mein Fenster.

Ich sitze jede Nacht, bis mir die Augen zufallen, und warte auf das Licht. Während meines Morgenlaufs habe ich Vogelfutter aus fremden Gärten und Katzenfutter von Schwellen angelehnter Verandatüren geklaut. Ich habe es um den Schuppen verteilt. Es funktioniert. Je kälter es wird, desto häufiger kann ich notieren. Ich hoffe auf einen eisigen Winter.
Die Wörter, die sich aus dem Buchstabensalat anbieten, sind aufregend.
Sie sind weit von denen des Gedichts entfernt, und doch wachsen sie aus seinem Hinterland, aus seinem Boden, seinem Atem. Ich weiß, dass diese neuen Wörter einmal einen Sinn ergeben werden.

Johan Z.

PS: Vor mir liegt ein Ohr aus Stein. Wann sind Sie zurück?

4.00 Uhr morgens

Lucy Jane?
Kann es sein, dass Sie im Mai 1986 eine Zahnspange getragen haben?
In Padenstedt?
Die Chance besteht doch immerhin.

1986 war das Jahr, in dem mein Geburtstag ausfiel. Mein 14. Geburtstag. Nichts wollte ich weniger als zu Hause feiern. Aber meine Mutter ließ uns nicht hinaus. Wir mussten in der Wohnung bleiben und mit ihr Heimlich & Co. spielen, das sie mir

geschenkt hatte. Wir, das waren mein Kumpel Chris, der Nachbarsjunge Michi und ich. Heimlich & Co. ist ab acht. Meine Mutter war schon seit Wochen vollkommen durch den Wind. Chris hatte ihr einen Blumenstrauß mitgebracht. Ich weiß nicht, ob aus Freundlichkeit, um seine gute Erziehung herauszukehren oder aus Angst vor ihrem emotionalen Chaos – aber ich weiß, dass der Blumenstrauß an meinem Geburtstag das Einzige war, das ein feierliches Licht auf die mündige Zukunft, ein Leben Richtung Volljährigkeit warf. Es war so erwachsen. Es waren Margeriten. Sie nahm den Strauß mit spitzen Fingern am Papier und warf ihn sofort in den Müll. Dann drehte sie sich zu Chris und sagte:
»Danke. Nett von dir.«

Fallout, Strahlenschutzkommission und Becquerel hatten vorübergehend Mutters Verantwortungsgefühl geweckt. Wir aßen kein Obst mehr, kein Gemüse, tranken keine Milch; Pilze und Wildfleisch hatte es ohnehin nie gegeben. Der kalte Frühling lag hinter uns, die erste Maiwoche war sonnig, und Mutter zwang mich trotzdem, auf dem Schulweg den Friesennerz und ein Halstuch über dem Mund zu tragen – oder einen Regenschirm aufzuspannen. Ich war fast 14! Ich schämte mich entsetzlich. Hinter der ersten Ecke riss ich mir die peinliche Verkleidung runter und versteckte sie unter einem Busch in einem kleinen Park. Die Straßen füllten sich allmählich, aber niemand wurde von zu Hause so ausstaffiert.
Was hätten die von mir gedacht?
Bevor ich das Schulgebäude sehen konnte, musste ich einen Fußgängertunnel durchqueren. Der Flaschenhals meines Tages. Im Dämmerlicht hier unten, wo es nach Urin stank, der Boden mit Müll und Scherben übersät war, lungerten Zehntklässler, hörten

Run-DMC, rauchten, rempelten uns gegen die Wand oder leerten unsere Ranzen johlend in den Dreck. Das war der GAU, der Super-GAU, zweimal täglich, auf Hin- und Rückweg. Hier in der lächerlichen Staubschutzklamotte aufzutauchen, schien mir deutlich gefährlicher als Tschernobyl.
Sie erwischten mich häufiger als andere.
Nach heftigen Beschwerden begann die Schulleitung diejenigen zu befragen, die von den Übergriffen betroffen waren. Ich war einer der Ersten. Mitten in der Unterrichtsstunde erschien ein Referendar und holte mich zum Gespräch in die Direktion. Auffälliger hätte es gar nicht sein können.
Ich weiß nicht mehr genau, wie das Gespräch verlief. Wie sie mich dazu brachten. Was ich gedacht habe. Nur die Kaffeemaschine hinter dem Direktor vergesse ich nicht: Der braune Sud tropfte über den Rand und verbreitete einen ätzenden Geruch. Niemand schien sich daran zu stören.
Sie fragten mich aus. Ob ich jemanden erkannt hätte? Ob ich Namen nennen könne? Auffällige Kleidungsstücke? Uhrzeiten? Woher die Musik kam? Ob getrunken wurde, geraucht, andere Drogen? Sie versprachen, Wachen aufzustellen, patrouillierende Abiturienten, Vertrauenslehrer, den Hausmeister – falls mir die Namen der Bösewichte doch noch einfallen wollten.
Der Kaffeegeruch kratzte in meinem Rachen.
Es waren drei: Direktor, Vorsitzender des Elternvereins und eine junge Erdkundelehrerin. Sie sagten, ich müsse keine Angst haben. Alles werde in größter Vertraulichkeit geregelt. Nur müsse es eben geregelt werden. Am besten gestern und endgültig. Die Verunsicherung in den unteren Klassen sei enorm.
Eine nennenswerte Anzahl von Schülern würde gar nicht mehr oder nur mit Angst zur Schule kommen. Der Parkplatz vor dem Seiteneingang war von besorgten Eltern verstopft, die ihre

Kleinen notgedrungen bis vor die Tür brachten. Die Stimmung kochte.
Der Vater vom Elternverein war für rechtliche Mittel, Polizei, drakonische Strafen. Der Direktor hatte Angst um den Ruf seiner Anstalt, und die Erdkundelehrerin versuchte, die Umstände zu ergründen, die die Bösewichte zu ihren Taten getrieben hatten. Mich beachteten sie kaum.
Ich sagte schließlich, dass ich einmal einen Gettoblaster erkannt hätte. So ein Riesending, das ich von einem meiner Plattencover kannte. Die Männer sahen mich an wie einen Alien. *Gettoblaster* gehörte nicht zu ihrem Wortschatz. Nur die Lehrerin wusste ungefähr, wovon ich sprach: »LL Cool J meinst du?«
Ich nickte halbherzig: *»Radio.«*
Es gab nicht viele, die die Platte schon kannten, und noch weniger, die so ein neumodisches Gerät besitzen konnten. Es war sicher teuer, jedenfalls auffällig. Ich hätte nicht gewusst, wo man so etwas in Neumünster kaufen konnte. Man brauchte vermutlich Beziehungen in die USA oder wenigstens nach Hamburg, dachte ich.
Der Direktor machte sich sofort Notizen. Der Vater auch. Die Lehrerin suchte nach einem Stift. Ich beobachtete, wie sie dem Direktor einen frühlingshaften Blick zuwarf. Endlich nickten alle drei vor sich hin, sich dann gegenseitig zu, plusterten ein bisschen die Backen, und der Gettoblaster war ein Fall.
Der Geruch des angebrannten Kaffees hing mir noch stundenlang in der Nase, nachdem ich ziemlich verwirrt aus dem Büro des Schulleiters gestolpert war.
Das Unglück nahm seinen Lauf.
Es war schnell.
Auch wenn ich vorerst nichts davon mitbekam.

Am späteren Nachmittag stand mein bester Freund Chris mit niederschmetternden Neuigkeiten vor der Tür. Da sie seinen Cousin betrafen, den er nicht ausstehen konnte, schmückte er seinen Bericht übermütig mit vielen Details, die er eigentlich gar nicht wissen konnte: Der Direktor war in Begleitung von Fr. Bort (Erdkunde) bei seinem Onkel aufgetaucht, der als Bauunternehmer häufig in Übersee zu tun hatte. Man hatte ihn gefragt, ob sein Sohn (derzeit 10 c) möglicherweise an Musik interessiert wäre, also moderner Musik; das, was man heute so höre, Run-DMC beispielsweise oder LL Cool J, und Fr. Bort legte ihm das Cover von *Radio* vor. Ob der Junge vielleicht auch so einen Gettoblaster besitze? Der Onkel war überrascht, wohl auch ein wenig geschmeichelt, und erzählte, wie er das Monstergerät bei einem Hinterhofhöker in Denver für seinen Sohn geschossen hatte. Das Gerät stand im Kinderzimmer.
Man konfrontierte den Mann mit den Anschuldigungen gegen seinen Sohn, führte Zeugenaussagen ins Feld und vergaß keinen der zahlreichen Fehltritte, die der Zehntklässler sich in der Vergangenheit schon geleistet hatte. Chris' Onkel wurde ungeheuer wütend. Allerdings nicht auf die Lehrer, sondern auf seinen Sohn. Angeblich sagte er nur: »Ich mache das!«
Sein Versuch, die Gemüter mit Geld zu besänftigen, schlug fehl. Die Lehrer wollten lieber über disziplinarische Maßnahmen reden: Verweis, Schadenersatz, oberste Schulaufsichtsbehörde. Weil das beim Onkel aber nicht im Mindesten verfing, kündigten sie eine Konferenz an, die alles aufklären sollte. Restlos.
Und gingen.

In seiner Hilflosigkeit knallte der Onkel den Gettoblaster in die Einfahrt und rollte mit seiner schneeweißen S-Klasse drüber. Immer vor und zurück, wie Chris nicht müde wurde zu schildern.

Der Cousin fand die zermahlenen Überreste auf der Straße. »Sein Anblick am nächsten Morgen war ein Fest«, geiferte Chris. Was die Erzählung an seinem Mund hinterlassen hatte, hatte ich indessen im Kopf: Schaum. Gischt. Angst, die mir durch die Därme kollerte und mich zu der bangen Frage zwang: »Weiß er denn …? Ich meine, hat er eine Ahnung, wer …?«
Vielleicht können Sie sich meinen Zustand vorstellen? Schon in der Nacht bekam ich Fieber. Hohes Fieber. Was bei meiner Mutter die schlimmsten nuklearen Szenarien wachrief. Ihre Verzweiflung war meiner sehr verwandt, und für ein paar Tage waren wir uns wirklich nah. Auch wenn ich schon am zweiten Morgen das Thermometer in lauwarmen Tee stecken musste, um meine Fieberträume zu beglaubigen, die keine waren, sondern schlechtes Gewissen, Scham und Panik.
Wie viel Angst hätte ich ihr ersparen können, wenn ich meine ausgesprochen hätte. Aber lange funktionierte die Komödie sowieso nicht. Als sie sich sicher sein konnte, dass mich nur ein grippaler Infekt erwischt hatte, war sie so glücklich, so überaus erleichtert, dass sie sogar den Strahlenschutz vergaß und mich mit einem verliebten Lächeln in die Schule entließ, das meiner seelischen Verfassung krass widersprach.

Der Fußgängertunnel war still, friedlich und sauber. Über der Schule lag Schweigen. Nur Chris versorgte mich manchmal flüsternd mit Spekulationen. Sein Cousin fehlte unentschuldigt: »Die Gesundheit«, feixte er. Dazu häuften sich andere Krankmeldungen – und zwar auffälligerweise unter den Schülern, die vom Kollegium zu den Vorfällen befragt worden seien. Zwei Neuntklässler wären mit blauen Augen und blutiger Lippe aufgetaucht. In der Entschuldigung war zu lesen, sie hätten einen Fahrradunfall gehabt. Sie selber sprachen nicht darüber.

Es war, als wäre ich von der Welt durch eine Scheibe getrennt. Mein Verrat schloss mich ein und aus. Mir war schwindlig. Ich hatte doch niemanden verraten. Hatte mit meinem Hinweis nur geholfen, eine unhaltbare Situation zu entschärfen. Aber Denunzianten bekamen immer, was sie verdienten. Das wusste ich.

Als ich wenige Tage später auf dem Heimweg den Friesennerz unter dem Busch hervorzog, sah ich ihn. Er saß auf einer Parkbank und rauchte. Er fixierte mich. Seine Haltung war lässig und gespannt zugleich. Weglaufen war keine Alternative. Aus vielen Gründen. Schneller, als ich denken konnte, federte er hoch und kam auf mich zu. Noch bevor ich die Wunden in seinem Gesicht sah, von denen Chris so viel erzählt hatte, fiel mir seine Kleidung auf. Er hatte dreckstarrende Jeans an und Gummistiefel darüber. Ein erdfarbenes Cordsamt-Sakko schlackerte um seine Schultern, als sei es geliehen. Die Arbeitshandschuhe stanken nach Pferdemist. Er trat ohne erkennbare Eile vor mich hin, betrachtete mich mit Interesse und schlug mir ansatzlos ins Gesicht. Meine Lippe platzte. Ich dachte an das, was Denunzianten verdienen. Das schien er zu sehen. Er nickte ganz sachte. Und wartete. Ich bewegte mich nicht. Ein Blutstropfen sickerte auf meine Zunge.
»Hast du 'nen Computer?«
Ich nickte.
»Kofferradio?« Das kam mit einem bitterbösen Grinsen.
Ich schüttelte den Kopf. Er wartete.
»Kassettenrekorder«, sagte ich.
Er nickte: »Nächsten Freitag hier. Und fünfzig Mark dazu. Wenn du nicht hier bist oder nicht alles mithast, komme ich bei dir rum. Um fünf am Freitag. Hier. Und kein Wort zu niemand, auch zu Chris nicht. Verstanden? Sonst reiß' ich dir die Eier ab.«

Ich traute mich nicht zu nicken. Er schlug ein zweites Mal in mein Gesicht. Ich riss unwillkürlich den Mund auf. Er lachte. Er ging. Dabei klatschte er sich die stinkenden Handschuhe auf die Oberschenkel.
Mein Mund ging nicht mehr zu.

Der Freitag, den er meinte, war der vor Pfingsten. Ich hatte meinen Commodore zusammengepackt und meinen Rekorder, ich hatte 35 Mark aus dem Portemonnaie meiner Mutter genommen und alles, samt Kabel, Netzteilen, Leerkassetten und Mikrofon, in meinen Ranzen gepackt. Ich war mit weichen Knien in den Park gegangen, hatte mich auf die Bank gesetzt und gewartet. Ich war zu früh. Aber auch als es fünf Uhr wurde, kam er nicht. Ich beschloss zu warten. Einmal schob eine alte Frau mit Rollator und Terrier durch den Park. Der Hund befasste sich eingehend mit meinem Ranzen, und als er sein Bein hob, musste ich ihn mit Fußtritten vertreiben. Er kläffte, und die Frau keifte. Dann wurde es wieder still. Mit den Schatten kam die Kälte. Die Anspannung hatte mich erschöpft, und der entfernte Verkehrslärm wirkte einschläfernd. Ich dämmerte weg.

Ich wachte auf, als jemand an mir zerrte.
Über mir schwebten die Gesichter von Chris und meiner Mutter. Offenbar hatten sie mich überall gesucht. Sie zogen mich von der Bank. Sie fragten und redeten durcheinander, nur brauchte ich lange, um zu mir zu kommen. Es war die Mischung aus Erleichterung, Vorwurf und Unverständnis, die sich schon klanglich mitteilt. Meine Mutter fasste mich an der Hand, während sie mit der anderen meinen Ranzen schleppte. Sie schimpfte über sein Gewicht, kam aber zum Glück nicht auf den Gedanken, ihn zu öffnen. Chris stolperte hinter uns her und versuchte, meine Auf-

merksamkeit zu erregen, ohne meiner Mutter aufzufallen. Es sah dämlich aus. Ich erinnere mich, dass ich lachen musste. Meine Mutter hatte versprochen, mit uns ins Kino zu gehen. Ich bin mir nicht sicher, aber ich glaube, es hätte *Ferris macht blau* sein sollen. Aber der Film hatte längst begonnen. Die Karten waren verfallen, was Mutter umso wütender machte. Chris hampelte, machte alberne Stummfilmposen, die ich nicht zu deuten wusste, und wir kamen bis nach Hause, ohne dass ich ein Wort hätte sagen müssen.

Erst am Küchentisch versuchte ich mich an einer Erklärung. Ich weiß nicht mehr, welche Geschichte ich mir ausdachte, aber sie sollte interessant klingen und gleichzeitig ausreichend alltäglich, um keine peinlichen Nachfragen zu provozieren. Allerdings war es jetzt meine Mutter, die schwieg – ob aus Wut über das verpatzte Pfingstwochenende oder das Fehlen der 35 DM, wusste ich nicht. Chris saß zwischen uns und löffelte Pudding. Man nehme: Dr. Oetker. Er durfte bei uns übernachten, und schon bald lagen wir im Bett. Ich konnte ihm ansehen, dass er derart intensive Auseinandersetzungen nicht gewohnt war. Und vielleicht fragte er sich, ob das mit einem Vater im Haus auch so gelaufen wäre.

Doch sobald das Licht aus war, sprudelte es aus Chris heraus. Jetzt endlich wollte er erzählen, was er schon seit Stunden auf dem Herzen hatte: Sein Cousin war weg! Er musste es oft wiederholen, bis ich den Sinn der Worte erfasste.

»Was heißt denn jetzt *weg*?!«

»Sein Vater hat ihn aus der Schule genommen. Nächstes Schuljahr muss er nach Luisenlund. Wo die Eltern die Noten kaufen? Da passt der hin! Und bis dahin arbeitet er auf 'nem Bauernhof, den mein Onkel aufgetan hat. Muss Pferdescheiße schippen, Schweine füttern, Heuballen stapeln.«

Während Angst, Reue und Verlegenheit allmählich von mir abfielen, pinselte mein Kumpel an dem Monumentalgemälde weiter: »Der stinkt schon so, dass er sich nicht mehr in die Stadt traut. Mein Onkel ist total happy. Er sagt, dass meinem Cousin die ›ehrliche Arbeit‹ in Padenstedt guttut. Und außerdem sind Mädels da. Er hat jetzt auch ’ne Freundin, sagt mein Onkel. Sie kommt ausm Pott, heißt Lucy Jane und hat ’ne Monsterzahnspange. Vielleicht wäscht die ihn ja! Jedenfalls hängt er mit der immer rum.«

Jana, dieser Cousin hieß MARK. Und vielleicht sind das ja Hirngespinste, aber kann es sein, dass Sie die Lucy Jane waren?
Wenn Jana Lucía tatsächlich Lucy Jane wäre, hätten Sie mich im Mai ’86 gewissermaßen gerettet.
Das ging mir heute Nacht durch den Kopf, als ich in meiner stockfinsteren Küche saß. Mein Fenster kann gerade nicht leben, weil ein genervter Mieter die Leitung des Bewegungsmelders durchtrennt hat. Keine Tiefe in der Buchstabensuppe, und dann tauchen solche Erinnerungen auf.
Vielleicht kennen wir uns fast?

Sie können das gar nicht lesen. Sie sind ja nicht in Freiburg.
Wann kommen Sie zurück? Ich will meine Jugenderinnerungen nicht mit mir selbst teilen.
(Außerdem will ich wissen, ob Sie’s waren?!)

J.

Nachdem Chris am Abend die Bombe hatte platzen lassen, schlief er sofort zufrieden ein. Ich wälzte mich schlaflos. Irgendwann hörte ich Gezwitscher vor dem Fenster. Mir wurde bewusst, wie still es in der Wohnung war, dass alle schliefen. Ich

schälte mich aus der Decke und schlich an die Handtasche meiner Mutter. Ich suchte ihre Geldbörse. Allerdings vergeblich. Schließlich entdeckte ich sie auf dem Küchentisch. Sie war ausgeleert. Alle Quittungen, Visitenkarten, Scheine und Münzen waren auf der Tischplatte sortiert. Eine Inventur: Natürlich musste sie das Fehlen des Geldes bemerkt haben. So dicke hatten wir es weiß Gott nicht. Ich konnte die drei Scheine nicht einfach dazulegen. Noch weniger konnte ich sie behalten. Für einen langen Moment stand ich ratlos da. Auf dem Weg ins Kinderzimmer steckte ich das Geld in ihre Manteltasche. Als hätte es mit mir nichts zu tun. Als hätte ich das alles nie gewollt.
Später tobten Chris und ich auf den Betten, als plötzlich meine Mutter im Zimmer stand. Sie hatte Tränen in den Augen. Ohne ein Wort nahm sie mich in den Arm. In ihrer Hand auf meinem Rücken hielt sie die 35 Mark.
Chris starrte uns an. Er schüttelte den Kopf, als könnte er nicht verstehen, was hier vor sich ging.

Den restlichen Tag saßen wir vor meinem Commodore 64, spielten *Donkey Kong* und versuchten, *Tetris* für unsere Taschenrechner zu klonen.

[Folgender Text entstammt einer Postkarte, die einem Paket beilag, das Johan lt. Paketschein am 6.12. erreichte. Die Sendung enthielt ein Paar wollgefütterte Lederpantoffeln. Die Postkarte zeigt eine Herde schwarz-grauer Gotlandschafe, die neugierig in die Kamera schauen. Anm. d. Hrsg.]

Visby, 02.12.2018

Lieber Johan.
Schafe heißen hier Lämmer und ihr Nachwuchs Lämmerkinder. Das ist unlogisch, aber sie sind sehr hübsch, geduldig und freiheitsliebend. Ich könnte einfach hierbleiben und Schafe züchten. Das erscheint mir gerade wirklich verlockend. Die Pantoffeln (war ein Schuss ins Blaue … Ich hoffe, sie passen?) haben quasi Ihren Namen gerufen. Vielleicht ein Trost für Ihre Füße.

Jana

Visby, 22.12.2018

Ich bin immer noch auf Gotland. Nicht wegen der Gärtnerei. Nicht wegen der Zukunft. Nicht wegen der Schafe oder des romantischen Altstädtchens und der interessanten Leute.
Ich habe wohl mir selbst etwas vorgemacht. Ehrlich gesagt bin ich immer noch hier, weil es keinen Grund gibt, irgendwo anders zu sein.
Ich nehme für diesen Brief, für diese Zeilen all meinen Mut zusammen, um Ihnen zu sagen:
Ich kann Ihnen vorerst nicht mehr schreiben.
Es ist nicht Ihre Schuld. Sie haben völlig unbedarft in ein Wespennest gestochen. Und Sie wissen, wie das ist mit Wespen, wenn sie erst mal aufgeregt sind …
Ich brauche Abstand und Ruhe. Von allem.
Ich habe Angst. Das Loch ist wieder da und wird täglich größer, und ich habe kaum noch Kraft, seinem Sog zu widerstehen.
Es zieht und zieht an mir.
Als ich Ihnen neulich die Pantoffeln schickte, dachte ich noch, ich kriege die Kurve, sehe Land, aber rundherum ist nur Wasser, und es steigt. Die Flut kommt.
Natürlich verstehen Sie das jetzt nicht. Wie auch. Sie wissen ja nichts von mir. Das bedeutet, ich muss Pandoras Büchse öffnen. Anders geht es nicht.
Also: kurz und knapp. Und dann ist Schluss.

Als ich fünfzehn war, damals in Padenstedt in den Reiterferien, wurde ich schwanger von Mark, diesem pickligen Idioten. Ein Mal hab ich ihn rangelassen. Ein einziges Mal. Am Strand von

Laboe – *of all places*. Er war kaum drin in mir, da war es schon vorbei und passiert. Es war die maximale Katastrophe.
Als ich es begriff, war es bereits zu spät für einen Abbruch, und als meine Eltern es herausfanden, war ich schon im fünften Monat. Man sah es kaum. Mein Bauch war klein und ich auch. Meine Mutter war tödlich beleidigt, weil ich mutwillig ihr Leben zerstört hatte, mein Vater dachte hauptsächlich an seinen Ruf. Wenn Vorwürfe in Gold aufzuwiegen wären, ich wäre Millionärin gewesen.

Ich tat alles, um das Kind loszuwerden. Ich trank bittere, wehenfördernde Tees und rauchte, sprang von der Fertigbaugarage (wobei ich mir bei der Landung um ein Haar die Unterlippe durchbiss) und führte durch Hecheln und schnelles Aufstehen Ohnmachten herbei. Es half nichts. Als ich schließlich so verzweifelt war, dass ich versuchte, mich in der Badewanne meiner Freundin umzubringen (der Apfelkorn, Sie erinnern sich), war ich nur noch wenige Wochen vor dem Geburtstermin.
Sie lieferten mich in die Jugendpsychiatrie ein, wo ich erst mal blieb. Da ich als schwer suizidal eingestuft wurde, aber wegen der Schwangerschaft nicht nennenswert medikamentös behandelt werden konnte, wurde ich isoliert und fixiert. Kaum hatten sie das Kind aus mir rausgeholt, verschwand ich in einem zähen weißen Nebel aus Psychopharmaka, in dem ich über ein halbes Jahr blieb. Als ich die Klinik verließ, wusste ich kaum noch, dass ich je schwanger gewesen war (manchmal frage ich mich, ob ich es wirklich war oder ob das alles nur eine Ausgeburt meines psychotischen Irrsinns war, aber dann sehe ich die dünne, dünne Narbe an meinem Bauch, vom Kaiserschnitt, den man, ohne mich zu fragen, durchgeführt hatte). Mein Körper erinnert sich nicht mehr daran, an nichts. Ich weiß nichts mehr von Wehen,

von dem Kind, ob es schrie oder nicht, wie es aussah, ob ich weinte. Ich weiß nichts. Sie haben mir das alles genommen. Alles.

In der Klinik lernte ich, dass es am besten ist, nicht zu sprechen (wenn man immer freundlich ist und brav seine Tabletten nimmt, nicht fragt, nicht rebelliert und sich über Geschenke freut, dann lassen sie dich in Ruhe), und dabei blieb es auch zu Hause.

Wir sprachen einfach nicht darüber! Ich fragte nicht: Was ist mit meinem Kind? Wo ist es? Und niemand sagte: Dem Kind geht es gut. Niemand sagte: Es ist gut aufgehoben. Wir taten so, als gäbe es kein Kind. Und es gab kein Kind. Wir saßen in der Küche am Abendbrottisch und aßen Graubrot mit Leberwurst und Gurken. Papa trank ein Bier, und Mutter las aus der spanischen Zeitung *El País* vor. Alles war in schönster Ordnung. Außer, dass meine Eltern mich mit Argusaugen überwachten, war es fast wie vorher. Ich tat alles, was sie von mir verlangten. Wechselte die Schule und ging in einen neuen Sportverein, betäubt, aber voll funktionsfähig. Ich versuchte nach Kräften, diesen endlosen, bodenlosen Hohlraum mit Party und Spaß und Sport und Kreativität und Aktionismus zu füllen. So viel kann man gar nicht schaufeln, wie es da aufzufüllen gab, drei Leben reichen nicht dafür.

Aber das Tier in mir war stark und wollte überleben (das will es bis heute, ich habe ehrlich nie wieder erwogen, mir das Leben zu nehmen!). Ich sah die Chance, die sich mir bot: leben, als wäre nichts gewesen. Etwas anderes hatte ich ja eigentlich nie gewollt. Irgendwann war ich achtzehn und offiziell nicht mehr »gefährdet«. Ich durfte gehen. Wahrscheinlich waren meine Eltern heilfroh, mich endlich los zu sein (ich war ja auf ganzer Linie eine Schmach) und nicht mehr Theater spielen zu müssen, nicht

mehr verantwortlich zu sein. Und ich ging weit weg, nach Freiburg. Zog bei einem Typen ein, den ich in der Straßenbahn kennengelernt hatte, und ich vergaß. Ich vergaß es einfach. Ein paar glückliche Jahre waren das.
Erst als meine Mutter starb (sie starb recht früh, ich war Anfang dreißig, und ginge es noch nach ihr, stünde fest, dass ich sie ins Grab gebracht habe), kam die Sache durch einen Zufall wieder hoch.
Ich fand in Mutters Sachen Aufzeichnungen, einen Schriftverkehr, einen Adoptionsvertrag, aus dem hervorging, dass Marks Eltern mein Kind gleich nach der Geburt zu sich genommen hatten. Meine Eltern hatten viel Geld dafür bezahlt. Sie haben sich und mich *freigekauft* von diesem kleinen Mädchen. Und Marks Eltern haben vertraglich verboten, dass ich davon erfuhr und dass jemals wieder jemand von unserer Familie Kontakt aufnähme.
Ich hatte diese Unterlagen einfach überflogen, wie alles Mögliche andere auch, was mir beim Sichten von Mutters Zeug in die Hände fiel. Mit oberflächlicher, unbeteiligter Neugier. Die Schriftstücke waren in einem Haufen unsortierter Papiere zwischen Verschwörungstheorien und Kochrezepten, wie hätte ich das ahnen können? Ich las und las, und erst als ich schon alles gelesen hatte, begriff ich, dass es da um mich ging. Um das Kind. *Mein* Kind. Es war ein Mädchen.
Das hatte ich nicht gewusst.
(Wie kann es sein, dass ich das nicht wusste, dass sie es mir nicht gesagt haben? Dass ich nicht gefragt habe!? Was war ich für ein Mensch, der nicht danach fragte?)
Ich war wie im Wachkoma. Ehrlich: Hätte ich zum damaligen Zeitpunkt die Wahl gehabt, ich hätte es nicht lesen, nicht wissen wollen. Ich stand ganz gut da zu dieser Zeit, hatte einen interes-

santen Job am Fraunhofer-Institut (als Spinne, die die Fäden zwischen den Forschungsbereichen wob), hier und da einen Typen und eine kleine Handvoll guter Freunde. Es war vorbei. Lange her. Nicht wahr. Nie wahr, nie wirklich gewesen. Es hatte nie ein Kind gegeben in meinem Leben.

Ich steckte die Blätter in den Schredder, zusammen mit den anderen Schriftstücken, die bewiesen, wie krank unsere Familie war. Meinem Vater sagte ich nichts.

Natürlich versuchte ich, das alles zu verdrängen, aber plötzlich waren um mich herum überall Schwangere und Babys. Wenn irgendwo ein Schreien oder Weinen ertönte, musste ich mich sofort übergeben. In jedem Kinderwagen auf der Straße lag mein Kind, auf jeder Schaukel saß meine Kleine.

Erst als ich eines Tages eine Horde pubertierender Mädchen am Rathausbrunnen sah, Eis essend, giggelnd, begriff ich, dass mein Kind ja gar kein Baby mehr war. Sie musste jetzt etwa so alt sein, wie ich gewesen war, als ich sie bekommen hatte. Ein Teenager. Ein Mädchen, das knutschte, lachte, Tagebuch schrieb, Eis aß und bei H & M Unterwäsche klaute. Ein Mädchen ohne Namen. Ohne Gesicht, ohne irgendwas.

Ich weinte wochenlang alle Halophyten dieser Welt in Grund und Boden, war auf dem besten Weg, rückfällig zu werden. Rückfällig in meine Jugend, meine Irrationalität, meine Verzweiflung. Ich verlor meinen Job. Das Loch war wieder da.

Tag und Nacht verbrachte ich damit, mir Biografien für das Mädchen auszudenken. Ich schrieb sie auf, eine nach der anderen. Notizbücher voll mit unerfülltem Leben, mit Vorstellungen und Wünschen. Und natürlich stimmt nichts davon. Wie auch?

Es war meine Freundin Jette, die Anwältin, die, ohne nachzufragen, für mich sorgte und mir schließlich den Job als Fahrradkurierin gab.
Ein halbes Jahr nachdem ich die Unterlagen gefunden hatte, überwand ich mich und suchte im Internet nach Mark. Er ist mit 21 bei einem Motorradunfall ums Leben gekommen. Auf der Ehndorfer Straße zwischen Neumünster und Padenstedt, gleich hinter der Bullenbek, stand in dem Zeitungsartikel. Kennen Sie die Ecke? Da war auch ein Bild. Das Motorrad lag in Trümmern auf einer Landstraße, überall Metall- und Plastikteile, ein Stiefel. Ich fühlte nichts. Gar nichts. Auf dem Passfoto, das ihn als lachenden Seekadetten zeigte (Marine, das passte zu ihm. Wahrscheinlich wollte er zum U-Boot-Geschwader!), erkannte ich ihn kaum. Ich suchte nach seinen Eltern. Sie wohnten nicht mehr an der alten Adresse, nicht mehr in der Gegend. Sie waren weg, wie vom Erdboden verschluckt.
Plötzlich war ich wie besessen davon, aufzuräumen. Ordnung zu machen. Das Loch zu stopfen. Ich rief sogar meinen Vater an. Er lebte inzwischen allein in Spanien, wollte nach dem Tod meiner Mutter nicht mehr zurück nach Deutschland.

Ich: Papa, was ist aus dem Kind geworden?
Er: Welchem Kind?
Ich: Meinem Kind.
Schweigen.
Er: Ich weiß es nicht.
Ich: Ihr habt es an Marks Eltern verkauft.
Er: Na ja. *Verkauft.*
Ich: Warum habt ihr das getan?
Er: Es war die beste Lösung. Für uns und das Kind. Deine Mutter … Für dich. Du warst ja …

Ich: Hast du sie gesehen?
Er: Die Eltern?
Ich: Das Mädchen.
Er: Woher weißt du davon?
Ich: Aus Mamas Unterlagen.
Er: Sie sind umgezogen. Weil ich einmal bei ihnen geklingelt habe. Da sind sie verzogen. Unbekannt. Wie in einem Krimi. Zeugenschutz oder so.
Ich: Bei Marks Eltern? Du hast bei Marks Eltern geklingelt?
Er: Ja. Ich wollte das Mädchen sehen.
Ich: Wie heißt sie?
Er: Ich weiß es nicht. Ich weiß nicht, wie sie sie genannt haben.
Ich: Wie habt ihr sie genannt?
Er: Jana …
Ich: Ihr habt sie *Jana* genannt?
Er: Nein. Lea.
Ich: Ich kann das alles nicht glauben.
Ich fange an zu weinen. Er schweigt lange.
Er: Es tut mir leid, Jana.
Ich: Ich weiß nicht, was ich sagen soll.
Er: Lass uns nicht mehr davon sprechen.
Ich: Es soll hier heute ganz schön werden. Gutes Wetter, um die Pflanzen rauszubringen.

Ich konnte ihm keinen Vorwurf machen. Ich konnte niemandem einen Vorwurf machen, außer mir selbst. Dass ich so lange gewartet hatte! Ein paar Monate suchte ich wie ein Detektiv.
Ich spürte Leute auf und Adressen, aber die Spuren verliefen allesamt im Sande. Ich wusste ja nicht mal, nach wem ich suchte. Aussichtslos.
Irgendwann ging mir die Kraft aus. Irgendwann war ich so er-

schöpft und entmutigt, dass ich mir sagte: Du hast es so lange nicht gewusst und gut damit gelebt, du kannst damit leben, es auch weiterhin nicht zu wissen.

Als ich Moritz kennenlernte, war das wie ein Lichtblick. Die Begegnung war für mich ein Zeichen, ein Neuanfang, ich hatte versucht aufzuräumen, es hatte nicht geklappt, nun wollte ich die Vergangenheit hinter mir lassen. Uns ging es sehr gut zusammen. Mir ging es gut. Und ich war nicht der Ansicht, dass ihn (oder sonst wen) dieses Kapitel meiner Vergangenheit etwas anging. Aber er sah das offenbar anders …

Als dann vor drei Jahren mein Vater starb und ich seine Wohnung in Málaga räumte, fand ich in seinem Adressbuch eine Telefonnummer, sie stand allein, ohne Namen. Die Nummer war aus dem Norden. 04 am Anfang. Ich schrieb sie in meinen Kalender, ohne wirklich zu wissen, warum, oder darüber nachzudenken.

Ich dachte ohnehin nicht viel, als ich seine wenigen Sachen durchsah, aussortierte und verpackte (es gab keine Geheimnisse, ein müdes, einsames Leben nur), außer, dass ich nun keine Eltern mehr hatte und was für ein seltsames Gefühl es war, dass der Begriff »Waise« jetzt auf mich zutraf. Am Abend blieb von meinem Vater ein Karton mit Büchern, Fotos und ein paar kleinen Gegenständen übrig, die mich an gute Zeiten mit ihm erinnerten. Eine silberne Trillerpfeife, mit der er beim Lauftraining neben der Tartanbahn gestanden hatte und in die er immer im Rhythmus meiner Schritte blies, um mich im Takt zu halten. Ein Brieföffner aus Elfenbein, ein Spanisch-Wörterbuch. Solche Sachen. Ich dachte, ich hätte auch das Adressbuch eingepackt, ich wollte seine wenigen verbliebenen Freunde in Deutschland benachrichtigen, aber als ich zu Hause den Karton aufmachte,

war es nicht dabei, die spanischen Entrümpler hatten es wahrscheinlich schon auf die Müllkippe verfrachtet.
Jedes Mal, wenn ich die Telefonnummer in meinem Kalender sah, bekam ich nervösen Husten. Ich wollte und wollte nicht anrufen. Wollte und wollte nichts wissen. Ich hatte solche Angst, dass alles wieder von vorn anfinge. Vor dem Loch.
Ich versuchte dann doch, etwas über die Nummer herauszufinden. Sie stand nicht im Verzeichnis. Inverssuche, erfolglos. Allein die Vorwahl war zu entschlüsseln: Neumünster.
Als ich kurz darauf zu einer Zukunftswerkstatt nach Kiel fuhr, saß ich abends im Hotel, trank die Minibar leer und rief die Nummer an.

Eine Frau: Hallo.
Ich: Wer ist denn da?
Die Frau: Das frage ich Sie. Wer ist denn *da*?
Ich: Jana Richter.
Stille.
Die Frau: Ja, bitte?
Ich: Ich habe Ihre Nummer in den Unterlagen meines Vaters gefunden. Walter Richter.
Die Frau: Aha.
Ich: Mein Vater ist kürzlich verstorben.
Die Frau: Das tut mir leid.
Ich: Darf ich fragen, wer Sie sind?
Die Frau: Ich kannte Ihren Vater nicht.
Ich: Aber Ihre Nummer stand in seinem Adressbuch.
Die Frau: Sprechen Sie mit meinem Mann.
Ich: Wer ist denn Ihr Mann?
Die Frau: Rufen Sie morgen an. Bis 9.15 Uhr können Sie ihn erreichen.

Ich: Moment, warten Sie doch bitte. Wissen Sie etwas über meine Tochter? Über Lea?
Die Frau: Sprechen Sie mit meinem Mann.
Ich: Wieso sagen Sie mir nichts? Wie heißen Sie denn?
Klick.

Ich weiß nicht, wer diese Leute waren (Marks Eltern? Ein Anwalt? Ein Vormund?), aber ich weiß, dass sie etwas über meine Tochter wussten. Sie waren der einzige Strohhalm, den ich je hatte. Ich weiß, dass sie mir etwas hätten sagen können. Ich weiß das, wie ich noch nie etwas wusste.
Und jetzt machte es mir plötzlich riesige Angst. Auf der Suche nach einem Halt fand ich mich am nächsten Morgen vor Marks Elternhaus in Neumünster wieder (obwohl sie dort ja nicht mehr wohnten). Ich erkannte nichts mehr. Um 9 Uhr hatte ich es noch immer nicht geschafft, die Nummer anzurufen.
Die Zeit lief mir davon.
Als es schon fast zu spät war, sah ich in der nahen Wendeschleife eine Telefonzelle.
Den Rest der Geschichte kennen Sie.

Seit Sie mir den Kalender zurückgeschickt haben, seit die Nummer wieder da und gleichzeitig endgültig fort war und Moritz mich verlassen hat, weil er sich um *meine* beschissene Vergangenheit betrogen fühlte, seither stehe ich zum wiederholten Male mittendrin im Trümmerfeld meines Lebens. Und das Loch ist wieder da. Und diese Sehnsucht. Und als dann auch noch die Geschichte mit Ihrer verschwundenen Marie ans Licht kam. Wir beide mit unseren verlorenen Töchtern … Zu viel. Verstehen Sie?!

Die Steine, die wir werfen.

Ich mache Ihnen wirklich keinen Vorwurf. Das Leben ist, wie es ist. Sinnlos, zu bereuen. An guten Tagen weiß ich das und hadere nicht, sondern nehme es an, wie es kommt. Aber gerade sind die Tage nicht gut.
Wissen Sie, ich wollte so gerne, dass unsere zufällige Begegnung auch ein Zeichen ist. Ich dachte, wenn wir uns schreiben, könnte es eine Art Trost sein. Dann würde aus dem Zerstörten wenigstens etwas Neues wachsen. Ich dachte, wir beide, Sie und ich, könnten etwas schaffen. Und eigentlich glaube ich das auch immer noch, denn Sie sind mir keineswegs gleichgültig, ich denke viel an Sie, halte im Kopf Zwiesprache mit Ihnen. Aber meine Kraft reicht momentan kaum aus, morgens aufzustehen, geschweige denn täglich dieses Kettenhemd aus Schuld anzuziehen.
Ich muss das ein für alle Mal hinter mir lassen, Lea und den ganzen Rattenschwanz an Konsequenzen, und das geht nicht, wenn wir uns schreiben.
Bitte verzeihen Sie mir, Johan. Sie haben das nicht verdient. Sie haben jemanden verdient, der Ihre Misere nicht noch schlimmer macht. Ich bin im Moment ganz offensichtlich nicht die Richtige dafür. Ich bin keine gute Gesprächspartnerin und keine Hilfe bei was auch immer, sondern auch nur ein Scherbenhaufen.

Jetzt ist es raus. Ich habe nicht den Mut, noch einmal durchzulesen, was ich geschrieben habe.
Ich bleibe noch eine Weile auf Gotland und hoffe, dass der Meeresspiegel irgendwann wieder fällt und ich einen Weg nach Hause finde.

Jana

[Ein Briefumschlag der DRK-Fachklinik Hahnknüll, mit einer großen 5 nummeriert. Adressiert an: Frau Jana Richter c/o Barbro Persson, Nygatan 4, 621 56 Visby, Gotland, Schweden. Im Kuvert ein Foto: Eine Waldlichtung nach Sturmschaden. Winterkahl. Zwei umgebrochene Bäume, deren Kronen sich in der Unschärfe des Bildes verschränken. Das Foto ist rückseitig handbeschrieben. Anm. d. Hrsg.]

Neumünster, 27.12.2018

Jana, ich kenne kaum Gedichte und keines, das ich Ihnen auf Ihren letzten Brief hin schicken könnte. Sie haben von Ihrer Vermieterin Barbro geschrieben und einer Kirche, auf die Sie schauen können. Es gibt 13 Kirchen in Visby und 20 verschiedene Barbros, von denen 5 vielleicht Zimmer vermieten. Dieser Brief geht gleichlautend an alle diese Barbros, und ich hoffe, einer davon erreicht Sie.
Wie ich Sie hoffentlich gefunden habe, habe ich auch Chris nach 30 Jahren kontaktiert: Ich weiß, wo Marks Vater wohnt! Wollen Sie es wissen? Bitte sprechen Sie weiter mit mir. Sie können ja gar nicht wissen, wie das alles zusammenhängt, weil meine Briefe in Freiburg liegen …
Die Pantoffeln habe ich Naira geschenkt. Sie hat Schuhgröße 41,5 auf ihre 150 Zentimeter!
Ich habe seit drei Jahren keinen Schuh mehr getragen.

Visby, 31.12.2018

Johan!

Dass Sie mich hier gefunden haben! Dass Sie meinen Wunsch nach Abstand einfach ignorieren! Dass Sie denken, Sie wüssten, um welchen Mark es ging, damals, und um welchen Vater!
Das ist alles gleichermaßen unglaublich. Wie kommen Sie nur darauf? Und wer zum Teufel ist denn jetzt dieser Chris?
Ich kann doch nicht zurück nach Freiburg fahren, nur um Ihre Briefe zu lesen. Weiß der Himmel, was Sie sich da zusammenreimen …

Seit mir Barbro heute Morgen Ihre Karte gab, rumort und poltert es noch mehr in mir als vorher.
Ich will doch einfach nur meine Ruhe.
Stattdessen ist da jetzt auch noch das Dröhnen einer Glocke in meinem Kopf, das mich fast irrsinnig macht. Sie ruft: Was, wenn Johan recht hat? Und dann ruft sie: Was, wenn er *nicht* recht hat?
Ding Dong. Hin und her.
Was, wenn dieser Mann, den Sie als Marks Vater identifizieren, wirklich der Richtige ist? Oder der Falsche? Wenn er der Mann ist, der Lea von mir ferngehalten hat. Wenn er Lea ein schlechter oder ein guter – ja was – Vater, gewesen ist? Was, wenn er sie verzogen hat, oder geliebt, oder wenn sie ihm egal war. Wenn er ihr eine oder keine Ausbildung ermöglicht hat. Wenn er ihr ein Leben geschenkt hat, das besser ist als das, was ich ihr hätte geben können. Wenn er im Recht war. Wenn sie glücklicher war ohne mich. Oder unglücklich. Was ist, wenn er sie geschlagen

hat, oder vernachlässigt. Wenn sie die Wärme nicht kennt. Wenn er ihr keine Werte beigebracht hat. Wenn er ihr ein schlechtes Bild von mir und Mark vermittelt hat. Oder gar keins. Ich fürchte mich davor, dass er mir Dinge sagt, die alles nur noch schlimmer machen. Dass er mir Leas Adresse gibt oder nicht gibt. Oder dass er mir gar nichts sagt.
Was, wenn Lea krank ist? Wenn ich verpasst habe, sie zu begleiten, zu stützen, als sie ihre Mutter brauchte? Wenn sie einsam ist? Wenn sie ein Loch im Herzen hat? Wenn sie schon Kinder hat? Wenn sie mich hasst? Oder wenn sie nicht mal das tut? Wenn sie gar nichts fühlt? Wenn sie noch nie von mir gehört hat?

Sie haben es gut gemeint, Johan. Ich weiß.
Sie sind für mich aus Ihrem Schneckenhaus gekommen, haben alte Kontakte bemüht – ich kann ahnen, dass Sie das viel Überwindung gekostet hat.
Aber verstehen Sie, ich kann es einfach nicht mehr aushalten, auf dieser gottverdammten Achterbahn zu sitzen, die dauernd rauf- und runterfährt. Mir ist schlecht. Mir wurde schon immer schlecht auf Achterbahnen.
Das muss aufhören.
Sie kennen doch das Gefühl. Sie sind ein paar Mal in der Woche im Hahnknüll, sprechen mit Therapeuten, mit Frau Brunslow, mit Naira. Sie wissen doch, wie sich eine Seele, ein Hirn verhält, wenn nichts mehr geht. Wenn die Überspannung durchknallt.
Ich fürchte mich so davor.
Vor den Möglichkeiten der Realität – egal, wie sie aussieht.
Was soll ich denn jetzt bloß tun.
Was würden *Sie* tun?
Dumme Frage. Wenn auch nur die vage Möglichkeit bestünde,

Marie zu erreichen, würden Sie sie doch ergreifen, oder? Sie würden über all Ihre Schmerzen und Ängste gehen, um sie zu sprechen, nicht wahr? (Oder vielleicht nicht, um sie zu sprechen, aber um ihr zu schreiben, oder um mit ihr zusammenzusitzen und gemeinsam zu schweigen.) Sie würden sich nicht schämen, nicht zermürben, oder? Fürchten würden Sie sich bestimmt auch, aber Sie würden nicht zögern. Keinen Moment. Nur der Unterschied ist: Sie beide haben eine gemeinsame Vergangenheit. Eine Geschichte. Sie *kennen* Ihre Liebe. Ich kenne nicht mal Leas Namen. Mir fehlt der Mut, zu sagen: Schicken Sie mir die Nummer. Sagen Sie mir die Adresse. Mir fehlt der Mut, noch einmal zu scheitern. Woher sollen wir die Kraft nehmen.
Sie brauchen mir nicht darauf zu antworten.

Gleich ist es Mitternacht. 2019.
Ich gehe jetzt zum Briefkasten und dann runter ans Meer.

Jana

Visby 02.01.2019

Dafür, dass ich Ihnen nicht mehr schreiben wollte, schreibe ich jetzt doch recht viel. Aber wie Sie sich denken können, hat Ihre Karte mir keine Ruhe gelassen.
Stundenlang habe ich dagesessen, die umgestürzten Bäume vor mir, diese beiden entwurzelten Stämme. Sie haben schon ein Händchen für Symbolik, das muss ich sagen.
Nachdem ich Silvester mit einem fremden Ehepaar unten am Hafen so viel Schnaps getrunken hatte, dass ich daraufhin 14 Stunden (!) am Stück schlafen konnte und nach einem kurzen Blick in die graue Welt noch einmal weitere 10 Stunden, habe ich mich vorhin dazu überwunden, Friedemann anzurufen. Meinen Futurisma-Freund. Er kümmert sich bei mir zu Hause um die Pflanzen und die Post (Sie würden ihn mögen, glaube ich, er ist ein ruhiger, besonnener Mann mit sehr viel Humor und einem halben Ringfinger an der rechten Hand). Er hat mir Ihre aufgelaufenen Briefe vorgelesen, Johan. Zwei Mal. Ich weiß, das geht eigentlich nicht, Briefe sind privat, intim, unsere ganz besonders, und sie gehen niemanden etwas an. Ich hoffe trotzdem, Sie verzeihen mir diese Maßnahme – die Situation hat es erfordert. Es wird nicht wieder vorkommen, versprochen.
Ich habe nichts weiter zu Friedemann gesagt, nichts erklärt. Und er hat auch nicht gefragt. Aber totgelacht hat er sich. Über Lucy Jane und die Zahnspange.
Ich Charlie Tarzan, du Lucy Jane. *Haha.*
Ich bin am Hörer knallrot geworden vor Scham. Und dann blass. Und zumindest inwendig bin ich es immer noch.
Nein. Ich war nicht *Lucy Jane*, nicht ganz, aber J. Lu (wie später

J. Lo – das hat *sie* bei mir abgeguckt, ich war zuerst). Run-DMC, LL Cool J. Das war ja damals hip mit solchen Abkürzungen, wissen Sie ja (wie hießen Sie? J. Z.? Jeez? Jo?). Mark nannte sich M&M. (Auch damit war er, wie mit der Musik und dem Gettoblaster, seiner Zeit voraus. Wer kannte '86 schon M&Ms? Nur Leute, die schon mal in Amerika gewesen waren. Für alle anderen hießen die Schokoklicker Treets.) Mark Michelsen.
War das der Nachname Ihres Erzfeinds? Michelsen? Heißt Chris' Onkel Werner Michelsen?
Das wäre wirklich unfassbar.

Ich weiß trotzdem nicht, was ich jetzt hoffen oder tun soll. Meine Furcht ist nicht kleiner geworden, nur konkreter. Sind Schrecken leichter zu überwinden, wenn sie einen Namen haben? Ich weiß es nicht.
Ich denke an Ihr Fenster, stelle mir die schwebenden Buchstaben vor, die kabbalistische Umsortierung von Sinn, das ist auch mir ein Trost jetzt.

J.

PS: Tragen Sie auch keine Socken? Sie müssen ja fürchterlich frieren!

Neumünster, 05. 01. 2019

Jana,

Chris' Onkel heißt Werner Michelsen.
Ich weiß nicht, was ich Ihnen sagen soll. Oder darf. Oder muss.
Habe ich alles durcheinandergebracht? Was tun wir?
In all meiner Verwirrung fiel mir heute Nacht eine Geschichte aus einem kleinen Erzählband ein, den Marie mir geschickt hatte, kurz bevor sie bei mir auftauchte. Das Buch habe ich nicht mehr, es steht bei den anderen in der Telefonzelle, aber die Geschichte habe ich nie vergessen.
Ich erzähle sie nach, weil ich nicht glauben will, dass wir aufgeben.

Johan

Die langweilige Frau

Er war immer allein gewesen. Bis sie kam.
Er war jung, dünn. Zerbrechlich, hätte man denken können. Er hatte dunkle Haut, wie sie unter der Sonne üblich war, unter der er ging und sich keine Gedanken machte, warum. Denn er war immer gegangen. Solange er sich erinnern konnte, war da nichts als das: den Fuß auf den Sand setzen. Von der Ferse her abrollen und das Gewicht über den Nabel in die kurze, schwindelerregende Ungewissheit schieben, die ihn frei machte. In die Lücke zwischen *von* und *nach*.
Dann durch sie hindurch und weiter.
Diese Lücke fühlte sich mütterlich an. Sie war selbstverständlich. Sie war da. Sie umgab ihn wie Watte oder Seifenschaum, hätte er Watte und Seifenschaum gekannt. Er kannte aber nur Sandsturm und Sonne. Also umgab sie ihn wie Sandsturm und Sonne.
Wie Luft zum Atmen, Wasser gegen Durst. Er lebte in ihr, mit und von ihr. Er war Teil von ihr und sie von ihm. Er hatte sie in sich. Er schob sie von einem *von* zum nächsten, denn *nach* war das nächste *von*. Der Weg war lang. Vermutlich endlos.
Alles in allem war er, weil ihm nichts Klügeres in den Sinn kam, glücklich.
Er dachte nicht nach. Er zweifelte nicht. Er wünschte sich nichts und hatte nichts zu bereuen. Er ging. Und wenn ihm die Füße brannten, wenn ein Skorpion seinen Weg kreuzte, ein Unwetter niederging, hielt er inne. Wie ein Kranich auf einem Bein. Er fand das vollkommene Gleichgewicht. Er ließ die Zeit an sich vorbei-

oder über sich hinwegstreichen. Er konnte sie fühlen. Er stellte fest, dass sie die Hindernisse umarmte und mit ihnen verging. Doch er blieb. Und wenn der Weg frei war, setzte er sich wieder in Bewegung.
Das ging Jahre so.
Er war erwachsen geworden und weit gekommen, ohne sagen zu können, auf welchem Weg. Manchmal hatte er Schmerzen. An der Ferse oder im Rücken. Seine Schultern spannten. Der Nacken wurde hart. Das war die Begleitmusik seiner Bewegung. Aber natürlich wusste er nichts von Begleitmusik oder Schmerzen. Er ging ja und dachte, es ist richtig.

Sie stand plötzlich im Weg. Wie ein Glück oder Unglück. Sie stand gegen die gleißende Sonne: ein Schattenriss, dessen äußerste Ränder pulsierten. Und wie sie erschienen war, blieb sie auch. Ohne Anlass. Eine Wolke wäre vom Himmel gefallen, dachte er, dann hielt er eine Windhose für einleuchtender. Schließlich zog er sogar eine Lichtspiegelung in Erwägung, ohne das richtige Wort dafür zu kennen, und überlegte, was sich da wohl abbildete. Die Umrisse waren ihm fremd. Nichts Vergleichbares fiel ihm ein, sosehr er auch nachdachte. Also machte er, weil sie so grundlos da war und sich nicht zu erkennen gab, einen Kopfstand. Denn er hatte erlebt, dass solche Abbilder auch verkehrt herum auftreten konnten.
Die Kombination der ungewohnten Verrenkungen fiel ihm schwer. Das sonst so mühelos gefundene Gleichgewicht wollte sich nicht einstellen. Auch die Zeit konnte er nicht mehr fühlen. Sein ganzes Körpergewicht ruhte oberhalb der Augen, die Beine ruderten durch die Luft, und sein Gesichtsfeld füllte sich mit flimmernden Punkten: Er konnte erst recht nichts erkennen.

Später dachte er immer wieder, dass dies der Moment gewesen sein musste, in dem die Tür aufgestoßen worden war.
Sie sprach ihn an. Sie schien sich zu krümmen, jedenfalls flossen ihre Umrisse in unzuverlässige Formen. Sie grüßte. Sie erhob eine Stimme, die im Widerspruch zu ihrer mächtigen Erscheinung stand. Sie war hell und melodiös, abwartend, und holperte in einer eigentümlichen Weise über die Worte, die ihm fremd war. Dennoch verstand er alles und wunderte sich nicht darüber. Dieses Etwas mochte eine Frau sein. Er hatte von Frauen gehört. Seine Mutter hatte ihm eingebläut, Frauen höflich zu begegnen.
»Gehen kannst du«, sagte sie. »Das ist eine Gabe.«
Er hatte nie darüber nachgedacht, fand es aber richtig. Deshalb wollte er nicken. Nur stand er auf dem Kopf, was die Sache erschwerte. Die falsche Bewegung schob quer zur Körperachse, brachte ihn in Schräglage, und er fiel auf den Rücken.
»Woher kommst du?«, fragte sie und beugte sich über ihn. Ihr Schatten fiel hinterher. Er hatte nicht gewusst, wie schwer ein Schatten sein kann. Aber er konnte ihr jetzt ins Gesicht sehen. Es war nicht angsteinflößend. Eher ein bisschen langweilig. Sie hatte eine dicke Nase, wässrige, kleine Augen und Haare außen herum, die aussahen, als seien sie aus Lehm modelliert. So unerschütterlich standen sie in ihrer Form. Dieses Etwas muss eine Frau sein, dachte er, und ihr Gesicht sieht alt aus. Auf eine faltenlose Art, als sei sie nie in der Sonne gewesen. Als kennte sie das Leben nicht, wie er es führte, mit Sonne und Skorpionen und Unwettern. Das war ihm nicht ganz geheuer. Und während er noch überlegte, wie er sich jetzt wohl am besten verhielte, fragte die langweilige Frau noch einmal: »Wo kommst du her?«
Das hätte er gern beantwortet. Aber er wusste es nicht. So nahm er sich eine Pause in Form eines tiefen Atemzugs, an dessen Ende statt einer Antwort ein brüchiges Husten wartete.

»Wir könnten ein Stück gemeinsam gehen«, bot die Frau an. »Allerdings muss man dazu wissen, wohin man will. Und das weiß man nur, wenn man auch sagen kann, woher man kommt. Lass dir nie etwas anderes weismachen. Es ist nicht so einfach, seine Gabe zu entwickeln. Man braucht Aufmerksamkeit, Zuversicht und Demut. Man muss zuhören können. Du musst mir zuhören können, meine ich. Du musst mir sagen, woher du kommst und wohin du unterwegs bist. Unter Umständen haben wir ja ganz unterschiedliche Wege.«

Nun hatte der Husten ihm Tränen in die Augen getrieben, und er bekam kaum Luft. Sein Zwerchfell war auf ungeschickte Weise gefaltet, die Finger wurden steif, und seine Zehen schienen bereits mit jemand anderem unterwegs. Da war ein solches Angebot natürlich verlockend: Gehen dürfen! Wieder gehen dürfen schien mehr, als er sich in dieser miserablen Lage vorstellen konnte. Gehen. Mit ihr gehen, wenn schon. Es wäre nur ein Stück, wie sie sagte, und vielleicht konnte sie ihm tatsächlich etwas zeigen, das er übersehen hatte. Ehrlich gesagt hatte er bisher nicht viel gesehen. Und obwohl er sich sicher war, dass es nicht mehr geben würde, war es doch nicht auszuschließen, dass andere, mit mehr Hingabe und einem besonderen Instrumentarium ausgestattet, Dinge wahrnahmen, die ihm verborgen blieben – wenn er sich ihr nicht in die Hand gab. Dieser langweiligen Frau, die von ihrem Schatten um ein Vielfaches überragt wurde. Also nickte er eifrig, was diesmal funktionierte. Die Tränen sprangen ihm von den Lidern in den Sand und versickerten auf der Stelle.

Die langweilige Frau gab Laute von sich, die bedeuten sollten, dass sie sich langweilte. Denn sie war ihm in Gedanken schon mehrere Schritte voraus und mochte nicht, dass er schwieg. »Vielleicht verschwende ich meine Zeit mit dir. Du bist nicht der

Einzige, der auf mich wartet«, sagte sie. Um ihre Enttäuschung zu unterstreichen, setzte sie die Worte auf einen beinahe durchsichtigen Seufzer. So segelten sie durch die flirrende Hitze. Er staunte unüberhörbar, was die Frau als Versuch wertete, ins Gespräch zu kommen. Das machte sie wieder fröhlich.

»Weißt du«, sagte sie dann, »es genügt nicht, das Ziel zu kennen. Man muss sich den Weg genau überlegen, den man nehmen will. Man muss die Beschwernisse, Entfernungen, Gefahren, den Stand der Sonne und den Zug der Wolken genauso bedenken wie die Versorgungslage, die Temperaturen, die Höhenmeter und Hindernisse. Und wenn man das alles durchdacht hat, muss man sich selbst in die Gleichung einsetzen. Wie weit bin ich in der Lage zu gehen? Wie gut ist meine Orientierung? Wann werde ich einsam? Werden meine Knie durchhalten? Kann ich Umwege finden? Wie lange komme ich ohne Vorräte aus?« Sie blickte ihn sehr ernst an. »Denn du selbst bist dir unterwegs die größte Unbekannte.«

Nun war es mit Beschwernis, Gleichung und Unbekannten ähnlich wie mit Seifenschaum und Watte. Er wusste nicht, wovon sie sprach, und das sah sie ihm an. Sie lächelte mitleidig.

»Fangen wir simpel an: Wann hast du zuletzt etwas getrunken?«

»Als ich Durst hatte«, antwortete er ebenso ehrlich wie ungenau.

»Wann hast du zuletzt etwas gegessen?«

»Als ich Hunger hatte?«, fragte er. Er musste unbedingt die Antwort geben, die sie hören wollte. Sie nickte sehr unzufrieden, was er bedauerte.

»Wann hast du denn zuletzt Hunger gehabt?«, fragte sie.

Jetzt hatte sie ihn, dachte er, in die Irre gelockt. Und das machte ihn geschwätziger denn je, obwohl seine Mutter ihm eingetrichtert hatte, Frauen gegenüber höflich aufzutreten und ansonsten den Mund zu halten.

»Noch nie. Ich hatte noch nie Hunger. Denn es gibt hier in der Wüste nichts zu essen.«
Die langweilige Frau lachte, so offen und laut man über die größte Dummheit der Welt nur lachen konnte: »Man hat doch keinen Hunger, weil es etwas zu essen gibt. Im Gegenteil hat man Hunger, weil es nichts zu essen gibt! Du bist ja hohler als eine Windhose. Dümmer als ein Sandkorn. Ich kann dir nur helfen, wenn du Hunger hast! Was rede ich überhaupt mit dir?«
Er hatte danach viel Zeit, über eine Antwort nachzudenken, denn die Frau musste lachen. Das schien anstrengend zu sein, sie schüttelte sich. Sie kreischte, und Tränen kullerten über ihre faltenlosen, fleischigen Wangen. Schließlich versagte ihr der Atem. Er kannte das, wenn auch aus anderen Gründen. Er bedauerte sie. Ja, er fühlte sich ihr plötzlich nah. Es war doch eine Abwechslung, sich mit ihr zu unterhalten. Sie wollte ihm helfen. Und auf die eine oder andere Weise klang, was sie sagte, sogar folgerichtig. Er musste es eben nur von allen Seiten betrachten.
»Vielleicht hatte ich doch schon einmal Hunger?« Allein die Möglichkeit in Betracht zu ziehen, erleichterte ihn. »Vielleicht habe ich es nur vergessen. Ich habe vieles vergessen.«
Die Frau lachte und schüttelte sich und kreischte und weinte.
»Du kannst mir den Hunger doch sicher beschreiben!«, rief er ein wenig betrübt, »damit ich ihn erkenne.«
Das Kreischen wurde lauter und das Lachen leiser. Er erschrak. Er streckte die Hand aus. Die Frau funkelte ihn voller Verachtung an. In seinem Magen war ein Gefühl, das (dachte er, da er keinen Hunger kannte) Angst sein musste. Es wuchs. Er nahm sich ein Herz.
»Ich bin ein Mensch. Und Menschen haben Hunger, sagst du. Also hatte ich bestimmt schon Hunger. Wahrscheinlich habe ich einfach nicht darauf geachtet.«

Darauf plärrte die langweilige Frau regelrecht. Sie wandte sich ab, nur so weit allerdings, dass sie ihn aus den Winkeln ihrer kleinen, wässrigen Augen noch beobachten konnte. Er legte seine Hand oberhalb des Nabels auf den Bauch. Er hatte das Gefühl, dass das, was sich darunter befand, in heilloser Aufregung war. Der Magen krampfte, wie er es bisher nur von seiner Wade kannte. Speichel tropfte aus seinem Mundwinkel. Er schwitzte und zitterte.

Die Frau betrachtete all das aus ihren Schweinsäuglein. Sie konnte viel: Sie konnte gleichzeitig krächzen, neugierig glotzen und grinsen. Sie richtete sich zu voller Größe auf und machte einen beherzten Schritt in die Wüste hinaus. Ihr Schatten umspielte sie wie ein viel zu weites Cape. Sie vermittelte glaubhaft den Eindruck, nie mehr stehen bleiben zu wollen. Da überwältigte ihn die Furcht. Er schleppte sich hinterher, so schnell es die Kolik unterm Sonnengeflecht erlaubte. Er ächzte, rief und bettelte. Nichts war da mehr von seiner mühelosen Sicherheit. Nur Strapaze, Schmerz, Beklemmung. Und als er schließlich doch noch einen Zipfel ihres Schattens zu fassen bekam, brachte er nur ein Wort heraus: »Jetzt!«

Die Frau atmete durch. Sie wog ab. Sie verfiel in ein langes und lautloses Gespräch mit sich selbst.

»Jetzt habe ich Hunger«, schrie er sie an.

Sie ließ sich nicht stören.

»Hörst du nicht? Ich habe solchen Hunger!«

Sie konnte einem leidtun, so vergeblich, wie sie gegen die unsagbare Enttäuschung ankämpfte.

»Ach, dann können wir nicht gemeinsam gehen. In der Wüste gibt es nichts, wovon du satt werden würdest. Spinnen, Disteln oder Schlangen reichen nicht aus. Deine Kräfte werden schwinden. Und irgendwann müsste ich dich vielleicht sogar tragen,

weil du zu schwach zum Gehen bist. Und dann würden meine Kräfte schwinden. Du verstehst: Das geht nicht. Schade.«
»Du hast doch gesagt, dass ich Hunger haben muss.«
»Ich kann mich nicht erinnern.«
»Willst du mich etwa zurücklassen?«
»Du bist allein hierhergekommen.«
Sie wandte sich erneut zum Gehen, setzte sich in Bewegung.
»Du hattest versprochen, mir zu helfen, wenn ich Hunger habe!«
Noch einmal blieb sie stehen, blickte aber nicht zurück.
Weil weiter nichts geschah, kroch er um sie herum. Er versperrte ihr den Weg. Er sah sie von unten, im glänzenden Auflicht, das sie noch größer wirken ließ. Sie hob die Schultern und sagte: »Ich habe noch eine Idee.« Dann begann sie, die zahlreichen Taschen ihres Mantels zu durchsuchen. »Du hast großes Glück, dass du mich getroffen hast.«
Sie schien jedoch lange nicht zu finden, wonach sie suchte. Staunend beobachtete er, wie an ihrem Mantel für jede vergeblich durchsuchte Tasche eine neue wuchs. Es mussten bereits Dutzende sein. Sie trällerte ein lustiges Liedchen. Und gickste schließlich, als ihre Hand auf etwas stieß. Wie eine Magierin führte sie es, die Kuppen von Daumen und Zeigefinger zusammengedrückt, gegen die Sonne.
Sie starrt darauf wie auf einen Edelstein, dachte er, nur muss der so winzig sein, dass ich ihn nicht erkenne.
»Du wirst keine Not leiden müssen und zufrieden sein«, wisperte sie, vollkommen in die Betrachtung ihrer in malerischer Pose erstarrten Hand versunken. Dann lenkte sie ihren Blick auf ihn. Mit einem sanften Nicken lockte sie. Er kam auf allen vieren. Japsend, mit tropfenden Lippen und brennender Haut. Er kniete vor ihr. Er riss den Mund auf, um Stärkung von ihr zu empfangen. Sie aber schüttelte den Kopf und ließ ein abschätziges Brummen

hören. Er zuckte unwillkürlich zurück. Sie setzte ihre Sohle auf seine Finger und erhöhte den Druck gerade um das Maß, das seine Schmerzgrenze überschritt. Sie wollte nichts kaputt machen. Sie wollte, dass er verstand. Und das tat er.
Ergeben legte er die Hände zusammen und streckte sie ihr entgegen. Ein melodiöser Schlenker mit der Kopfstimme belohnte ihn, dann senkte sie ihre Finger. Effektvoll kreisten sie in der Luft. Sie stülpte die Lippen und ließ ein Korn in seine Hände fallen. *Oh*. Ein Korn, so klein, so trocken und grau, dass es winziger nicht vorstellbar war, so leicht, dass er es nicht fühlte.
»Das ist für dich!« Das klang wie ein Heilsversprechen. »Wenn du achtsam bist, wenn du es an einen geeigneten Ort pflanzt, es gießt, vor Wind und Wetter schützt, vor Dürre und Befraß, wird ein Baum daraus. Eines Tages wird er Laub tragen, Früchte oder sogar Vogelnester. Er wird dich ernähren, dir Schatten spenden. Aus seinem Totholz wirst du Feuer machen und dir Vogeleier darauf braten können. Eine Köstlichkeit. Du kannst viel Freude an ihm haben. Vorausgesetzt, du sorgst dafür, dass er tags nicht verbrennt und nachts nicht erfriert. Dass er genügend, aber nicht zu viel Wasser bekommt. Wenn du ihn düngst, wird er schneller wachsen und kräftiger werden. Also los. Worauf wartest du noch? Verstehst du nicht? Du wirst nie wieder Hunger leiden, wenn du es richtig anstellst.«
Er versuchte, mit allem, was ihm zu Gebote stand, das Versprechen in seiner Hand zu verstofflichen. Aber die Vorstellungskraft fehlte ihm. Oder die Unterzuckerung ließ keine Konzentration mehr zu. Wie konnte dieses in Form, Farbe, Gewicht und Konsistenz einem Vogelschiss ähnliche Ding seine Zukunft bedeuten?
»Dieser Samen ist sehr alt«, begann sie noch ein letztes Mal. »Er hat vielleicht hundert Jahre in einer Felsspalte oder einem aus-

getrockneten Flussbett darauf gewartet, geweckt zu werden. Am besten legst du ihn dir unter die Zunge. Dort hat er es feucht und wird allmählich wieder weich. Wenn es zu kratzen beginnt, ist er bereit. Dann hast du den ersten Schritt getan. Ich werde alle zwei Jahre nach euch sehen. Später, wenn der Baum Schatten spendet, vielleicht auch jedes Jahr. Und wenn du dich von seinen Früchten ernähren kannst, wenn du Kraft und Ausdauer gesammelt hast und dir deiner selbst gewiss bist – dann, ja, vielleicht sprechen wir dann wieder über den gemeinsamen Weg.«
Sie war deutlich gewachsen, seit er sie, keinen halben Tag war das her, kennengelernt hatte. Sie musste sich nicht umdrehen, stand bereits mit dem Blick zum Horizont. Sie schritt über ihn hinweg in das flimmernde Weiß der heute schlecht gelaunten Wüste. Ihr Schatten hatte seine liebe Not, zu folgen.

Seither beschäftigt er sich mit Aufzucht und Pflege des Samens. Das ist nicht unkompliziert, denn es gibt zu wenig Wasser oder zu viel, zu wenig Sonne oder zu viel. Es hat Sandsturm, Windhosen, Nachtfrost gegeben – und einmal sogar ein hungriges Kamel, das den Keimling fressen wollte, während er schlief. Er hat es in letzter Sekunde verjagt. Dann verfiel er ins Grübeln. Warum? Warum hatte er sich nicht zwischen seine Höcker geschwungen und war in die nächste Stadt geritten? Warum hatte er es nicht erschlagen und gegessen?
Er lebt schon viel zu lange im Hungerstoffwechsel. Herzfrequenz, Blutdruck und Körpertemperatur sind gesunken, seine Muskeln beinahe aufgezehrt, die Augen stumpf. Die Haut riecht streng nach Lösungsmittel.
Er ist alt, dürr. Zerbrechlich würde niemand mehr denken.
Aber gestern, in der gnädigeren Stunde, als die Sonne tief stand, kitzelte das erste Blatt seine Wade. Es ist kaum größer als das

ursprüngliche Korn. Er wird noch warten müssen, bis er bestimmen kann, welche Art von Baum er gepflanzt hat.
Aber wenn er Glück hat, wird es ein Baum sein, der Früchte trägt.

Freiburg, 14. 01. 2019

Lieber Johan.

Danke für Ihren letzten Brief und dafür, dass Sie mehr Durchhaltevermögen und Anstand haben als ich.
Ich habe noch am Tag des Erhalts die Koffer gepackt und bin nach Hause gefahren. Es muss auf die gute Barbro wie ein ziemlich überstürzter Aufbruch gewirkt haben, aber plötzlich konnte ich auch dort auf der Insel nicht mehr sein.
Die Pflanzen haben sich gefreut. Und Friedemann und Jette auch. Und Sie müssen jetzt auch nicht mehr in ein Loch rufen, unter dem Meer durch, oder darüber hinweg (obwohl die Entfernung zwischen Neumünster und Visby Luftlinie sogar kürzer ist als die Entfernung Neumünster – Freiburg. Wir waren uns also zumindest räumlich näher).
Trotzdem war die Rückkehr nach Hause seltsam.
Denn einerseits ist natürlich alles ganz vertraut, dennoch ist nichts mehr wie vor meiner Abreise. Selbst die Straßen sehen anders aus; die Stimmen, das Quietschen der Straßenbahnen, die Glocken im Münster klingen anders, selbst die Leute, die ich gut kenne, haben sich in den paar Wochen verändert. Ich erkenne alles wieder und gleichzeitig auch nicht, es ist, als hätte ich eine Zerrbrille auf, oder vielleicht ist es gar keine Zerrbrille, sondern eine richtige Brille. Vielleicht war ich die ganze Zeit kurzsichtig und kann zum ersten Mal klar sehen, so ähnlich stelle ich es mir vor; durch die bloße Tatsache, dass es Marks Vater noch gibt, *wieder* gibt, schärft sich das Bild, die Sicht.
Ich bin nicht sicher, ob es mir gefällt, sehen zu können.

(Dabei muss ich an meine Mutter denken: Sie weigerte sich immer standhaft, ihre Brille zu tragen. Bei einem ihrer seltenen Besuche in Freiburg stieg sie aus dem Zug, blieb, blind wie ein Maulwurf, auf dem Gleis stehen und blinzelte in die Gegend. Nachdem ich den ganzen Bahnhof abgesucht hatte, weil sie nicht am verabredeten Treffpunkt erschien, und sie schließlich am Gleis fand, baute sie sich vor mir auf und beschwerte sich: Das hat aber lange gedauert.
Ich: Du warst nicht am Treffpunkt.
Sie: Ich konnte die Schilder nicht lesen.
Ich: Du hättest ja deine Brille aufsetzen können.
Sie: Warum denn? Ich wusste doch, dass du mich findest.
Die Welt gefiel ihr besser in verschwommenem Zustand, ausgefranst an den Rändern. So konnte sie die Realität immer genau so sehen, wie es ihr passte.)
Die Wochen in Visby und Ihre Briefe haben alles verändert.
Meine Flucht, die eigentlich eine Flucht in die Unschärfe sein wollte (wie meine Mutter! Oh Gott!), hat sich ins Gegenteil verkehrt.
Erstaunlicherweise bin ich aber deutlich ruhiger jetzt.
Weniger aufgepeitschte See, eher windstilles Haff.
Waren Sie mal an einem Haff? Irgendeinem? Dem Frischen Haff, dem Stettiner Haff? Dem Kurischen Haff (wo Sie doch immer die Brunslow mit der Kurischen Nehrung vergleichen …)?
Es ist eine seltsame Gewässerform, finden Sie nicht? Ein bisschen angeberisch tut es so, als sei es ein Meer, indem es Möwen, Seeschwalben und Kormorane beherbergt; es glitzert und schimmert wie die Großen, Schiffe fahren darauf, aber in Wahrheit ist es eben doch ein Blinddarm, ein unbedeutender Fortsatz gespeist aus Flüssen, die letztlich auch nur ins Meer wollen, und dem, was die See entbehren kann. Salzgehalt übrigens sehr gering.

Nix für Halophyten. Aber schön ist es dennoch. Das Kurische Haff jedenfalls, das kann ich Ihnen sagen, verfügt über schwebende Inseln und helle Flecken, und des Abends rauschen Schwärme von Staren die Uferlinie entlang, wie eine urzeitliche Luftwelle. Moritz und ich haben dort vor ein paar Jahren einen Sommer verbracht, in einem kleinen roten Fischerhaus ohne Toilette und mit vielen Ohrenkneifern, aber das hat nichts gemacht, damals hat das alles nichts gemacht, nichts hat uns angefochten, aber das ist nun auch nicht mehr wichtig und vorbei. Die Erinnerung an das Rauschen der Stare aber, wenn Hunderte kleiner Flügel aus Tausenden kleinster Federn die Luft, die uns umgibt, gegenständlich werden lassen, ist das Schönste, was von dieser Reise geblieben ist. Nur habe ich lange nicht daran gedacht.

Seit Sie da sind, Johan, erinnere ich mich an mehr, als mir lieb ist. Ich erinnere mich jetzt auch wieder an Werner Michelsen. An seine Wohlstandsplauze, an seine Art, an die großspurige Hilflosigkeit.

Ein einziges Mal war ich bei Mark zu Hause. Das muss in dem Jahr gewesen sein, als alles schiefging. Also vermutlich tatsächlich das Jahr, in dem Ihre Causa LL Cool J stattfand (wussten Sie eigentlich, wofür LL Cool J steht? Ich habe es neulich erst erfahren: *Ladies Love Cool James*. Geht es noch peinlicher?!). Wir fuhren auf seinem Moped vom Ponyhof in die Stadt, in eine schreckliche Einfamilienhaus-Siedlung mit Carports und gestutzten Hecken. Das war sehr en vogue damals, wissen Sie noch?

M&M hatte unterwegs ganz lässig getan, er wollte mir wahrscheinlich imponieren, doch als wir bei ihm zu Hause ankamen, veränderte er sich. Seine Coolness erstarrte zu einer Maske, ich sah, dass er sich wappnete, innerlich aufplusterte, dass er sich vor sich selbst groß machte und gleichzeitig immer kleiner

wurde. Und ich weiß noch, dass ich dachte: Ich bin also nicht die Einzige, die ihr Zuhause hasst. Da war einer, der seine Eltern genauso profan verachtete wie ich meine. Also ganz einfach, weil sie nichts begriffen, weil sie in ihrem eigenen Geflecht aus Unglück und Schuld festhingen und einen immer wieder mit hineinzogen, als Katalysator.
Eigentlich wäre ich da lieber nach Neumünster weitergefahren und ins Venezia gegangen, um einen Schoko-Shake zu trinken (gibt es das Eiscafé noch? Und die dicke, freundliche *Nonna*, die immer *Ciao, bambini, ciao, ciao* sagte? Erinnern Sie sich an die? Bestimmt! Ihr Eis wurde von Jahr zu Jahr besser), aber wir gingen ins Haus, in ein riesiges Wohnzimmer mit einer breiten Fensterfront und weißen Ledersofas. Es war alles so modern und unterkühlt, wie ich es nur aus dem Fernsehen kannte. Bei Derrick sah man manchmal solche Häuser, in denen sich Ehefrauen aus einem chromglänzenden Barschrank eine Likörflasche angeln und Korkuntersetzer auf den Glastisch legen, ehe sie dem Kommissar und sich einschenken und darauf warten, dass er sie aus seinen Glupschaugen anschaut und dann sagt: Sie wissen, dass Ihr Mann tot ist, Frau Meier. Sie haben ihn umgebracht, und ich kann es beweisen.
Jedenfalls saß Marks Mutter in diesem stillen Sterilensemble und lächelte uns steif entgegen. Ich hatte sie gar nicht bemerkt, sie sah aus wie ein Teil der Einrichtung.
Hallo, Schätzchen, sagte sie. (Mein Gott, ihre Stimme war so fiepsig!) Hast du eine kleine Freundin mitgebracht? Wie heißt sie denn?
Mark war hart.
Vergiss sie, sagte er zu mir.
Ich blieb stehen. Ganz artig.
Guten Tag. Ich bin Jana.

Jana. Wie hübsch. Wie hübsch. Soll ich euch einen Tee machen?
Vergiss sie, wiederholte Mark. Die hat sie nicht alle.
Aber Mark! Schätzchen.
Sie muss kurz davor gewesen sein, in Tränen auszubrechen.
Mark zog mich am Arm in sein Zimmer. Er tat mir weh.
Ich glaube, wir knutschten eine Weile rum (an eine Boombox kann ich mich nicht erinnern – ich hätte sie bestimmt bemerkt! –, also war sie wahrscheinlich schon hinüber, dem Mercedes zum Opfer gefallen), er zeigte mir seinen Computer, und wir spielten ein bisschen Pacman, aber ich fühlte mich die ganze Zeit unwohl und wollte lieber zurück zum Hof.
Mark hatte wohl auch gemerkt, dass es nicht so lief an diesem Nachmittag. Er versuchte noch einmal halbherzig, mir unter den Pulli zu fassen, aber ich sagte: Ey, nich'; er sagte: Zicke!, und gab für diesen Nachmittag auf.
Viel Verliebtheit oder Schmetterlinge waren da nicht im Spiel. Es war und blieb eine eher technische Angelegenheit zwischen uns. Ein Zeitvertreib. Weil es ging, eben. Weil es dazugehörte. Vielleicht auch, weil wir beide eine ähnliche Art der Einsamkeit kannten.
Ich wollte gerade aufbrechen, da kam Marks Vater nach Hause. Wir hörten die Haustür, und wieder sah ich, wie Mark sich so komisch aufplusterte, wie sein Blick irgendwie kalt und waidwund zugleich wurde.
Bestimmt habe ich gesagt, dass ich zum Hof zurückmuss. Habe einen Stalldienst erfunden oder etwas in der Art, jedenfalls erinnere ich mich noch deutlich daran, dass ich unbedingt von dort wegwollte.
Wir trafen im Flur auf ihn.
Na, Sohn, rief er und schlug Mark mit der flachen Hand gegen den Hinterkopf, dass es klatschte. Machst du Nägel mit Köpfen?

Sein Lachen dröhnte.
Mark grinste seinen Vater an, als hätte er einen Pokal gewonnen.
Ganz der Papa, sagte der Vater. Dann fasste er mir unters Kinn und sah mich an. Bis oben hin vergittert, was?
Lachte wieder explosionsartig, brach ab.
Wo ist *das Problem*?, fragte er Mark.
Der zeigte zum Wohnzimmer.
Um zehn bist du wieder da, sagte Werner Michelsen.

Ich wusste nicht, dass ich das noch wusste. Die Erinnerung kam plötzlich zurück, als ich im Flugzeug über Norddeutschland flog, als ich von oben den Nord-Ostsee-Kanal sah, die Rendsburger Brücke, die so unverkennbar ist, weil die Eisenbahnschienen in dieser langen Schleife zu ihr hinführen. Und dann Rendsburg. Und die Tiefebene. Und irgendwo da unten Neumünster. Sie.
Ich weiß nicht, was ich davon halten soll. Die Vorstellung, dass meine Tochter in diesem Haus aufgewachsen ist, in dem ein dicker, selbstgefälliger und doch durch und durch hilfloser Mann und eine gebrochene Frau mit fiepsiger Stimme wohnten, die dann auch noch ihren Sohn verloren … Wie soll ein kleines Mädchen das alles tragen können?

Ich habe Ihre Geschichte über die langweilige Frau sehr aufmerksam gelesen, Johan. Sie hat natürlich meinen Widerspruchsgeist angeregt, sie hat mich aufgebracht, gegen alle langweiligen Frauen und Männer dieser Welt, die einen in Abhängigkeit bringen und dann verrecken lassen! Aber auch gegen den Mann.
Es hat ja keinen Sinn, zu warten, bis irgendwo vielleicht ein Blättchen an einem Baum wächst, der, entschuldigen Sie meinen Zynismus, aller Wahrscheinlichkeit nach auch noch giftige Früchte trägt. Das kann ja nicht die Lösung sein.

Was tun wir also?
Wir reißen den Baum dieser Hexe raus und schmeißen ihn auf den Müll. Und dann schauen wir zu, wie plötzlich Wasser aufsteigt in dem Loch, in dem die Pflanze gewachsen ist. Und wir haben statt des Baums jetzt eine kleine Oase, und es kommen Vögel von irgendwoher, weil sie das Wasser wittern, und sie stillen ihren Durst und kacken andere Samen aus, die besser, schneller, schöner wachsen. Und wenn die Hexe das nächste Mal kommt, dann erkennt sie uns nicht und nicht die Oase und nicht die Bäume, und sie muss um Wasser bitten, weil sie so durstig ist. Und wir sagen: Wir können dich leider nicht hören, denn wir sind taub geworden, von dem höhnischen Gelächter einer langweiligen Frau, die hier in der Gegend vor Jahren ihr Unwesen trieb. Aber bestimmt bist du hungrig, nimm doch eine Frucht von dem Baum, den sie uns säen ließ. Nimm und iss dich satt, Weib.

So ginge die Geschichte, wenn wir im Märchen wären, wenn wir so mutig wären, wie wir es gerne wären.

Wir geben nicht auf, wir fangen noch einmal an.
Das ist ein wiederkehrender Gedanke in den Büchern eines schwedischen Schriftstellers, Gustafsson heißt er, und er wiederholt ihn wie ein Mantra, durch die Jahre, die Seiten und die Bücher hinweg.
Wir geben nicht auf, wir fangen noch einmal an.
Ich werde mir den Satz aufschreiben und mir auch ein Fenster bauen, wie Sie eins haben. Durch das scheint dann die neue Realität zu mir herein und wirft die Worte an die Wand. Und vielleicht bin ich dann irgendwann mutig genug. So mutig wie Sie, als Sie Chris anriefen.

Der Gedanke, dass Ihr Chris meine Lea womöglich kennt.
Dass er eine andere Version ihrer Geschichte kennt als ich.
Dass er *Sie* kennt.
Dass er von allem so viel mehr weiß als ich.
Wer ist dieser Chris?
Wollen *Sie* weiter / wieder mit ihm sprechen? Mir von ihm erzählen?
Ob ich mit ihm sprechen will, weiß ich nicht.
Es ist nichts mehr wie vorher.
Aber Sie sind noch da, oder? Johan?

Ich hoffe so sehr, dass es Ihnen gut geht. Dass Sie vielleicht schon einen Schritt weiter sind als ich.

Jana

20.01.19, Neumünster

Liebe Jana.

Ich bin noch da. Und wie. Ja, wie, das weiß ich nicht. Ich fürchtete, ich hätte Ihr Leben durcheinandergebracht – aber obendrein hat die Einmischung mein eigenes verändert. Recht geschieht's mir.

(Ich muss flüstern, damit die Buchstaben mich nicht hören. Die wandern nämlich schon seit geraumer Zeit ungehindert und sehr schlecht gelaunt durch meine Küche. Der Bewegungsmelder funktioniert noch immer nicht. Wenn die mich hören, könnte es sein, dass sie verschwinden. Und das wäre ein schmerzhafter Verlust.)

Also, Chris Ernst:
Ich habe ihn wiedergesehen. Einen ganzen Nachmittag lang habe ich auf seinen Rücken gestarrt. Es waren die schönsten Stunden seit Langem.

»Wir geben nicht auf, wir fangen noch einmal an.«

Nichts ist gefährlicher als die Fangeisen einer versandeten Freundschaft. Damit Sie verstehen, muss ich Ihnen wenigstens die Umrisse unserer gemeinsamen Vergangenheit beschreiben. Chris Ernst stammt aus einer wohlhabenden Familie. Zwar hatte der Bruder seiner Mutter, also sein Onkel Werner Michelsen, das elterliche Bauunternehmen geerbt, aber auch Chris' Vater war erfolgreich. »Zentrum für Gastroenterologie Prof. Dr. Ernst« stand auf den Notizblöcken, die Chris in der Schule häufig verschenkte. Chris war ein Streber. Für alle, die in der Schule nicht mitkamen, hatte er nur Verachtung übrig. An mir allerdings war er auf rätselhafte Weise interessiert.

Vielleicht weil er niemanden kannte, der ohne Vater aufwuchs. Er kannte auch keine Mutter, die sich nur annähernd so aufdringlich in das Leben ihres Sohnes einmischte. Er war in einer Freiheit zu Hause, in der die Linke nicht weiß, was die Rechte tut. Und nun stand er plötzlich in einer einarmigen Familie.

Für Chris muss sofort alles klar gewesen sein: meine schulischen Schwächen, meine Scheu und die Hochwasserhosen, das mickrige Taschengeld, die falschen Marken, meine vorauseilende Ehrlichkeit (er nannte sie Feigheit). Plötzlich hatte alles einen Grund für ihn, und aus seiner Neugier wurde Mitleid. Nur hatte sein Mitleid nichts Herablassendes. Eher war es Zeichen einer Unsicherheit. Seine Freundschaft mir gegenüber war von einer tastenden Höflichkeit, als fürchte er, ich könne jeden Moment zersplittern. Das wiederum gefiel mir, weil es mir und der Welt, aus der ich kam, eine Bedeutung verlieh, die mir fremd war.

Je älter wir wurden, desto ausgefeilter wurden unsere Umgangsformen. (Dass wir uns nicht siezten, ist eigentlich ein Wunder.) Wir hielten das für erwachsen. Meine Mutter konnte ihn nie besonders leiden, für sie blieb er ein blasierter Romulaner. Ich habe lange gebraucht, um das zu verstehen, und noch länger, um mich von ihm freizumachen.

Erst als ich meine Lehre begann, verloren wir uns aus den Augen. Er hatte ebenfalls beschlossen, unsere Schule zu verlassen: Er wollte unbedingt Latein und Altgriechisch lernen. Weil es sonst niemand konnte, wie er sagte. Und weil er fünf Jahre Stoff würde nachlernen müssen. Was ihm niemand zutraute.

Fälschlicherweise, wie sich bald herausstellte. Während ich meinen Meister machte, schloss er das Abitur mit einem Schnitt von 1,0 ab. Danach studierte er Theoretische Physik in Heidelberg. Das Grundstudium erledigte er in drei Semestern!
Ein Senkrechtstarter – auf dem besten Wege, abzuheben.
Und er hob ab. Im Wortsinn.

Eines milden Herbstmorgens steckte er die Werbebeilagen der Discounter, die er täglich nach den besten Angeboten durchforstete, in seinen Rucksack, errechnete die kürzeste Route von Schnäppchen zu Schnäppchen und schwang sich auf sein Fahrrad. Er betrieb die studentische Sparsamkeit mit wissenschaftlicher Akribie. Munter radelte er die morgenfeuchte Straße hinunter. Er war auf seinen Drahtesel stolz, den er mit allem erdenklichen Klimbim ausgerüstet hatte. Als Prunkstück saß eine Sturmklingel am Vorderrad, für die er sich gerichtlich eine individuelle Sondergenehmigung erstritten hatte, denn sie leistete einen Signalton von bis zu 105 dB.
Diese Radlaufklingel wurde zum Wendepunkt in seinem Leben. Er flippte von ALDI zu MEGA, Backwelt und Kaufland, seine Jutesäcke baumelten am Lenker, und er wäre sicher pünktlich zum Institut gekommen, hätte er nicht im Rausch der Überlegenheit an der Schnur der Sturmklingel gezogen. Das erwartete Signal blieb aus. Stattdessen riss die Schnur und schnalzte ihm mit Wucht ins Gesicht. Die folgende unwillkürliche Meidbewegung brachte die Taschen in Schieflage, woraufhin eine davon (ich könnte wetten, es war die mit der sensationell günstigen Vorratspackung Vierfarbstifte, ohne die er nirgends hinging) sich zwischen die Speichen klemmte und das Vorderrad blockierte.
Chris schoss über den Lenker, eine beträchtliche Strecke durch das Heidelberger Schwerefeld dahin und krachte, bevor er in der

Lage gewesen wäre, kinematische Berechnungen zu Geschoss- und Aufprallenergie anzustellen, unweit seiner Fakultät auf den Asphalt. Bewegungsunfähig.

So jedenfalls stelle ich es mir vor.
Ich habe erst spät davon erfahren, und danach geriet die Sache auch schnell wieder in den Hintergrund. Meine eigenen Probleme hatten längst überhandgenommen.
Während Chris sein Weg in einem jahrelangen Reha-Slalom ins elterliche Nest zurückführte, zerbrach auch meine Welt und spülte mich in den Heimathafen zurück. Wir waren beide wieder in Neumünster. Ohne allerdings voneinander zu wissen.
Anscheinend beschäftigte sich Chris danach mit der Konstruktion von Falt-, Drei- und Liegerädern. Ich wurde Busfahrer. Chris importierte die Fahrrad-Rikscha-Idee und ließ bald an die zwanzig Gefährte durch Neumünster radeln.
Wie oft habe ich mich über die langsamen, breiten Karren geärgert. Sie verstopften die Standstreifen, die Busspuren und blockierten die Haltestellen. Sie schienen plötzlich überall zu sein. Ihre touristische Unbekümmertheit wirkte angesichts des kleinstädtischen Verkehrskollapses wie purer Hohn. Sie hätten meine Fahrgäste hören sollen! Und dann der Anblick. Die Velotaxen waren in einem aggressiven Orange lackiert und der Firmenname in zitronengelber Schrift auf blauem Untergrund abgesetzt: HEROES PEDALIUM. (*Die Pedalhelden!*)
Welche Arroganz.
Hätte ich damals geahnt, wer hinter der Geschäftsidee steckte, ich hätte ein ernsthaftes Gespräch mit Chris geführt.
Aber ich ahnte es nicht, und alles kam anders.

Durch das, was am Tag geschah, als ich Ihren Kalender fand, erlangte ich eine vorübergehende Berühmtheit. Und natürlich bekam auch Chris davon Wind. Wahrscheinlich las er in der Zeitung von dem Busfahrer Johan Z., und ebenso wahrscheinlich erschrak er. Über den auffälligen Namen, die Erinnerung, die plötzlich klimperte wie ein hilfloses Windspiel. Vor der Nähe zum Schicksal.

Irgendwie fand er meine Adresse heraus, hinterließ eine Nachricht mit seiner Nummer. Aus unerfindlichen Gründen hat der Zettel meinen Zusammenbruch überlebt – in der Küchenschublade. Da habe ich ihn dann neulich wiedergefunden.

Die Wirkung dieser wenigen Buchstaben und Ziffern auf meine Stabilität muss ich Ihnen vermutlich nicht schildern. Unter der Nummer habe ich ihn kurz vor Weihnachten erreicht und Werner Michelsens Adresse herausgefunden.

Ich will Ihnen helfen, Lea zu finden, sie kennenzulernen. Ich möchte nützlich sein. Wieder nützlich sein.

Ich habe das mit Dr. Brunslow besprochen. Sie hat mit Chris Kontakt aufgenommen und zu meinem Entsetzen ein Treffen vereinbart. Einem klassischen Visavis, einem Auge-in-Auge, fühlte ich mich nicht gewachsen. Ich wollte auf keinen Fall angestarrt werden und auch nicht in seinen Augen den Nachhall meiner Worte sehen müssen, die Bewertung, das Misstrauen oder Mitleid.

Selbstverständlich hatte Dr. Brunslow einen Vorschlag zur Güte: Chris sollte mich einfach mit der Rikscha durch die Stadt fahren. Ihr schiene, damit wären alle Vorbehalte ausgeräumt.

Wenn es etwas gibt, das mich freiwillig zum Citalopram 20 zurückbringt, dann ist es ihr angelernter Optimismus. Aber wahrscheinlich ist sie einfach nur verzweifelt. Ich denke über sie, wie sie über mich denkt.

Optimismus ausgenommen.
Deswegen habe ich zugestimmt.

Gestern war es so weit.
Um 14:00 Uhr stand Chris in seiner Rikscha vor der Klinik. Ich kann immer noch nicht glauben, dass ich das lächerliche Gefährt wirklich bestiegen habe. Die Brunslow gab mir eine Decke mit auf den Weg, deren großes, eingewebtes FEK-Logo uns augenblicklich die bemitleidenswerte Aura eines Krankentransportes verlieh.

(Die Buchstaben haben meinen Zustand erkannt. Ich flüstere – und dennoch. Sie kommen näher. Sie wollen mir eine Geschichte erzählen. Ich will nicht. Ich muss mich durchsetzen gegen sie. Die Fantasie ist nur eine Wartezone.)

Ich wollte natürlich wissen, was Chris vorhatte. Er wolle »durch die Stadt cruisen«, wie er sagte, während ich einen unbeholfenen Blick aus seinen geröteten Augen auffing.
Die Vorstellung, um die Mittagszeit, wenn alle Schüler nach Hause fuhren, der Takt des ÖPNV sich verdoppelte, wie ein Fremdkörper den Fluss abzuschnüren, war haarsträubend. Das wollte ich nicht zulassen. Aus den Untiefen längst verdrängter SWN-Linienpläne kramte ich eine Route, die uns über unbefahrene Nebenstraßen direkt zum Brachenfelder Gehölz führen würde, und sagte sie auf wie ein Gedicht. Einmal Busfahrer, immer Busfahrer. Eine Ode an die Adern der Stadt. Die Feierlichkeit, die wohl in meiner Stimme lag, verfehlte ihre Wirkung nicht: Chris nickte beeindruckt, zugleich aber erkannte ich in seinem Blick das altvertraute Mitleid wieder.
Er setzte sich in Bewegung.

Er kurbelte und kurbelte. Der kalte Fahrtwind entspannte mich. Wir sprachen nicht.

Wir kamen bis in das kleine Waldgebiet, ohne ein Wort zu verlieren. Die Gegend wurde friedlicher, die Wege uneben. Chris begann zu schnaufen. Die sprachlose Stille, bis dahin beruhigend, drohte uns zu erdrücken.
»Was willst du wissen?«, fragte er schließlich.
»Lea?«
»Lea?«
»Wo ist Lea!«, insistierte ich.
»Meine Cousine Lea? Meinst du die? Was willst du denn von der? Da habe ich ja schon Jahre …« Er verstummte. »Die kanntest du doch gar nicht. Warst du da nicht schon weg? '91 ist Mark verunglückt. Hat deine Mutter dir von ihr erzählt?«
Ich schwieg. Ich wusste, er würde erzählen. Und so war es.
Wir rumpelten über die Waldwege, nackte Bäume knarzten im Wind, und Chris kam mit jeder Kurbelumdrehung seiner Erinnerung näher. Seine Erzählung war bestimmt nicht lückenlos, denn alles, was er wusste, hatte er aus sicherer Entfernung beobachtet: Er hatte Mark nicht leiden können, dessen früher Tod aber hatte ihm die Abneigung verdorben.

Er erzählte:
Die Michelsens hatten ein Mädchen adoptiert, oder (wie Sie es nennen) gekauft. Die kleine Lea war kein pflegeleichtes Kind. Sie war dünn, kränklich, wenig widerstandsfähig.
Aber ihre Probleme lösten vorübergehend die ihrer Adoptivfamilie.
Marks Mutter – Chris sagte: »Tante Regine« – riss sich am Riemen. Sie machte das kleine, unerwünschte Etwas zu ihrem

Projekt. Sie hörte auf zu trinken, dekorierte das Haus um, war schon bald Expertin in der Reinigung von Stoffwindeln und der Herstellung zusatzfreien Demeter-Breis. Regine Michelsen blühte auf. Werner, ihr Mann, beobachtete es mit Skepsis. Er kam mit einer latent depressiven, gelangweilten Alkoholikerin wohl besser zurecht. Und auch Mark fand seine Mutter peinlich. Die Konflikte der Familie hatten sich nur in der Art, nicht in der Zahl verändert.

Chris erzählte und fuhr, fuhr und erzählte. Sein Rücken wackelte hin und her, seine Stimme wurde immer monotoner, und die aggressiven Farben seiner Firmenjacke hinterließen Schatten auf meiner Netzhaut. Ich beobachtete, wie aus dem kleinen Schweißfaden unter seinem Kragen erst ein Rinnsal und schließlich eine Sumpflandschaft wurde.

Als Chris alles erzählt hatte, woran er sich gerade erinnerte, war es im Brachenfelder Gehölz dunkel geworden. Das nahm mir die Angst vor direkten Blicken, und wir saßen uns tatsächlich etwa eine Stunde gegenüber. Ich spürte, dass er nach allem, was er zum Besten gegeben hatte, nun etwas von mir hören wollte. Aber es ging nicht.

»Das war's?«, fragte ich ihn. Er schien ratlos die Schultern zu heben. »Was ist denn weiter mit ihr passiert?«

Er dachte ernsthaft nach, wischte mit den Händen durch die Luft. Seine Bewegungen sagten: »Keine Ahnung. Nicht gekümmert. Irgendwie aus meinem Blickfeld verschwunden.«

»Willst du mir erzählen, ihr habt zu Hause nie darüber …?«

Ich war ernüchtert.

»Ich bring dich zurück«, sagte er schließlich. Ich schüttelte den Kopf. Das durfte nicht alles gewesen sein.

War es aber.

Als wir auf den Hof der Klinik fuhren, wartete die Brunslow schon. Sie stand am Mülleimer, rauchte hektisch eine Zigarette und lächelte erleichtert, als wir um die Ecke bogen. Sicher hatte sie das Knarzen des Strampeltaxis längst gehört.
Als ich aus der Rikscha kletterte, fragte er in meinen Rücken: »Die Route vorhin … du weißt schon, die du vorgeschlagen hast. Die war gut.« Ich nickte der Brunslow zu. »Hast du alle Routen noch im Kopf?«
Ich drehte mich zu ihm um – und wissen Sie, was? Ich glaube, ich lächelte. Da hob sich der Mitleidsschleier von seinen Lidern, und zum ersten Mal seit 1988 sah ich in seinem Blick so etwas wie ehrliche Achtung. Dann aber wurde mir schlagartig klar, dass er damit bereits Hintergedanken verband.

Chris machte sich schneller aus dem Staub, als man es einer Rikscha zugetraut hätte, und ließ mich, dem fragenden Blick der Brunslow ausgesetzt, zurück. Frau Doktor bat mich noch ins Behandlungszimmer. Sie ließ sich erzählen, wie der Nachmittag verlaufen war. Ich war stolz darauf, die Situation gemeistert zu haben. Und gleichzeitig so enttäuscht, nichts über Leas Verbleib zu wissen.
Fr. Doktor schlug vor, Ihnen die Telefonnummer von Chris zu geben. Und sie bot an, für ein Gespräch zur Verfügung zu stehen, wenn Sie das wollen.
Das hat mich so gefreut, dass ich vergessen habe, die Decke zurückzugeben. Ich sitze jetzt hier in der Dunkelheit, das FEK-Logo über den Knien, wie an der Endstation. Dabei hatte ich doch ein Umsteigeticket gelöst. Ich wollte weiter. Ich wollte nützlich sein. So viel Aufregung für nichts.
Es tut mir leid.
(Die Buchstaben sitzen vor mir auf dem Küchentisch. Sie haben

sich nach dem Alphabet sortiert und klimpern müde mit den Wimpern. Ich weiß nicht. Wird langsam alles besser?)

Johan

PS: Heute Vormittag hat Chris sich bei Dr. Brunslow erkundigt, ob er mir helfen könne. Er meinte, er hätte gute Beziehungen zu Ämtern usw. usf.

Freiburg, 28.1.2019

Dritter Versuch.

Lieber Johan.
Es hat sich jedes Mal ein schreckliches Durcheinander auf dem Papier ausgebreitet, wenn ich versucht habe, meine Gedanken aufzuschreiben und all diese neuen Informationen zu sortieren, sodass man wirklich gar nichts mehr lesen konnte. Ich finde Durchstreichungen unerträglich, von Pfeilen und Kringeln will ich gar nicht reden, vielleicht sagte ich das schon mal, überhaupt kann ich Unsortiertes nicht leiden, weder in Wörtern, Gedanken noch Gefühlen. (Ich habe mir nun einen Zettel geschrieben, mit Stichworten, die in kleinen Wolken zusammengehören. Ich denke, ich lasse die jetzt eine nach der anderen vorbeiziehen, und dann kommt hoffentlich etwas mehr Sinn heraus.)

Also, erste Wolke:
Die Rikscha-Fahrt. Dass Sie dieses Wagnis eingegangen sind! Ich kann mir inzwischen lebhaft vorstellen, was es für Sie bedeutet hat, mit Chris diese Tour zu unternehmen, und das nicht nur aus dem Grund, dass diese Rikschas wirklich dämliche Gefährte sind, außer man wohnt in Bangkok, da haben sie vielleicht eine Art Berechtigung – und selbst dort fahren die Leute ja inzwischen auch eher Tuk Tuk, wenn ich richtig informiert bin. Ein einziges Mal bin ich in so einer Fahrrad-Rikscha gefahren, das war im Urlaub mit Moritz, wir waren in Riga, und er hatte einen Bänderriss im Fuß und konnte nicht so weit laufen, wie meine touristische Neugier es erforderte. Jedenfalls fuhren wir dann

Rikscha, und es war schrecklich und peinlich, wahrscheinlich vor allem, weil es uns bei allem Widerstreben dann sogar doch irgendwie behagte. Langer Rede (diese Wolke löst sich an den Rändern schon wieder auf und diffundiert in Bereiche, die da gar nicht stehen. Moritz steht gar nicht drin in der Wolke. Nur die Rikscha. Und Sie, Johan. Und Danke. Und Rikscha-Held) kurzer Sinn:
Johan, dass Sie das geschafft haben. Dass Sie das auf sich genommen haben.
Aus Ihren Worten, aus der Art, wie Sie über Frau Brunslow und Ihre therapeutischen »Maßnahmen« sprechen, lese ich, dass Sie über sich hinausgewachsen sind, vielleicht weiter, als Sie wollten. Aber geschafft haben Sie es.
Sie sind mein Rikscha-Held. (Pedalheld würde ich Sie ungern nennen …) Ganz und gar unironisch.

Zweite Wolke:
Lea. Lea. Lea. Sie ist wahr.
Sie lebt.
Ich denke diese beiden Sätze immer wieder. Sie drehen sich wie ein Ohrwurm in meinem Kopf und beschäftigen mich unablässig. Morgens, wenn ich die Augen noch nicht aufgeschlagen habe, abends, wenn sich der Schlaf wieder bitten lässt (zum ersten Mal macht mir das nichts aus, dann liege ich einfach da und horche den Worten nach, bis sie in meinem ganzen Körper klingen).
Sie ist wahr. Sie lebt.
Können Sie sich das vorstellen?
Das allein ist so *viel mehr* als alles, was es bisher gab. Das allein ändert alles – ALLES – und ist fast schon mehr, als ich verkraften kann.

Und auch wenn Sie das vielleicht nicht verstehen können, ich bin wahrhaftig und aufrichtig froh, Johan, dass Sie *nicht* mehr herausgefunden haben. Dass Sie *nicht* erfahren haben, wo Lea wohnt, was sie arbeitet usw.
Als ich las, dass Sie Chris gefragt haben: »Was ist mit Lea«, da ist mir vor Schreck übel geworden. Der Schweiß ist mir ausgebrochen, und ich habe den Brief beiseitegelegt. Vier Tage hab ich es nicht gewagt, weiterzulesen.
Am liebsten hätte ich Friedemann gebeten, für mich zu lesen, um einen Filter, einen Schutz zu haben, vor der möglichen Wucht der Worte, aber wie hätte ich ihm das alles erklären sollen? (Ich habe schließlich auf dem Klo gesessen zum Lesen. Sicherheitshalber. Unterstehen Sie sich bloß, jetzt zu lachen.)
Ich denke an das Samenkorn Ihrer langweiligen Frau. Es hat so viel versprochen und dann nur Unglück gebracht. Davor habe ich schreckliche Angst.
Aber: Lea ist wahr. Sie lebt.
Das ist ein Samenkorn, das in mir wachsen könnte. Sie haben es gepflanzt. Und nichts, rein gar nichts muss Ihnen leidtun.
Natürlich stellen sich alle logischen Folgefragen. Natürlich poppen alle nur denkbaren Szenarien aus dem Boden, wie verstrahlte Pfifferlinge im feuchten Nadelgehölz. Natürlich.
Der GAU 86, Sie schrieben selbst davon, hat seine Auswirkungen noch heute. Der in Tschernobyl und der in Kirchhörde-Nord respektive Padenstedt. Mit Atomkraft ist wirklich nicht zu spaßen.
Die ganze Geschichte ist wie ein Gefängnis. Und ich sitze schon so lange darin, dass ich meine Zelle lieber nicht verlassen will.
Für mich genügt es, dass die Tür offen steht: Sie ist wahr. Sie lebt.
Kann man etwas *nicht* wissen wollen? Kann man sich gegen Antworten entscheiden? Kann man freiwillig im Gefängnis bleiben und überleben?

(Ich habe eine Geschichte gehört von einem Gefängnisinsassen, der im Rahmen seiner Strafe eine Klostermauer bauen sollte. Er war froh über die Aufgabe, durfte aus seiner Zelle und an die frische Luft. Er sah sein Werk wachsen. Als das Kloster komplett eingemauert war, hatte er seine Strafe verbüßt. Er wusste nicht, was er nun tun sollte, und trat ins Kloster ein, weil ihm die Beschränkung und die Mauer so vertraut waren.)
Bisher weiß ich nur davon, dass man Antworten sucht, dass es einem hilft, wenn man Bescheid weiß. Dass es Freiheit bringt. Nun stellt es sich plötzlich gegenteilig dar. Das verwirrt mich vollends.
Es gibt Tiere, die sterben, wenn man sie freilässt.

Dritte Wolke:
Ich möchte lieber nicht mit Frau Brunslow sprechen, ich möchte auch nicht mit Chris telefonieren. Ich weiß jetzt, dass seine Nummer existiert. Dass Sie existieren. Das reicht mir.
Und ich wage zu hoffen, dass Sie bleiben, Johan. Dass Sie nicht verschwinden.
Und ich hoffe, dass Sie Chris wiedersehen, nicht wegen mir, sondern trotz mir. Fragen Sie ihn nach seinen Hintergedanken? Werden Sie das tun?

Vierte Wolke:
Die Bank hat meinen Kreditantrag abgelehnt. Ich muss weiter Fahrrad fahren.

Jana

2. Februar 2019

Heute wäre ich 21 Jahre verheiratet. Jana, alles deutet auf die Unvorhersagbarkeit der Dinge.
»Kann man etwas nicht wissen wollen? Kann man sich gegen Antworten entscheiden?«, fragen Sie. Dabei stecken Sie ja schon lange nicht mehr im Unwissen fest. Allein die Möglichkeit, zu wissen, eröffnet eine Welt. Eine Welt, die Sie entzweireißt, weil in ihr alles möglich erscheint.
Aber Möglichkeit bedeutet nichts. Möglichkeit ist Chaos, die Ansammlung aller existierenden Variablen. Ja, der Übergang von Ordnung zu Chaos lässt sich mühelos durch die Variation eines einzigen dieser Parameter herbeiführen. Und dann? Es gibt so unendlich viele davon.
Wollen Sie das Meer von Möglichkeiten wirklich nicht gegen Gewissheit eintauschen? An der Gewissheit kann man scheitern – im Ozean der Variablen muss man ersaufen.
Ich weiß, wovon ich rede. Angst ist auch so ein Möglichkeitsmeer. Und ich habe viele Ängste.
Jeder habe ich einen Namen gegeben. Feierlich und ernsthaft. Mit Taufe und allem Drum und Dran. Wir sitzen gemeinsam am Tisch. Ich koche für sie. Ich kleide sie und höre mir ihre Sorgen an. Die Sorgen meiner Ängste. Manchmal kann ich einen Rat geben. Oft besteht er darin, etwas zu spielen. Das ist ein bisschen eigennützig, aber ich denke, es ist legitim. Die leben ja auch nur für sich. Sie sind die Gäste, ich bin der Hausherr. (In den dunklen Stunden nenne ich sie aber Parasiten und mich Wirt.) Ich sage: »Ihr Lieben, heute spielen wir ein Spiel«, und meine damit: »Heute setzen wir eine von euch aufs Spiel.«

Heulen und Zähneklappern.

Beispiel aus gegebenem Anlass:
Als Marie verschwunden war, beschloss ich, nicht wissen zu wollen: wohin? Nicht: warum? Nicht: mit wem? Nicht: wie lange? Nicht: wozu? Ich leugnete die Folgen für mich. Stattdessen beruhigte ich mich mit der mantrahaft wiederholten Binse, junge Frauen müssten sich befreien, um auf die eigenen Füße zu fallen.
Das ging nicht lange gut. Deshalb klammerte ich mich an ein Stück Treibholz auf dem Meer der Möglichkeiten, das zu bereisen mir der Mut fehlte: die Telefonnummer, von der ich wollte, dass Marie sie hinterlassen hätte. (Ich habe das in einem früheren Brief vielleicht etwas falsch dargestellt. Die Nummer war nicht auf der letzten Seite des Daumenkinos vermerkt. Die Nummer existierte dort nur als Schemen. Eine durchgedrückte Notiz, ein Senkrelief – vermutlich vollkommen unzusammenhängender Ziffern. Ich aber bildete mir ein, Marie hätte mir damit einen Hinweis geben wollen.) Also rief ich täglich diese Nummer an. Es ging gar nicht darum, dass sie abhob. Verstehen Sie? Je länger ich mit dem Freizeichen allein war, desto größer wurde sogar die Angst, sie täte es. Ich wollte ein Minimum an Ordnung schaffen. Eine Pseudogewissheit, mit der ich alle Unwägbarkeiten auf Abstand halten konnte. Sieben Monate lang, immer um 13:00 Uhr, werk-, sonn- und feiertags.
Und hätte der verregnete Oktoberfreitag ’15 meine Koordinaten nicht auf eine noch viel irrationalere Weise verschoben, das »Kein Anschluss unter dieser Nummer« hätte der Beginn all meiner Fragen werden müssen.
Ich saß also gestern mit meinen Parasiten zusammen. Sie hörten sich Ihren Brief an, und eine gewisse Unruhe machte sich breit.

Ein wohliger Schauer, wie er einen durchfährt, wenn man beobachtet, wie jemand den nächsten, zu erwartenden Fehler begeht. Nichts da.
»Ihr Lieben, jetzt spielen wir ein Spiel.«
Sie machten große Augen. Ich stand auf. Dann half ich ihnen in die Stiefel, legte ihnen Schals um und zog ihnen die Mützen in die Stirn. Sie können es allein, aber das dauert eine halbe Ewigkeit. Für meine Parasiten scheint der Tag 30 Stunden zu haben. Sie sind so träge.
»Beeilung!«, rief ich und stapfte voraus.
Im Gemeinschaftsraum war wenig los. Der Bildschirmschoner ließ das FEK-Logo gelangweilt über den Monitor des Patientenrechners trudeln. Wir kamen unbeobachtet bis zum Pförtner. Ich winkte ihm, rief: »Husch, husch!«, und wir waren schon durch die Tür, bevor ihm die passende Antwort einfiel.
Schräg gegenüber dem Klinikportal steht eine der letzten Telefonzellen von Neumünster. Für alle Fälle. Und einer dieser Fälle war jetzt. Ich trieb die Parasiten an. Ich ließ mir von ihnen Kleingeld geben, mit Schwung öffnete ich die Tür. Ich war so sicher, so zuversichtlich. Ich zwinkerte den Plagegeistern, die sich an der Glaswand die Nasen platt drückten, siegesgewiss zu. Ich wählte. In wenigen Augenblicken wäre ich wieder dort, wo ich 2015 falsch abbiegen musste: »Kein Anschluss unter dieser Nummer!«
Zu meiner Überraschung hörte ich das Freizeichen. Wieder und wieder. Und ich drohte zu fallen. Die Parasiten blähten sich auf und wurden hässlich. Sehr hässlich …
»Döner-Imbiss Bei Güven, was soll's sein?«
Ich fühlte mich, als stünde ich nach langer Fahrt durch einen Tunnel unversehens im prallen Sonnenlicht. Ich stotterte. Ich ähte und hmte, puhte.
»Halloowillssuwääs, Aldda?«

»Ähm …«
»Hamwanich. Vielleicht was anderes?«
Pause. Dann spulte er die Liste der Gerichte ab, die ich bestellen konnte. Das dauerte so lang, dass ich zur Besinnung kam.
»Dürüm Burger«, sagte ich.
»Döner, meinst du.«
»Nee, Dürüm …«
»Dürüm Döner!«
»Meinen Sie?«
»Willsumichveraarschen?«
Ich war fest entschlossen, diese Aufgabe zu bewältigen. Es dauerte, bis sich der Knoten löste. Aber zwanzig Minuten später kam eine Rikscha (!) auf den Hof und lieferte mir einen Dürüm Döner mit extra Pommes, einer Portion Krautsalat und einer großen Cola.
So saß ich dann auf dem Sockel der Telefonzelle und aß. Die Parasiten waren enttäuscht ins Warme gelaufen. Selten habe ich sie so wenig vermisst. Auf dem Weg müssen sie Naira begegnet sein, denn die kam mit großen Schritten auf mich zu und wies mich zurecht. Februar, sagte sie, und T-Shirt und Grippe und: husch, husch!
Ich fühlte mich vollkommen verstanden.
Im Vorbeigehen zwinkerte ich dem Pförtner zu.

Jana, wir wissen beide, dass das Reich der Möglichkeiten kein zuverlässiges Zuhause ist.
Sprechen Sie mit Frau Dr. Brunslow.
Ich glaube übrigens, dass hier eine gehörige Intrige gegen mich gekocht wird.

Johan

[Auf liniertem Papier mit der Hand geschrieben. Anm. d. Hrsg.]

Freiburg, 10.(?) Februar 2019

Uniklinik Freiburg
Unfallchirurgie
Hugstetter Str. 55
79106 Freiburg
(Damit Sie mich finden!)

Lieber Johan,

entschuldigen Sie meine Schrift. Im Bett schreibt es sich nicht so sauber und leicht. Alles wackelt.
Ich bin seit einigen Tagen im Freiburger Uniklinikum. Ungefähr vier, glaube ich.
Keine Sorge, es ist nichts Lebensbedrohliches, nur ein dreifacher Kieferbruch mit Jochbeinfraktur und dazu eine kleine Gehirnerschütterung. Zum Glück habe ich diesen hässlichen, hässlichen Helm getragen, das hat, wenn man den Ärzten hier Glauben schenken darf, Schlimmeres verhindert.
Ich schlafe viel. Oder vielleicht ist es auch eher ein Dösen oder Dämmern. Es fühlt sich an wie ein seltsam körperloses Schweben in einer Sphäre, in der sich Bilder und Geräusche zu etwas Eigenem zusammenfügen (da sehe ich Schleier von Buchstaben, die sich wie Vogelschwärme immer wieder neu formieren, neu sortieren, und ich bin nie schnell genug, zu entziffern, was sie bedeuten. Das macht mich ganz verrückt).

Zum Glück hat sich jetzt wenigstens die Übelkeit gelegt. Ohne Sie zu sehr mit Details langweilen zu wollen, lassen Sie mich nur so viel sagen: Übelkeit ist ein sehr prekärer Zustand, wenn der gesamte Kiefer derart verdrahtet und verschraubt ist, dass man den Mund nicht öffnen kann, nicht öffnen *darf* und die geschundene Nase der einzige Ein- und Ausgang im Kopf ist.
Man hat mir Mundverbot erteilt. Drei Wochen mindestens.
Sie sind wahrhaftig der Einzige, mit dem ich momentan wirklich »reden« kann. Und das nicht nur, weil wir inzwischen glücklicherweise ein bisschen Übung haben im schriftlichen Gedankenaustausch, sondern vor allem, weil Sie die Fragen kennen. Die vielen Fragen.
Mit den Schwestern, Ärzten, Pflegern kommuniziere ich mittels Kopfnicken und Kopfschütteln – sehr unangenehm beides – und kleiner Notizzettel. Ansonsten bin ich auf mich zurückgeworfen. Allein in meinem Kopf. Die ganze Zeit. Und ich habe Zeit. Ungebührlich, unerquicklich viel Zeit. Ich hänge tatenlos hier herum und bin meinen Gedanken ausgeliefert.
Uff, ich bin müde. Kurz mal die Augen zumachen.

Am Nachmittag

Meine Bettnachbarin schnarcht und furzt viel. Sie glaubt, ich merke das nicht, aber hier drinnen mieft es. Nicht zum Aushalten. Immerhin muss ich nicht mit ihr reden.
Es wird schon bald wieder dunkel draußen. Seltsam, wie die Zeit sich hier verhält, sie ist so ungreifbar.
Die Doppelbilder verschwinden langsam, und die Buchstaben haben aufgehört zu tanzen.

Das Essen kommt.
Essen?! Ha. Gebundene Suppe durch den Strohhalm. Es ist entwürdigend und ziemlich ekelhaft.

Folgendes ist passiert:
Schuld war die Hexe. Und dann die Straßenbahnschiene.
An den Unfallhergang kann ich mich nur rudimentär erinnern.
Ich fuhr vom Stadttheater Richtung Bertoldsbrunnen, das weiß ich sicher, denn ich kann diese Strecke nicht besonders gut leiden und versuche normalerweise, sie zu meiden. Man kann nie richtig fahren dort, da sind zum einen die Tramschienen, auf die man achten muss, und dauernd kreuzen entweder verpennte Studenten oder, noch eher, völlig verpeilte Touristen die Straße.
Nun war es noch sehr früh und das Wetter februarfies. Die Studenten schliefen alle noch, und die Touristen waren ausnahmsweise auch kein Problem, sodass ich ein bisschen in die Pedale treten konnte, und da kam wie aus dem Nichts diese bekloppte Hexe aus der Universitätsstraße und ist, soweit mein erschüttertes Gehirn es zusammenkriegt, vollkommen ungebremst von rechts in mich reingekracht.
Ich hörte die Schellen, ein leises Bimmeln. Ich dachte, was ist das für ein seltsames Geräusch, hier gibt es doch keine Kühe in der Stadt – aber als ich den Kopf hob, war es schon zu spät.
Ich sah nur noch den bunt geschuppten riesigen Körper auf mich zukommen, und dann schaute ich ihr direkt ins Gesicht, in die dämonische, verzerrte Visage, die wilden Augen. Die Nase stach hervor wie ein Zinken, um mich geradewegs aufzuspießen.
Der Versuch, auszuweichen, brachte mich in die Schiene.
Ich weiß noch, wie überrascht ich war, als ich durch die Luft flog, als hätte ich einen Kopfsprung vom 10-Meter-Brett gemacht

(was ich niemals freiwillig täte), nicht erschreckt – überrascht! Von der kurzen, blitzartigen Erkenntnis: *Oh. Das war's jetzt.*
Dann sah ich das Pflaster auf mich zukommen.
Danach Blackout.

Nächster Morgen

Unruhige Nacht. Die weißen Laken, Wände und Gedanken blenden mich, sobald ich die Augen aufmache.

Jette und Friedemann haben mir die nötigsten Sachen gebracht. Friedemann hat mich zudem mit einem Haufen Bücher versorgt (ich weiß, dass er sie im Laden klaut, er sieht es als Aufbesserung seines mageren Lohns, und dann verschenkt er seine »Neuanschaffungen« immer mit größter Freude). Außerdem hat er mir auch Ihren letzten Brief mitgebracht.
Er: Post aus Neumünster!
Ich: Murmelmurmel.
Er: Naaa? (Mit so einem vielsagenden Unterton. Völlig unangebracht!)
Ich: Grummelgrummel.
Er (grinsend): So, so.
Es ist wirklich eine Strafe, auf solche Frechheiten nichts erwidern zu können, stumm sein zu müssen, ohne dabei taub zu sein. Ich muss mir Ohrstöpsel besorgen!
Zudem werde ich ab sofort die Königin im Augenrollen werden, meine Blicke werden Pfeile werden und Messer, wenn nötig. Meine Augen werden lernen, eine deutliche Sprache zu sprechen. Und zu lachen. Ja. Man spricht doch vom Lachen in den Augen.

Lachen mit dem Mund jedenfalls, das ist gerade wirklich sehr schmerzhaft und nicht angezeigt.
Zwar gibt es hier ohnehin nicht besonders viel zu lachen, aber als ich Ihren Brief las, da wollten die Tränen und das Lachen gleichzeitig aus mir heraus.

Wissen Sie, welches meine liebsten Blumen von allen sind?
Es sind die Eisblumen. Die blühenden, zarten Kristallrosen, die sich an den Fenstern, auf den Pfützen, Seen, Teichen bilden. Sie sind mir lieber als beispielsweise jede Passionsblume oder Strand-Grasnelke (obwohl ich die auch sehr mag, aus unterschiedlichen Gründen). Ich liebe die Eisblumen so sehr, weil sie mir *Hoffnung* machen. Sie sind die aus dem totalen Chaos entstandene, perfekte Ordnung.
Während sich im flüssigen Zustand von Wasser die O- und H-Moleküle wild paaren, sich ohne erkennbaren Sinn und Verstand aneinanderketten und auch wieder lösen, wie es ihnen gefällt, bringt der Gefrierzustand Ordnung in die Sache.
Null Grad Celsius – und alles sortiert sich in wunderbar stabilen Wasserstoffbrücken zu einer Hexagonalstruktur, die so aufgeräumt, überschaubar und durchschaubar ist, dass sich das aufgebrachte Herz endlich beruhigen kann.
Die Eisblumen verweisen das Chaos an seinen Platz.

Johan, Sie schreiben vom Meer der Möglichkeiten, in dem man ersaufen muss. Und ich weiß, merke ja, dass Sie recht haben, das Wasser steht mir bereits seit Gotland bis zum Hals, eventuell auch schon höher. Das Strampeln strengt ungemein an, bringt mich nicht voran, macht mich nur müder, und das Ufer ist weit weg.
Dennoch ist der Schrecken dieser einen, möglicherweise ver-

nichtenden Gewissheit so groß, dass ich nicht anders kann, als zu verharren und darauf zu warten, dass ich wieder Boden unter die Füße kriege oder das Meer wenigstens kalt genug wird, um zu gefrieren (Meerwasser erst bei ca. –2 Grad, übrigens, wegen des Salzgehaltes).
Ich kann nicht anders, als zu hoffen, dass die Möglichkeiten in einer Art Ordnung erstarren und eine Oberfläche bilden, die irgendwann fest genug ist, mich zu tragen.
Ist es verrückt, darauf zu hoffen?
Wahrscheinlich ist es das.
Wahrscheinlich werden Sie mir sagen: »Jana, was soll das?« Sie werden sagen: »Jana, machen Sie sich nichts vor: Sie sind wie Leonardo DiCaprio im eiskalten Wasser erfroren, ehe Sie bis drei zählen können, und haben noch nicht mal jemandem den besseren Platz auf der Scholle überlassen, Sie haben niemandem Ihre Liebe gestanden und Ihre Angst.«
Ich kann diesen Brief bereits vor mir sehen, quasi wie durchscheinende Buchstaben am Fenster, und dennoch: Die Konsequenzen, die das Wissen hätte, wären so unübersichtlich, so weitreichend – und das nicht nur für mich, sondern vor allem auch für Lea.
Sie könnte ebenfalls scheitern, zerbrechen!
Stellen Sie sich nur mal vor, plötzlich steht eine wildfremde Person vor Ihnen und behauptet, Ihr Vater zu sein (könnte Ihnen durchaus passieren – Sie kennen Ihren Vater ja auch nicht, oder habe ich das falsch in Erinnerung?), was dann? Haben Sie sich das jemals ausgemalt? Doch bestimmt! Haben Sie nicht damals alle Folgen *Raumschiff Enterprise* geschaut und alle Figuren von Kirk über Spock bis zu Pille und Scotty mal probehalber als Vater in die Leerstelle in Ihrem Lückentext gesetzt? Haben Sie nicht fantasiert, wer es sein könnte, dort in Neumünster auf

der Straße? Sich Männer, die Sie bewunderten, zum Vater gewünscht? Den Schwimmtrainer, den freundlichen, oder den verständnisvollen Chef? Den einen Lehrer, der nicht versuchte, an Ihnen ein Exempel seiner Macht zu statuieren, sondern sagte: Tu, was du kannst, Johan, und es wird gut sein?
In der Fantasie ist das eine Sache, da kann man entscheiden, welchen Vater man wählt, wie es weitergeht. Geschichten kann man erzählen, wie man möchte. Man ist Gott.
Aber dann steht da plötzlich wirklich einer. Nach 30 Jahren. Und Sie sind selbst schon Vater …
Was dann?

Ach, über dieses Thema sind mehr Romane geschrieben und Filme gedreht worden, als wir uns jemals zu Gemüte führen könnten. Und alle beschäftigen sich mit der Frage: Steht es einem zu, sich in ein anderes Leben einzumischen, um sich selbst zu retten? Will man den anderen wahrhaftig, oder will man nur Absolution?
Und aus der Kinderperspektive: Darf man diesen anderen, Fremden *nicht* wollen? Steht es einem zu, abzulehnen? Will man alles, was man erlebt hat, auf den Prüfstand stellen? Kann man sich entscheiden, *nicht* zu lieben? Und wenn ja, um welchen Preis?

Ich wage zu unterstellen, dass Sie auch einer sind, der an stereotype *Happy Ends* weder glaubt noch sie besonders mag. Dafür haben Sie zu viel Leben gelebt.
Wo gibt es unser *True End*? Wie sieht es aus? Wie geht es jetzt weiter?
Ich habe keine Ahnung.
Ich weiß nicht, ob Gewissheit der Schlüssel ist.

Sinngemäß schreiben Sie: »Lieber an der Gewissheit scheitern als in den Variablen untergehen.« Aber das kommt mir auf schreckliche Weise auch nur vor wie die Wahl zwischen Pest und Cholera.
Oder denken Sie, im Scheitern hätten wir genug Übung? Das Scheitern haben wir schon so oft überstanden, das überstehen wir auch noch ein weiteres Mal?
Nun, genau da liegt der Hase im Pfeffer: Ich befürchte schlicht und ergreifend, dass das nicht stimmen könnte. Dass ich am Scheitern scheitere.

Später

Vorhin hat die Hexe mich besucht. Im Kostüm! Der Typ hat wirklich einen Knall. Er heißt Hans oder Heinz oder beides, ich weiß es nicht mehr. Er hat mir einen Kaktus mitgebracht zur Entschuldigung. Können Sie sich das vorstellen? Einen San-Pedro-Kaktus (gegen den ja an sich nichts einzuwenden ist, auch wenn er nicht gerade eine Schönheit ist – aber in dieser Situation? Soll das eine Anspielung sein? Ein Hinweis? Oder einfach nur eine Unverschämtheit? Ich bin immer noch fassungslos).
Ich glaube, Hansheinz hat keine Ahnung, was er mir da mitgebracht hat. Der San Pedro ist ein Meskalinkaktus, Lieblingspflanze der Psychonauten. Halluzinogen bis zum Umfallen. Schamanen benutzen ihn seit Jahrtausenden, weil er lang vergessene Erinnerungen heraufholen kann und eine veränderte Wahrnehmung der Zeit entstehen lässt.
Er: Der blüht nachts. (Zwinker)

Ich: Grmpf. (Sollte heißen: Ach, sag bloß. Du hältst dich wohl für besonders klug.)
Dieser impertinente Kerl stand neben meinem Bett (in voller Montur: ein Kostüm aus Hunderten Filzlappen, um den Bauch ein Gürtel kleiner Schellen, die ihn schon von Weitem ankündigten – ich hatte ein gemeines Déjà-vu, als ich vom Flur her das Klingeln hörte –, dazu klappernde Holzpantinen und natürlich seine große Holzmaske, die trug er allerdings unter dem Arm) und hat meine wehr- und hilflose Situation schamlos ausgenutzt, um sein schlechtes Gewissen zu erleichtern.
Eine halbe Stunde lang hat er mir erzählt, wie gut er sich in der Klinik auskennt, weil er ja Medikamentenkurier sei und auch manchmal Blutkonserven transportiere. Ob ich eine Transfusion bekommen habe? Vielleicht von einer *seiner* Konserven? Das wäre ja lustig. (Ja, haha, sehr lustig, ich lach mich tot.) Darauf folgte ein Vortrag über seine Narrenzunft und die Einzigartigkeit der Masken – alles in breitestem Badisch.

Er: Meine Maske ist zerbrochen, schau.
(Hält mir die Fratze unter die Nase. Diese wilden Augen! Und dann das schwarze, zottige Haar. Zum Fürchten.)
Ich denke: Meine Maske ist auch zerbrochen.
Er: Es kostet ein Vermögen, die zu reparieren.
Ich: Hmpf.
Er: Sie hat schon meinem Großvater gehört.
Ich: Mhh. (Ist mir doch wurscht.)
Er: Blablabla. Blablabla. Blablabla.
Ich: Bmmrpf. (Verzieh dich, Arschloch!)
Er: Blablabla. Blablablablabla.

Dabei hat er immer wieder die Hand auf meine Decke gelegt (!) und dauernd gesagt, du als Frau verstehst das doch, und versucht, sich aus der Verantwortung dafür zu quatschen, dass er am frühen Morgen sturzbesoffen aus irgendeinem fremden Bett getorkelt kam und dann auch noch beim Gehen auf seinem Handy rumgetippt hat.
Eins sage ich Ihnen: Meine neue Blicksprache hat völlig versagt, er hat rein gar nichts kapiert von dem, was ich ihm nonverbal an den Kopf geworfen habe. Ich muss noch viel üben.
Irgendwann habe ich einfach die Augen zugemacht und mich umgedreht. Er hat tatsächlich noch eine Weile weitergeredet, er verdiene ja fast nichts als Medikamentenkurier, dann noch etwas gefragt wie: Wie viel kriegst du denn so als Fahrradkurier (der Idiot, als ob ich antworten könnte, als ob ich ihm antworten *würde* – er hat mich auch noch die ganze Zeit geduzt! Nicht mal wir duzen uns, Johan, und das, obwohl wir uns inzwischen schon beinahe kennen), aber schließlich hat er sich verdrückt. Als er weg war, habe ich gekocht vor Wut, so sehr, dass es mir wahrscheinlich aus den Ohren geraucht hat.
Jette hat gestern angeboten, ihn auf Schmerzensgeld zu verklagen. Die Chancen stünden gut, meinte sie, da ein paar Tausend Euro rauszuholen. Gestern war ich noch dagegen, ich will den Mann ja nicht ruinieren, dachte ich, aber nach diesem Auftritt heute … Und das Geld könnte ich schon für den Zukunftsgarten gebrauchen. Jetzt, wo die Bank mich hängen gelassen hat.

Da liegt man nun, ziemlich zerbeult, aber dennoch lebendig. Ich muss immer an diese *Überraschung* denken, als ich flog: das Staunen darüber, dass es jetzt einfach so vorbei ist. Nur darum erzähle ich Ihnen diese ganze Misere überhaupt, weil mich diese Überraschung selbst so überrascht hat.

Man weiß doch (als Einziges überhaupt), dass dieser finale Moment irgendwann kommt. Und trotzdem überrascht er einen, wenn er (vermeintlich) da ist. Was ist das für ein seltsames Realitätswissen, das jeder von uns in sich trägt und das doch keiner glauben will?
Es ist, als würde man sich ein Leben lang weigern, einzusehen, dass es das Christkind nicht gibt. Was lässt uns daran festhalten? Schützt uns dieser irrationale Christkindglaube ein Leben lang, damit man überhaupt den Mut findet, morgens aufzustehen und dem Leben entgegenzutreten?
Irgendetwas ist jedenfalls passiert in diesem Augenblick. Es hat einen Knall gegeben, einen anderen als den durch meinen Aufprall verursachten. Vorher noch. Bevor ich aufschlug.
Etwas in mir ist durch die Überraschung geplatzt, eine Blase vielleicht, ja, so könnte man es am ehesten beschreiben.
Die Endgültigkeit steht plötzlich groß und sichtbar im Raum.

Ich denke: Wenn es schiefgegangen wäre. Wenn ich jetzt tot wäre. Wenn ich jetzt gestorben wäre, würde Lea es nie erfahren. Sie würde nie wissen, wer ihre Mutter gewesen ist, sie würde nie trauern können und nie Abschied nehmen. Es wäre, als hätte es mich nie gegeben. Ich habe nichts zu ihrem Leben beigetragen, außer, sie auf die Welt zu bringen.
Ich denke: Das Meer der Möglichkeiten. Die Gewissheit. Meine Feigheit. Mein Egoismus. Meine Pflicht? Mein Recht?
Ich muss Sie einfach fragen: Jetzt, wo Sie sicher wissen, dass es unter dieser Ihrer Hoffnungsnummer einen Anschluss gibt, der sicher *nicht* zu Marie führt. Dass es Bei Güven am anderen Ende nur schlechte Pommes, Dürüm Döner und keine Hoffnung gibt.
Ist das Ordnung? Ist das *in Ordnung*?
Ich muss das wissen. Bitte.

Ich bin hellwach. Die Nachttischlampe leuchtet ein kleines gleißendes Loch in meine Decke. Die Frau im Nebenbett grunzt. Soll sie doch.
Sie schreiben, ich soll mit Frau Brunslow sprechen. Das geht ja nun aus aktuellem Anlass nicht. Aber ich bin mir ehrlich gesagt auch nicht ganz sicher, ob sie die Richtige für mich wäre.
(Sagen Sie, war das mit den Namen und der Taufe Ihrer fröhlichen Parasitenschar Ihre oder Frau Brunslows Idee? Ist das ein Therapieansatz? Wie heißen denn Ihre Lieben? Pia, Mia, Hildegard? Kai, Jens und Peter? Oder haben sie Fantasienamen?
Ich frage das ernsthaft, denn oft ist es ja so, dass unangenehme Dinge Frauennamen tragen: Tiefdruckgebiete, Kometen und Navigationsgeräte. Ist Ihnen das schon mal aufgefallen?
Meine Pflanzen haben gelegentlich auch Namen, aber das sind meist Nachnamen, manchmal von Komponisten oder Dichtern, aber auch von Politikern oder Nachrichtensprechern. Ich habe einen Bambus, der heißt Hofer, und eine *Clivia miniata,* die heißt Kleinert, denn irgendwie ist sie wetterfühlig und weiß meist als Erste, dass es Regen geben wird. Aber ich habe auch Mahler und Schnitzler und Pärt. Letzterer ist eine Stachelpalme. Ich spreche auch mit ihnen, aber das sind keine Diskussionen auf Augenhöhe.)
Ich möchte lieber weiter mit Ihnen sprechen.
Mein Kopf ist leer. Die Fragen sind sehr groß.
Erzählen Sie mir eine Geschichte, das können Sie so gut.

Gute Nacht.
Jana

PS: Am nächsten Morgen:
Was ist das für eine Intrige, von der Sie sprechen? Ich kann kaum glauben, dass man sich gegen Sie verschwört.
Wenn Sie Hilfe brauchen, evtl. anwaltlichen Rat, geben Sie mir Bescheid. Jette wird Ihnen sicher helfen.

Das Leben ist Chaos. Chemie ist Chaos. Fragen ist Chaos. Dürüm ist Chaos. Döner ist Chaos. Dürüm Döner ist Chaos. Bilder sind Chaos. Taubheit ist Chaos. Zusammenhänge sind Chaos. Ordnung ist Chaos. Alles ist Chaos. Das Nichts ist Chaos. Papier ist Chaos. Kopfhörer sind Chaos. Eine Maus ist Chaos. Das Klo ist Chaos. Schrift ist Chaos. Geld ist Chaos. Taschen sind Chaos. Türen sind Chaos. Häuser sind Chaos. Neumünster ist Chaos. Eckernförde auch. Fülle ist Chaos. Glückskatzen aus Porzellan sind Chaos. Steinerne Ohren sind Chaos. Derwisch ist Chaos. Pistole ist Chaos. Blut ist Chaos. Hochzeit ist Chaos. Mut ist Chaos. Hoffnung ist Chaos. Liebe ist Chaos. Radiergummi ist Chaos. Pflicht ist Chaos. Pommes sind Chaos. Das Schubkurbelgetriebe ist Chaos. Die Unendlichkeitsmaschine ist Chaos. Kaffeesatz ist Chaos. KaffeeERsatz ist auch Chaos. Bomben sind Chaos. Haribo ist Chaos. Chaostheorie ist Chaos. Hagebuttentee ist Chaos. Leberwurst auch. Das Rind ist Chaos. Ein Mann ist Chaos. Das Rind im Mann ist Chaos. Auch die Schokolade mit Sahne. Und der Pharisäer. Drogen sind Chaos. Töne sind Chaos. Geben ist Chaos. Strom ist Chaos. Türklingeln sind Chaos. Der Bettenbelegungsplan ist Chaos. Tillmann ist Chaos. Eisblumen sind Chaos. Freiburg ist Chaos. Visby ist Chaos. Mechanik ist Chaos. Mutti ist Chaos. Kerzen sind Chaos. Zigaretten sind Chaos. Roboter sind Chaos. Vögel sind Chaos. Verwesung ist Chaos. Kinder sind Chaos. Worte sind Chaos. Steine sind Chaos. Gorillas sind Chaos. Fenster sind Chaos. Lampen sind Chaos.

Spülstein ist Chaos. Messer ist Chaos. Figur ist Chaos. Einkaufswagenmünzersatzchips sind Chaos. Schlüssel sind Chaos. Hunde sind Chaos. Stahl ist Chaos. Regen ist Chaos. Schuhe sind Chaos. Nägel sind Chaos. Klauen sind Chaos. Wunden sind Chaos. Schreck ist Chaos. Schrei ist Chaos. Ohr ist Chaos. Kandidaten sind Chaos. Müsliriegel sind Chaos. Pakete sind Chaos. Spiegel ist Chaos. Odysseus ist Chaos. Müll ist Chaos. Und Chaos ist Müll. Flöten sind Chaos. Gitarren sind Chaos. Trompeten sind Chaos. Wagenheber sind Chaos. Magnete sind Chaos. Schmiermittel sind Chaos. Wolken ebenfalls. Und die Sonne. Und Pluto. Und der Pickel im Zehenzwischenraum. Schwimmhäutchen sind Chaos. Verkehrsinseln sind Chaos. Masken sind Chaos. Vorträge sind Chaos. Speichenschlüssel sind Chaos. Die Hälfte ist Chaos. Die Hälfte des Chaos ist Chaos. Auch die Hälfte der Hälfte. Und die Hälfte der Hälfte der Hälfte. Ebenso die Hälfte der Hälfte der Hälfte der Hälfte des Chaos. Selbst seine Abwesenheit ist Chaos. Brillen sind Chaos. Sahne ist Chaos. Chris ist Chaos. Viren sind Chaos. Stockhausen ist Chaos. Punkte sind Chaos. Thrombozyten sind Chaos. Thyristoren sind Chaos. Wurst ist Chaos. Lust ist Chaos. Masken sind Chaos. Einzeller sind Chaos. Hirn ist Chaos. Das Knie ist Chaos. Ein Nachen ist Chaos. Der Mittlere Westen ist Chaos. Das Taschenmesser ist Chaos. Farben sind Chaos. Ängste sind Chaos. Langeweile ist Chaos. Seife ist Chaos. Zangen sind Chaos. Begierden sind Chaos. Koma ist Chaos. Fantasie ist Chaos. Epilepsie ist Chaos. Pandemie ist Chaos. Dysplasie ist Chaos. Aphasie ist Chaos. Sie sind Chaos. Wie die Douglasie, die Hysterie, die Galerie, Bauserie, Szenerie, Drogerie, Orangerie, Sellerie, Mordserie. Der Vater ist Chaos. Der Lehrer ist Chaos. Der Trainer ist Chaos. Die Bühne ist Chaos. Die Kurierin ist Chaos. Die Kaiserin ist Chaos. Das Fell ist Chaos. Die Nasenscheidewand ist Chaos. Die Rigips-

wand ist Chaos. Frau Lambrecht ist Chaos. Kaltes Essen ist Chaos. Mau-Mau ist Chaos. Therapie ist Chaos. Und Chaos Therapie. Heizungssysteme sind Chaos. Zeitungen sind Chaos. Ahnungen sind Chaos. Angst ist Chaos. Zufriedenheit ist Chaos. Hämmer sind Chaos. Wärme ist Chaos. Verdauung ist Chaos. Spock ist Chaos. Oberflächen sind Chaos. Leerstellen sind Chaos. Lehrstellen sind Chaos. Lücken sind Chaos. Mücken sind Chaos. Krücken sind Chaos. System ist Chaos. Chaos ist Chaos. Chaos ist das einzige System, das wir haben.
Habe ich etwas vergessen?
Das jedenfalls gab mein Fenster gestern her.

Wenn ich es heute Nacht befragen würde, kämen sicher andere Wörter zum Vorschein. Die Buchstabensuppe in meinem Darm. Die Schriftzeichen haben sich vom Backpapier gelöst und tanzen im Licht. Die Willkür des Ringelreigens bestätigt das Gedicht:

> Dort fallen
> all unsre Taten
> glasklar
> auf keinen andern Boden
> als uns selbst.

Ich werde das Fenster abbauen. Ich habe meine Lektion gelernt. Und vielleicht hilft sie mir dabei, einen anderen Blick auf die Welt vor dem Fenster zu entwickeln. Sagen Sie jetzt nicht: »Es bleibt doch ein Geräteschuppen.« Ich weiß mehr. Es hat mit der Verschwörung zu tun.
Aber das kommt später.

14. Februar

Liebe Jana,

Hexenwerk hat Sie zu Fall gebracht, hat Sie zum Fall gemacht – an dem sich nun andere die Zähne ausbeißen müssen (haben Sie Ihre noch?). Willkommen im Club! Einerseits wünsche ich Ihnen, dass die Übelkeit vergeht, die Schmerzen, die Notizzettel und Strohhalme sich bald erübrigen. Dass die Schwellungen verschwinden, die Hämatome und Nähte. Mussten Sie genäht werden? Haben Sie so ein Stahlgestell vor dem Gesicht, das Ihre Knochen in Position hält, oder tragen Sie eine dieser Carbonmasken, die man eigentlich nur aus der Sportschau kennt? Andererseits hoffe ich, dass man Sie lange zur Beobachtung im Krankenhaus behält. Ich hoffe, dass Sie die Doppelbilder verstehen, die Angst auskosten und die Geräuschsymphonien im beleidigten Innenohr auf geheime Botschaften untersuchen. Sie werden fündig werden. Ich weiß, wovon ich rede.
Ich hoffe, Sie akzeptieren Ihre Verbannung. Ich hoffe, Sie akzeptieren den Knall. Die Endlichkeit. Als Befreiung. Geben Sie auf, um neu anfangen zu können. Sind Sie nicht längst untergetaucht? Das Ufer ist schon meilenweit entfernt. Sie sehen es doch gar nicht mehr. Hören Sie auf zu strampeln. Nehmen Sie hin. Genießen Sie!
Eines ist sicher: Sie werden länger in der Uniklinik bleiben dürfen als ich noch im Hahnknüll. Die Verschwörung nimmt beachtlich an Fahrt auf. Man bestimmt über mein Leben – und ich kann es *nicht* genießen.
Doch zuerst noch zu Ihren Fragen.

Meine Ängste haben keine gebildeten Namenspatrone. Die kleinen Scheißer sind eher harte Arbeiter mit ölverschmierten Händen und Dieselschweiß. Ihr Gelächter knallt wie Fehlzündungen: Ich habe gesehen, wie alte Frauen sich in den Dreck warfen, weil sie dachten, der Russe stünde vor der Tür.
Da ist Corvette, die Angeberangst, laut und aufdringlich. Stinkt auch hinten raus. Da ist Passat. Da geht viel rein. Sie ist sehr zuverlässig. Immer da. Eine nenne ich Phantom, je nach Situation auch Drophead, weil sie zur Stelle ist, bevor man sie ahnt. Sie ist die Mächtigste und ungeheuer rätselhaft (in den Türen sind Fächer für Regenschirme, die durch einen Ventilator getrocknet werden. Ihr Verdeck ist aus fünf Lagen gefertigt, deren unterste aus Kaschmir besteht). Drophead kam, als Marie ging. Sie schiebt eine riesige Bugwelle vor sich her. Diese Welle schwemmt alles aus mir heraus. Den Rotz, das Salz, den letzten Ton. Dann möchte ich schlafen. Es ist, als würde ich an den Augäpfeln in den Boden gezogen. Unwiderstehlich und bewusst. Hellsichtig, bis es ganz dunkel ist.
Wenn mich jemand anspricht, schrecke ich zusammen: Das ist Smart. Sie wissen schon, so ein dreizylindriger Joghurtbecher, der immer denkt, er könnte sich alles erlauben (Verwandter der Rikscha). Querparker!

Die Leerstelle in meinem Lückentext, wie Sie es nennen, gibt es natürlich auch. Oder gab es zumindest. Aber alle Erklärungs-, Ausschmück- oder Einsetzversuche, die Hoffnungen, Gedankenspiele und Visionen haben sich abgeschliffen. Nichts als Sediment. Ich bin es leid. Es langweilt mich, mir vorzustellen, ich stünde unvermittelt meinem Vater gegenüber. *So what?* – Zu Deutsch: Zu spät!

Das mit den Namen stammt nicht von Frau Dr. Brunslow. Sie hätte gewusst, dass ich ungeeignet dafür bin. Die Personifizierung führt bei mir nicht zu besserem Einvernehmen, eher zu PS-starker, qualmender Bandenbildung. Meine Parasiten führen ein Eigenleben, das sich (wer hätte das gedacht) gegen mich richtet. Oft genug taumele ich zwischen dem rasenden Blech herum, als stünde ich auf einer vierspurigen Autobahn.
Nein, es ist ein Überbleibsel aus den drei Jahren meiner ersten Therapiephase im AMEOS Klinikum in Preetz. Aus der Zeit, als *I get a bird* mein ganzer Wortschatz war, zwischen dem Auffinden Ihrer Agenda und meinem Duschunfall. (Dr. B. will mich dazu bringen, endlich *Suizidversuch* zu denken, nur bin ich doch an den Vorbereitungen gescheitert! Es bleibt also ein Duschunfall.) In meiner Selbsthilfegruppe war ein Mädchen. Mae war vielleicht 14. Kraftvoll. Frühlingshaft. Voll reinster Energie. Sie war zehn Jahre lang missbraucht worden. Von den Freunden ihrer Mutter. Deren Freunden. Bekannten. Schließlich wahllos von Fremden. Kuscheltiere für sie. Geld für die Mutter. Jegliche Verbindung zur Welt war zerschnitten. Sie wurde von Angststörungen gehetzt. Mae war es, die jedem ihrer Jäger einen Namen gab. Jedem Vergewaltiger den Namen des Kuscheltiers, das sie sich ›verdient‹ hatte. Flocke, Bärli, Björn, Hoppler, Bruno, Hr. Günter, Elchi, Eli, Kuschel, Felix, Fussel, Huhu uvm.
Ich konnte Mae nie vergessen. Wie es ihr wohl heute geht?

Auf jeden Fall habe ich der Katastrophe, die mich in diese Gruppe gebracht hat, den Namen Lion's City gegeben. So heißen die Niederflurbusse von MAN, die für die SWN unterwegs sind. Die dicken Dinger. So begann alles. Corvette, Passat usw. kamen später dazu.
Lion's City hat das älteste Recht. Und sie beherrscht alles.

Alle meine Ängste tragen Namen von Kraftfahrzeugen. (Und die weiblichen sind in der Unterzahl.) Auch das ein lächerlicher Versuch, Ordnung zu schaffen. Kenntlichkeit herzustellen, wo es keine Gesichter gibt. Denn die Angst hat kein Gesicht, oder besser gesagt, sie hat viele. Die Angst hat immer das Gesicht, das ihr nützt.

Angst ist die kleine Schwester des Zufalls und der seinerseits die rechte Hand des Chaos.

Sie kennen doch diese Menschen, die mit gehobener Augenbraue und bohrendem Blick »Es gibt keine Zufälle!« murmeln. Die behaupten, alles, selbst die unwahrscheinlichsten Wendungen, ergäben einen tieferen Sinn? Die einem das mulmige Gefühl vermitteln, man sei noch nicht so weit, das große Ganze zu verstehen? Man sei zu dumm, zu faul, zu feige – kurz, man sei dem Kern der eigenen Transzendenz noch so fern? Ganz im Gegensatz zu jenen natürlich, die einem diesen wohlmeinenden Fingerzeig gegeben haben. Sie suggerieren eine Schuld. Und wer bei diesem Spiel den ersten Schritt macht, hat gewonnen. Ehernes Gesetz.

Tja, da heißt es dann wohl, Arsch zusammenkneifen und bücken. Es muss doch alles einen Sinn ergeben!

Von wegen.

Der einzige Sinn des Zufalls ist seine Abwesenheit.

Die Sinnlosigkeit. Die Unvorhersagbarkeit der Dinge. Die überirdische Schönheit der Mandelbrot-Mengen.

Alles, was wir unternehmen, dient dazu, diesen Überraschungen den Schrecken zu nehmen, sie zu überleben oder sogar in ihnen zurechtzukommen. Ja, vielleicht ist auch das ein Sinn des Lebens: zurechtkommen und es sich dabei so angenehm machen wie möglich. Was natürlich nur funktioniert, wenn man sich nicht einbildet, eingreifen zu können.

Und Geschichten! Geschichten sind der hilfloseste Versuch der Einflussnahme, der kindlichste, bedauernswerteste. Es ist doch alles: Geschichten. Im Nachhinein oder als Vorschau. Wir knüpfen Zusammenhänge, schmücken aus und schaffen Aussagen, an die wir uns nicht halten können. Der Mantel, den wir unserer Ohnmacht umlegen. Die Fantasie ist eine Wartezone des Todes. Warum sollte ich Ihnen Geschichten erzählen?
Hören Sie Musik, die will nichts. Ihr Sinn ist ihr Zweck: Bestehen. Wie auch unser Sinn unser Zweck ist: Arterhaltung. Aus. Oder nicht?
Leas Brutpflege ist gelaufen, Jana, was wollen Sie da noch falsch machen?
Was ist relevant?
Mit vollen Händen Samen in den Wind streuen und hoffen, dass einer angeht. Hoffen, dass er auch evolutionsbeständig ist. Sich durchsetzt.
Die Suche nach Ordnung, Sinn und Zusammenhang ist eine Einbildung, die uns so wirklich erscheint wie die Wirklichkeit selbst – die doch auch nur eine Einbildung ist. Diese Suche ist eine Sucht. Diese Sucht schwächt uns. Sie bringt uns um, bevor wir sterben.

Dass es Bei Güven einen Anschluss, schlechte Pommes und keine Hoffnung gibt, ist in Ordnung (sehr sogar) – weil es keine Ordnung ist!
Nehmen Sie, was kommt. Aber nehmen Sie es. Noch gibt es Gelegenheiten. Leas Großvater lebt noch. Seien Sie nicht zu spät.
Und – mein Gott – wenn Sie den Kontakt nur in der Wartezone hinkriegen, will ich sogar versuchen, ihn dorthin zu verlegen: *Natürlich* kann ich Ihnen eine Geschichte erzählen, die Sie mit Ihrem Verlust versöhnt. Aber wollen Sie das wirklich?

Außerdem ist dieses *Natürlich* gar nicht so natürlich. Ich kann nämlich nicht versprechen, überhaupt noch etwas erzählen oder schreiben zu können. Die Luft um mich wird dünn. Ich spüre das deutlich. Ich weiß immer noch nicht genau, was im Hahnknüll geschieht, aber alle bewegen sich schneller. Hastig beinahe. Die Schritte, die Gesten und Blicke werden schärfer, bestimmter. Als sei ein Plan aufgetaucht, der mich zum Ziel hat – ohne mich aber zu beachten.

Naira zum Beispiel verschiebt ihre Stunden willkürlich. Manchmal gibt sie Bescheid, wenn wir abends im Auto sitzen. Häufiger aber taucht sie unerwartet im Aufenthaltsraum auf, unterbricht mich bei der Onlinerecherche, beim Schreiben oder einer Runde *Star Trek Online* und zieht mich mit sich. Dabei huschen ihre Blicke durch die Flure, als fürchte sie, beobachtet zu werden.

Vorgestern habe ich mich dann schließlich gewehrt. Als wir im Behandlungszimmer angekommen waren, tatsächlich hatte sie mich hineingeschubst, riss mir der Geduldsfaden.

»Ist dir klar, dass *STO* zu meiner Therapie gehört?!«

»*¡Mundo de fantasía!*«, zischte sie und drückte mich auf die Liege. Ich strampelte.

»Du leg hin. *Mierda!* Mach lockerrr.«

Ich sah ihre Augen. Sie standen unter Wasser. Gleichzeitig glänzten sie aber, nicht von Tränen, sondern vor Tatendrang, Willen und Nachdruck. Ein Widerspruch, der ihr die Lider spannte wie ein Theraband.

»Dieses Spiel kann es locker mit der Wirklichkeit aufnehmen. Und es ist gratis. *¿Comprende?* Du weißt, dass ich keinen Cent besitze. Nichts. Nicht mal eigene Unterhosen. Aber die Brunslow will, dass ich mich für das Draußen interessiere: Nachrichten, Sport, Politik, Börse, Kino, was weiß ich! Hauptsache, es hat nichts mit mir zu tun. Hauptsache, andere schlagen sich die

Köpfe ein. Und wie soll ich das bitte machen? Ohne Radio, ohne Abo, ohne Fernseher, ohne irgendwas? Ich bekomme ja nicht mal mehr Werbehefte in den Briefkasten. Die Patientenbibliothek ist voll mit Serienschnulzen, Serienkrimis, Lesers Dünnschiss. Und der Lesezirkel hat seine Hefte auch schon seit zwölf Wochen nicht mehr ausgetauscht. Ich habe nur den Patientenrechner, verstehst du? Der ist mein Ohr und mein Auge. In jede Welt. *Star Trek Online* ist eines der wenigen wirklichen AAA-MMORPGs auf dem Markt. Hast du eine Vorstellung davon, was Borgs sind, Klingonen und Romulaner? Und wusstest du überhaupt, dass mein Vater Besatzungsmitglied der *Enterprise* war?!«
Okay, ich gebe zu, ich hatte mich ein bisschen vergaloppiert. Ich war wütend und unsicher. Ich wollte aus meiner Komfortzone nicht vertrieben werden. Naira sah mich ruhig an. Dann nahm sie ihre Fingernägel in Augenschein, als könnte sie die Zukunft aus ihnen lesen. Schließlich sagte sie in gefährlicher Gleichgültigkeit:
»Das so nicht geht.«
Und dampfte so zielstrebig ab, dass sie einen Kondensstreifen hinterließ.
Aber jetzt: Ich sitze auf der Behandlungsliege, noch etwas außer Atem von meinem digitalen Befreiungsschlag, und sehe, wie Dr. Brunslow vor der Tür vorbeirauscht. Auch sie einen künstlichen Wolkenstreifen hinter sich herziehend. Während die beiden Frauen einen Blick tauschen und (wie abgesprochen!) gemeinsam nach links verschwinden, verknoten sich die Federwolken, tanzen umeinander, wirbeln im Sog der aufgeregten Schritte und bilden, wie zum Hohn, ein liegendes Fragezeichen, das sich erst auflöst, als ich näher komme. Schritt für Schritt pirsche ich mich an. Deutlich kann ich sehen, wie die leuchtend weißen, zarten Fäden allmählich an den Rändern ausfransen. Sie

geben den Blick auf das dahinterliegende Fenster frei, das zur Klinikauffahrt weist. Und dort steht eine Rikscha! Fahrerlos. Geparkt. Bedrohlich.
Orange, Blau, Zitronengelb.
Ich bekam weiche Knie. Da sah ich zum Glück den Punkt des Fragezeichens, der wie ein freundliches Auge über mir stand. Ganz offenbar wollte er sich noch nicht auflösen, blinzelte mir im Gegenteil zu und entfernte sich langsam, als wollte er mich ermutigen, ihm zu folgen. Das tat ich. Wir schwebten durch die Gänge. Immer der Brunslow und Naira hinterdrein, die freilich schon tief ins Labyrinth der Krankheiten vorgedrungen waren. Ab und an sahen wir einen Turnschuh (Naira) oder die wehenden Rockschöße des Brunslowkittels um eine Ecke, treppaufwärts verschwinden oder hinter einer Glastür verschwimmen. Es war klar, wohin die Reise gehen sollte: zum Büro von Frau Dr. Brunslow. Je schneller wir allerdings folgten, je sicherer meine Schritte, je zuversichtlicher auch, desto durchscheinender wurde das Auge. Als würde es sich in den Turbulenzen der Gänge verlieren, zerfiel es, zerriss, war schließlich mit seiner Umgebung eins: weg. Unsichtbar. Exakt in dem Moment, in dem die Bürotür vor mir auftauchte, war das Auge verschwunden. Dafür sah ich, wie die Brunslow einer ernsten Gesellschaft den Vortritt ließ: Das Ehepaar Lambrecht (im Sonntagsstaat), ein Anzugträger mit Leitz-Ordnern, ein anderer mit zwei Telefonen, Chris Ernst und Naira schüttelten meiner Therapeutin die Hand und drängelten sich in ihr Büro.
Für mich war vor der geschlossenen Tür Endstation.

Seitdem sitze ich zu Hause und ahne, dass diese Truppe bald bei mir anklopfen wird. Was wollen die von mir? Ich ahne, dass Ihre Freundin Jette mir nicht wird helfen können.

Lassen Sie bald von sich hören. An Zeit sollte es Ihnen ja jetzt nicht mangeln.
Wer weiß, wie lange wir noch miteinander reden können?

Johan Z.

»Das einzige, was ich sagen will,
glänzt außer Reichweite
wie das Silber
beim Pfandleiher.«

Uniklinik Freiburg, 22. 2. 2019

Am Morgen

Was ist denn da los bei Ihnen?
Kondensstreifen? Ein schwebendes Auge?
Ich bitte Sie inständig, Sie wollen sich doch jetzt nicht der Paranoia hingeben und sich in Verschwörungstheorien hineinsteigern, nur weil fünf Leute zusammen Kaffee trinken. Bitte, bitte nicht, Johan! Den Gefallen wollen Sie doch Ihren Parasiten nicht tun. Ich verstehe ja, dass all Ihre Ängste feige mit den Motoren heulen, weil die Welt an Ihre Tür klopft. Aber Sie wollen doch Lion's City jetzt nicht wieder die Oberhand gewinnen lassen, oder?
Doch nicht jetzt, wo Sie schon drauf und dran sind, Ihr Fenster abzubauen (was ich persönlich sehr schade finde, denn ich mag Ihr Fenster. Die Vorstellung war mir immer eine Beruhigung, ein Trost); jetzt, wo Sie in Naira eine so herrliche Mit-Streiterin gefunden haben (also im wahrsten Sinne des Wortes, eine, die mit Ihnen streitet und dennoch auf Ihrer Seite kämpft. Denn das tut sie zweifelsohne!), jetzt, wo Frau Brunslow Sie endlich ernst nimmt, wo mit Chris ein Mensch auf der Bildfläche erschienen ist, der Gestern und Morgen für Sie zusammenschweißen kann wie Himmel und Meer am Horizont und Ihnen einen Halt bieten kann (und, auch das darf man nicht ganz vergessen, wo Sie nun mit den Lambrechts schon quasi an der Schwelle zur Doppelkopfrunde stehen).
Und außerdem: Doch nicht jetzt, wo ICH endlich so etwas wie einen PLAN habe! Nein. Nicht jetzt. Ich brauche SIE dabei, ich

brauche Sie auf der anderen Seite meiner Worte und Gedanken.
Mit Ihren Worten und Gedanken.
(Und sagen Sie jetzt bloß nicht, ich hätte mich auch mit den anderen gegen Sie verschworen, das habe ich natürlich nicht. Wenn ich mit irgendwem verschworen bin, dann wohl noch am ehesten mit Ihnen!)
Bleiben Sie.
Wir gehen kleine Schritte.

Später

Zwei Zentimeter.
Zwei Zentimeter. Das ist mein Gewinn der vergangenen Woche. Zwei verdammte Zentimeter. Zwanzig Millimeter hört sich irgendwie besser an, mehr, hoffnungsvoller. Aber es ist und bleibt doch nur ein winziger Spalt. Immerhin groß genug jedoch, um heimliche Zigaretten hindurch zu rauchen, auf dem verbotenen Notausgangsbalkon am Ende des Stationsflurs, groß genug auch für die Öffnung eines Gorbatschows in Pennergröße; des Wodkas reine Seele macht einen reinen Mund. Jette hat mir ein paar der kleinen Fläschchen mitgebracht, die sich nicht nur wunderbar in der Handtasche, sondern auch in der Nachttischschublade verstauen lassen (sie ist wirklich eine Freundin!), zur Verbesserung meiner Laune und zum Desinfizieren der Nähte und der anderen wunden Stellen in mir drin.
Davon gibt es bekanntlich einige.
Das Brennen ist das Beste daran. Erst in den Wunden, dann im Bauch, und dann wird es warm.
Zwei Zentimeter zwischen den Schneidezähnen, oder besser

gesagt dem, was davon übrig ist. Da passt meine Zunge nicht durch, so geschwollen, wie sie ist. (Ha, Sie müssten mich mal sehen, wie ich hier sitze und versuche, meine Zunge rauszustrecken. Nix. Selbst die einfachsten Mittel der Verteidigung sind lahmgelegt.)
Sprechen kann und darf ich noch immer nicht. Aber das macht eigentlich nichts. Es schweigt sich nämlich inzwischen ganz angenehm. Ich vermisse es fast nicht mehr, mich verbal auszudrücken, ich versuche es auch gar nicht. Was ich aber vermisse, sind meine Pflanzen. Ihre freundliche, stille Präsenz. Den bescheuerten Kaktus von Hexe Heinzhans – der noch zwei Mal wiederkam! – habe ich Dr. Stahlmann aufgenötigt. Dem Chirurgen. Als Rache für die Schmerzen, die er mir täglich zufügt. Die Pflegerin wollte ihn nicht, die Kluge. Jetzt vermisse ich ihn ein bisschen. Also den San Pedro, nicht Stahlmann. Er hat mir im Schweigen zumindest Gesellschaft geleistet.
Schweigen kann sehr kraftvoll, sehr mächtig sein.
Erinnern Sie sich an *Das Piano*? An die Stärke dieser stummen Frau ganz ohne Worte? An ihre unzähmbare Leidenschaft und ihren unmissverständlichen Ausdruck? (Und dann das Urwüchsige in den Figuren und um sie herum. Der Dschungel, die nasstriefenden Bäume, der wilde Wuchs, alles so grün, so saftig, lebendig.) Erinnern Sie sich daran? Keine Worte. Dafür Musik.
Wie schrieben Sie? Die Musik will nichts?
Dass ich das ganz anders sehe, dürfte Sie nicht überraschen.
Die Musik ist ein Teil dessen, der sie komponiert, der sie spielt. Seine Sprache. Eine Art des Erzählens letztlich. Und so hören wir sie ja auch – im Wiedererkennen, im Abgrenzen, zur Erhöhung, Erweiterung.
Sie ist doch nicht nur Zweck. Sie ist Ausdruck.

Was soll ich sagen?
In puncto Musik und Geschichten werden wir beide wahrscheinlich nie zusammenfinden, Johan …
Sie bezeichnen das, was wohl unsere menschlichste Regung ist, als einen verzweifelten Versuch der Sinnstiftung, als den Mantel, den wir unserer Ohnmacht umlegen, die Fantasie als Wartezone des Todes.
Wenn's so drastisch sein muss, bitte. Aber wissen Sie, was? Dann habe ich wenigstens in der Wartezone nicht gefroren, denn der Mantel ist genau so warm und dick, wie ich es brauche. Dann habe ich Dinge außerhalb von mir selbst betrachten können. Dann habe ich die Welt gesehen. Dann habe ich es mir dort so angenehm wie möglich gemacht. Dann habe ich in Farbe gelebt. Und bestimmt nicht schlechter, als wenn ich mir dieses unausweichliche Da-Sein, Hier-Sein, in seiner Nacktheit, in seiner rohen, ungeschlachten Form anschaue und daran vor lauter Angst verzweifle. Diese Verzweiflung ist es, die mich umbringt, ehe ich sterbe. Nicht die Suche nach Sinn und Ordnung und Zusammenhang.
Nach meinem Verständnis geht es bei den Geschichten nicht um eine vermeintliche »Wahrheit«, es geht, ich glaube, ich schrieb das schon mal irgendwann, ums Überleben.
Nein, Geschichten sind kein Leitfaden, keine Handlungsanweisung, kein Lösungskatalog und kein Gesetzbuch, sie haben weder recht noch allgemeine Gültigkeit. Sie sind nicht mehr und nicht weniger als ein *Ausdruck* unseres lebendigen Selbst.
Irgendwann dieser Tage hörte ich im Radio einen Schriftsteller sagen: »Geschichten müssen dort erzählt werden, wo die Kommunikation versagt.«
Darum bitte ich Sie einmal mehr. Tun Sie das doch nicht einfach so ab, Sie wissen doch, dass es stimmt, dass es funktioniert.

Erzählen Sie mir eine Geschichte. Ihre. Meine. Leas. Chris'. Frau Lambrechts. Und wenn es nur zum Trost ist (Ihrem und meinem!), wäre das denn so schlimm?
Die Schwester kommt mit der Suppe. Die ist kein Trost. So viel steht fest.

Am Nachmittag

Die absurdeste Situation:
Moritz hat mich angerufen. Der Anruf, den ich im Herbst vergeblich erwartet habe. Überfällig, hinfällig, verfällig. Er hat sich monatelang nicht bei mir gemeldet, nachdem er mich im Restaurant und auf der Rechnung sitzen ließ (obwohl er mich eingeladen hatte in diesen teuren Schuppen, den ich mir niemals geleistet hätte, niemals hätte leisten können). Damals habe ich mit seinem Anruf gerechnet. Täglich. Ich hielt ihn nicht für so plump, mich einfach zu einem Geist zu degradieren. Damals hätte ich ihm sagen wollen, was ich von ihm halte. Wie einsam ich mich gefühlt habe. Wie verloren ich war. Und verwirrt. Jetzt weiß ich nicht, was ich ihm sagen sollte. Ob ich ihm überhaupt noch etwas sagen will. Abgesehen davon, dass ich es ja auch gar nicht kann. Ich drückte ihn also weg. Eine halbe Stunde später kam eine SMS.

Er: Ich hab versucht, dich anzurufen. Würde gerne mit dir sprechen.
Ich: Ich kann nicht sprechen, sorry.
Er: Ok. Ich versuche es morgen.
Ich: Nein. Ich kann nicht sprechen.

Er: ?
Ich: !
Er: Kannst du nicht, oder willst du nicht?
Ich: Kann nicht.
Er: Nächste Woche?
Ich: Nein.
Er: Ich kann ja verstehen, wenn du noch sauer bist … aber.
Ich: Bin nicht sauer.
Er: Bitter? Salzig? Umami? (Smiley)
Ich: Schon eher.
Er: Jetzt mal im Ernst. Es tut mir wirklich leid. Ich möchte mich entschuldigen.
Ich: Aha.
Er: Ich hab viel nachgedacht über das alles. Können wir nicht doch reden?
Ich: Nein. Ich kann nicht sprechen.
Er: Was ist los mit dir? Hast du dir die Zunge abgebissen oder was?
Ich: Nur die Spitze.
Er: Haha. (Tränen lachender Smiley)
Ich: Nicht witzig.
Er: Ich mach wohl alles falsch. Ich wollte eigentlich erreichen, dass wir … na ja … wenigstens wieder sprechen. Würde gerne deine Stimme hören.
Ich: Tja. Geht halt nicht.
Er: Seit wann bist du so verbiestert?
Ich: Seit ich nicht mehr sprechen kann.
Er: Jana, du hast echt n Knall.
Ich: Nee. Kieferbruch.
Er: Noch so n Spruch, Kieferbruch. (Grinsesmiley)
Ich: Weißte was, Moritz, du kannst mich mal.

Er: Weißt du was, du mich auch.
Ich: Super Entschuldigung.
Er: Vergiss es.
Zehn Minuten später.
Er: Echt jetzt? Kieferbruch?

Mal ehrlich: Es muss sich doch wahrlich niemand wundern, wenn man lieber nicht mehr sprechen möchte.

Abends

Nun geben Sie sich mal ein bisschen Mühe, hat der Arzt vorhin bei der Visite zu mir gesagt, als er versucht hat, irgendeinen Draht oder eine Schraube in meinem Mund zu verstellen (man sieht ja nicht, was da passiert, und Erklärungen bekommt man auch keine – unschöne Erinnerungen an meine Zahnspangenzeit kommen da hoch: die vierzehntäglichen Besuche beim überparfümierten Kieferorthopäden, der Druck auf den Zähnen, das Gefühl, ausgeliefert zu sein). Da sind gefühlt 38 Finger in meinem Mund, und die passen da eben nicht rein. Nichts passt da rein, außer Gorbi, einem Strohhalm oder einer Kippe.
Kommen Sie, Frau Richter, gehen Sie mal an Ihre Grenzen, auch wenn's wehtut.
Da musste ich fast lachen. Und zum ersten Mal seit Tagen hätte ich gern etwas gesagt: Meine Grenzen? Du Witzbold. Die liegen schon lang hinter mir. Ich bin längst in anderen Sphären.
Er ist wahrscheinlich sogar ganz nett, so ein melierter Charmeur Mitte 50 mit jugendlichen Wangengrübchen, der sich beim Nachdenken an den Augenbrauen zupft, einer, der auch mal

lacht und sogar irgendwie verbindlich ist. Aber gleichzeitig strahlt er etwas derart Arztserienmäßiges aus, dass sich sofort alle möglichen Klischees in Reih und Glied aufstellen und bedient werden wollen, was mich wiederum total abstößt.
Außerdem, sagen Sie es mir: Wie kann man jemanden nett finden, der erstens Dr. Stahlmann heißt und einem zweitens mit stinkigen Gummigriffeln (meine Nase geht noch ganz gut) und einem abschätzenden Blick die Oberlippe hochzieht wie einem Gaul bei der Altersprüfung und tststs macht?
Die vollständige Entwürdigung. Ich versinke jedes Mal vor Scham im Boden. Ich könnte vielleicht wütend schnauben. Aber was würde das ändern? Also hülle ich mich in Schweigen, und Stahlmann sagt: Na, Frau Richter. Lächeln Sie doch mal. Nicht dass Sie das noch verlernen.
Und auch dazu grunze ich nicht mal. Nein. Kein Ton kommt mir über die Lippen.
Wie Sie sehen, habe ich zumindest diesen Ihren Rat befolgt:
Ich habe aufgehört, mich zu wehren, und mich dem Schweigen, dem Chaos ergeben. Sinke immer weiter und tiefer hinab in die dunkle, freundliche Ruhe des Ungewissen.
Dort ist es erfreulich still.
Selbst die Gedanken sind leiser geworden. Nicht mehr so kleinteilig. Nicht mehr so aufgeregt und zerhackt.
Weniger Sardinenschwarm, eher solistische Tiefseewesen:
Sie treiben gemächlich an mir vorbei: phosphoreszierende Quallen mit langen, wehenden Tentakeln. Fischähnliche Gebilde mit winzigen Propellerflossen und leuchtenden Adern. Gruselige Urzeitwesen mit zerklüfteter Haut und unendlich vielen spitzen Zähnen im hässlichen Maul.
Auch Erinnerungen gibt es da. Einige davon sind mir so neu, dass ich mir nicht sicher bin, ob es wirklich Erinnerungen sind

(ich träume schließlich auch eine Menge, seit ich gehirnerschüttert bin). Sie kommen wie kleine zappelnde Tierchen. Krill. Nahrungsquelle für Gedanken, Hoffnungen und Ängste und alles, was da sonst noch so rumschwimmt.
Es sind kleine Szenen, Bilder, manchmal nur ein Gefühl, ein Geruch, ein Blitz.
Die Hand meiner Mutter. Die erhabenen Adern auf dem Handrücken, die wie Flüsse aussahen, ein großes Delta. Der Ring an ihrem Mittelfinger. Zu groß. Das Geräusch, als er einmal meinen Schneidezahn traf, weil sie schlecht zielte. Das Schweigen danach.
Der grobe Wollstoff einer braun karierten Schlaghose. Die steife Bügelfalte. Darunter die Schuhspitzen: orangefarben.
Das Kribbeln an der Oberlippe, als Marks weiche Barthaare daran rührten. Und dann der Geschmack nach Salami und Fisherman's Friend, der mit seiner Zunge in meinen Mund kam.
Zuckerwatte. Das knisternde Schmelzen der Kristalle im Mund, das Kratzen im Hals.
Der Bauch. Mit Lea drin. Die juckende Haut, zum Zerreißen gespannt. Das Ziehen.
Ein Lichtstrahl auf der Bettdecke. Wandert über mich drüber. Tastet mich ab, wie ein Laser. Nicht schießen! Ich kann meine Hände nicht bewegen, mich nicht wehren.
Drei dicke, belaubte Äste vor dem Fenster. Spiddelige Hände, die nach mir greifen. Und ich greife nach ihnen. Halte mich daran fest. Jemand kommt und drückt meine Arme runter. Riemen an den Handgelenken.
Henriette heißt die nette, alte kleine Bimmelbahn. Henriette, Henriette fuhr noch nie nach einem Plan. Bimm, bimm, bimm. Sachen in der Art.
Ich staune. Woher kommt das jetzt plötzlich alles?

Ich denke an das Chaos, das Sie mir schrieben. Schön und symmetrisch. Das Paradox, das Sie damit erschaffen haben, indem Sie zunächst die Ordnung als Chaos bezeichnen, das Chaos dann aber in genau so eine Ordnung bringen, um selbige sogleich als Einbildung zu qualifizieren.
Mir wird ganz wirr und schwindelig, wenn ich versuche, solche Gedanken weiterzuführen. Ich merke, wie sie mir immer wieder wegrutschen, wie die Bedeutungen sich hinter den Begriffen verstecken, bis ich irgendwann nichts mehr verstehe, sondern nur noch ein zufälliges Puzzle aus Semen und Lexemen vor mir sehe. (Wie Ihr Fenster! Ach. Ist es noch da?) Und bei dieser ganzen Imkreisdenkerei ist mir eins endgültig klar geworden: Der Weg aus unseren Labyrinthen, aus unseren Verstrickungen, Ihren, meinen, ist schlichtweg nicht durch Geisteskraft zu finden, Johan. Denken allein, Worte, Theorien, bringen uns hier nicht weiter, nicht raus.
All diese vermeintlichen Erklärungen befeuern unsere lästigen Parasiten. Sind quasi das Benzin für ihre Motoren, die nur noch lauter, angeberischer aufheulen. Und dann steht man da zwischen all den aufgemotzten Rasern an der Startlinie, versucht, sich bereit zu machen, und kann doch nur verlieren. Es ist immer das gleiche Wettrennen, mit dem immer gleichen Ausgang.
Wir fahren auf ausgefahrenen Pfaden. Spurrillen. Sehr schwierig, da einen anderen Weg einzuschlagen.
Wir müssen sie austricksen.
Sie ziehen lassen!
Wenn sie in einer stinkenden Abgaswolke losstieben, uns die Sicht vernebeln, müssen wir ihnen hinterherwinken, uns umdrehen und in die entgegengesetzte Richtung davongehen. Das ist unsere einzige Chance.
Seit ich das beschlossen habe, geht es mir viel besser.

Kennen Sie Mascha Kaléko? Sie schrieb:
Jage die Ängste fort. Und die Angst vor den Ängsten.

Das ist mein bescheidener Plan.
Ich habe womöglich eine Art Idee.
Bald kann ich Ihnen evtl. mehr erzählen, noch ist es ein zu zaghaftes Pflänzchen fürs Tageslicht.
Nur so viel: Ich nähere mich Lea. Jeden Tag ein bisschen. Ich bin dabei. Ist das nicht ein Fortschritt? Gut möglich, dass ich sie nie kennenlernen werde, gut möglich, dass sie mir fremd bleiben wird. Wer weiß das schon. Aber zumindest sehe ich eine Möglichkeit.
(Kalékos Schwester hieß im Übrigen auch Lea. Ja. Ich suche nach Zeichen, wo ich sie finden kann.)
Gute Nacht.

Jana

Am Morgen des 23. 2. 2019

Eins noch. Ihre Sorge, den (oder das?) Hahnknüll verlassen zu müssen, hat mich die letzten Tage umgetrieben.
Ich denke: Vielleicht ist es an der Zeit, dass Sie der Klinik den Rücken kehren? Dass Sie das Silber beim Pfandleiher auslösen und es mit nach Hause nehmen?
Vermutlich bedeutet das, dass Sie Ihre *Little Red Corvette* anspannen müssen, dass Sie sie bezähmen und für sich arbeiten lassen müssen. Dass Sie dem Löwen einen Käfig bauen und den anderen Rabauken die Luft aus den Reifen lassen.

Wenn es Ihnen die Entscheidung erleichtert, kann ich (vielmehr Jette) Ihnen ein Angebot machen: Sie hat im Büro noch einen alten Laptop – also, nicht ganz alt (keine Dose von 1995 – wissen Sie noch, damals, wenn man den Rechner anschaltete und dann auf dem schwarzen Bildschirm erst mal lange Kolonnen von weißen Zahlen und Buchstaben erschienen und ein freundlicher, blinkender Cursor, der das Beste verhieß?), aber eben auch nicht up to date genug für eine Anwaltskanzlei. Zum Recherchieren im Internet, zum Schreiben aber reicht er allemal. Sie würde ihn für Sie spenden, für uns, Sie und mich.
Wenn Sie einverstanden sind, geben Sie mir ein Zeichen. Dann schickt sie den Rechner zu Ihnen nach Hause.
Sei klug und halte dich an Wunder, schrieb Kaléko weiter.
Wir sollten auf sie hören.

Neumünster, 26. Februar 2019

Jana,

Sie hauen mich mir selbst um die Ohren. Zu Recht. Das bedeutet aber keineswegs, dass es weniger wehtut. Ich will nicht fragen, ob Ihnen das zusteht. Ich bin nicht beleidigt. Ich bin getroffen. Kann man sich von jemandem beleidigt fühlen, dem man nah ist? Denn dass wir in Zusammenhang stehen, ist offensichtlich. Wir reagieren auf- und miteinander wie Stoffe im Reagenzglas. Gleichgültig, ob am Ende ein Zischen, ein Knall, eine Färbung oder die gegenseitige Aufhebung steht – wir müssen. Bleibt nur die Frage: Welche Energie lässt uns müssen?
»Der Weg aus unseren Labyrinthen, aus unseren Verstrickungen, Ihren, meinen, ist schlichtweg nicht durch Geisteskraft zu finden«, schreiben Sie – und scheinen damit vorauszusetzen, dass wir eben diesen Weg auch finden wollen. Ist das die Kraft, die unsere Reaktion am Laufen hält: die Flucht aus den Verstrickungen?
Darüber habe ich angefangen nachzudenken.
Will ich aus diesem Labyrinth?
Wie bin ich reingekommen?
Ist das Labyrinth nicht vielleicht die eigentümliche Beschaffenheit des Lebens selbst?
Kann man einen Ausweg überhaupt finden?
Oder wäre es der Weg aus dem Leben?
(Womit wir ja wieder am Anfang wären …)
Manchmal kann man mit aufgestoßenen Türen wenig anfangen. Meine momentane Lage ist dermaßen verwirrt und verwir-

rend, dass das Denken mehr dem Ozean gleicht als dem Rettungsboot.
»Denken allein, Worte, Theorien, bringen uns hier nicht weiter, nicht raus.«
Ja, aber was denn dann?
ES GIBT NICHTS GUTES – AUSSER MAN TUT ES?!
NA KLAR!
Nur, alles um mich herum tut es. Alle tun es, Jana. Ich komme nicht mehr zum Zug! Verstehen Sie? (Nein, natürlich nicht, wie sollten Sie auch!) Ich kann nichts mehr tun, denn ES TUT. SIE TUT. SIE TUN. ALLE TUN.
TUTUTUUUUT, die Eisenbahn!

Jetzt sitze ich in der Dunkelheit und zähle die Klebereste, die das Tesaband an der Küchenscheibe hinterlassen hat. Es ist 3 Uhr 21. Mein Fenster ist nicht mehr. Vor nicht einmal 12 Stunden stand General Lambrecht bei mir, knibbelte am brüchigen Kitt und ließ seine Hände über die nackte Scheibe fahren, als suche er etwas. Beinahe hätte ich gedacht: ehrfürchtig. Dann drehte er sich zu mir und sagte: »Na, jetzt brauchst du ihn ja nicht mehr!« Tatendurstig hob er seine Arme, pflückte sich imaginäres Werkzeug aus der Luft, grinste, als wolle er »Mau-Mau!« rufen, und verschwand aus der Wohnung. Wenige Augenblicke später konnte ich beobachten, wie er den Scheinwerfer auf dem Hof abmontierte. Und sogar den Bewegungsmelder.

Februarnächte sind vielleicht die dunkelsten des Jahres. Ich sitze hier, und die Lichtlosigkeit nimmt überhand. Ich sitze an einem halben Quadratmeter Resopal und lese Ihren Brief. Er fühlt sich an wie ein Abschied. Nicht, als wollten Sie sich von mir verabschieden. Aber als sollte ich mich von mir verabschieden. Oder

richtiger von dem, was aus mir geworden ist. Therapiedeutsch: was ich aus mir gemacht habe.
Wissen Sie eigentlich, wie viel ich in meine Parasiten investiert habe? An Zeit, Kraft, Fantasie, Liebe, Verzweiflung, Einsamkeit. An Monologen, an Aufmerksamkeit? Soll das alles vergeblich gewesen sein?! Die Parasiten sind meine Kinder. Sie sind Marie. Soll ich die jetzt auch noch verlieren?
Sie haben keine Ahnung, was Sie von mir verlangen.
Nur, um ehrlich zu sein, muss ich zugeben, alle verlangen es von mir. Sie sind also nicht allein. Sie befinden sich in guter (wenigstens zählbarer) Gesellschaft: Brunslow, Naira, der Pförtner, Chris, Güven, die Anzüge, Lambrecht 2 x, Hr. Lords Dackel und Doc Fischer. Aus meiner Perspektive: die ganze Welt.
Aber während ich mich bis jetzt als Bedürftiger im Reichtum einrichten durfte, nur um mir abends in unseren klandestinen Zwiegesprächen Absolution zu holen (denn *Sie* müssen mit mir ja nicht sprechen), fallen diese beiden Welten plötzlich in eine zusammen – und zerdrücken mich.

Ich hatte immer so ein Bild: Die vergangenen 5 Monate, die unseres Briefwechsels, kamen mir wie eine Grußkarte vor. Irgendwas zum Geburtstag, zur Einschulung oder zum Firmenjubiläum. Auf der Vorderseite ein wenig einfallsreiches Bild, über das sich der Empfänger freut, obwohl es für die Menge aller vergleichbaren Jubilare identisch ist. So war meine Hahnknüll-Welt: konfektionierte Zuwendung, gerecht auf alle Bekloppten verteilt, dabei nicht weniger hilfreich, versteht sich.
Das Heimkommen aber, die Lotterie meines Fensters, das Entdecken Ihrer Gedanken, war wie die Innenseite dieser Schmuckkarte. Ein zittriger Gruß in Tinte, ein kühn hingeworfener Glückwunsch, bedachtsam gewählte Worte, die weit mehr er-

zählen konnten als nur von ihrer eigenen Bedeutung. Geheimnis. Vertrautheit und Vertraulichkeit. Ganz unstoffliche Nähe. Worte, die ein »Du« präsentieren, als sei es die neueste Erfindung! Obwohl oder auch gerade weil wir es bis dahin noch gar nicht geschafft haben! (Unterstehen Sie sich und bieten mir jetzt das Du an, das wäre banal.)
Auf dieser Innenseite jedenfalls hatte ich mich eingerichtet.
Auf der Innenseite der Welt.
Und jetzt knallt jemand die Karte zu.
Aua.
Die Brunslow entdeckt den Betreuungsbedarf neuer Patienten, und Sie, Jana, entdecken die Tat?!
Vielleicht sollten Sie Moritz anrufen. Er scheint ja ritterliche Qualitäten zu haben – jedenfalls deutet seine Schleppschaltung in Gefühlsdingen auf eine ziemlich schwere Rüstung. Ich kann sie förmlich quietschen hör-

(Hier war mir aus Zorn der Bleistift abgebrochen. Ich habe den Brief nachts mit Hand geschrieben und tippe ihn jetzt ab.)

Als ich gestern für mein Gespräch das Behandlungszimmer von Fr. Dr. Brunslow betrat, lag über der Kurischen Nehrung ein undurchdringlicher Grauschleier. (Auch da hätte ich sofort an eine Rüstung denken sollen.) Himmel, Erde und Wasser teilten sich die Farbe des Watts. Ein schlammiges Graubraun mit etwas zu viel Gelb. Kein Charme, keine Schattierung, keine Struktur. Ein Strudel erfasste mich. Wie ein großer, schmutziger Trichter wölbte sich der Raum und sog mich exakt zum Mittelpunkt der Brunslow-Stirn. Mein Blick klebte an einem fahlen Hautfleck, der von beiden Augen gleich weit entfernt ist.
»Schön«, hörte ich Frau Doktor. Irgendwo.

»Haben wir nun also doch noch ein unerwartetes Problem.«
Wovon sie wohl reden mochte? War das nicht das Wesen *aller* meiner Probleme, dass sie unerwartet auftauchten? Dass es kaum möglich war, ihnen vorzubeugen? Dass mich die Schläge schutzlos trafen? Und dann auch noch diese Einzahl! Es deutete auf etwas Verhängnisvolles hin, wenn Dr. Brunslow nur noch *ein* unerwartetes Problem bei mir vermutete.
Mein Gesicht musste mittlerweile die Farbe der Umgebung angenommen haben.
Die Ärztin atmete tief ein. Mein Gott, sie schien viel Kraft zu brauchen, mir den Sachverhalt nahezubringen.
»Kommen Sie, Johan. Wir wollen doch kein Drama daraus machen, oder?«
»Nö«, hätte ich am liebsten geantwortet, aber ich war unsicher, ob das angemessen gewesen wäre. Mir ging auch die Möglichkeit durch den Kopf, »Klar doch!« zu sagen. Aber dito.
Jedenfalls brauchte ich für die Entscheidung zu lange.
»Sie haben's geschafft. Wir entlassen Sie in die Selbstständigkeit. Alle, die hier mit Ihnen zu tun hatten, sind der Meinung, dass Sie dazu bereit sind.«
»Aber es sind doch noch drei EMDR-Stunden bei Doc Fischer offen.«
»Fischer ist der Meinung, dass Ihnen eine Pediküre mehr helfen würde als die letzten Stunden bei ihm. Aber klar, wir müssen das zu Ende bringen. Schon wegen der Abrechnung …«
»Logo.«
»Aber Kollege Fischer ist krank!«
»Ach je.«
»Johan, verstehen Sie eigentlich, wovon ich rede?«
»Nein.«
Dr. Brunslow rieb sich die Stirn.

»Hören Sie endlich auf, mir auf die Stirn zu starren. Was soll denn das? Herr Zweipfennig, Ihr Therapeut ist krankgeschrieben.«
»Ich kenne da eine Fußpflegerin, Frau Florczak. Sehr nett. Sie arbeitet in einem Nagelstudio. Sie hat sich mal zwischen Ilsahl und Hauptbahnhof um einen herrenlosen Riesenschnauzer gekümmert. Vielleicht könnte man die …«
»Sooo!«
Mag sein, dass ich es ein bisschen übertrieben habe. Die Angst war so groß. Ich konnte auf keinen Fall zulassen, dass sie mit dem, was offenbar beschlossene Sache war, durchkam.
»Arbeitsunfähigkeit, Krankengeld«, sagte ich.
»Ende der Woche ist Dr. Fischer sicher wieder gesund«, sagte sie.
»Frührente, Pflegegrad, Wohnungskündigung!«, sagte ich.
»Gesetzlicher Betreuer!«, sagte sie.
Dieses letzte Wort allerdings ging in einer Böe unter, die durchs Zimmer fegte, als die Tür geöffnet wurde: Naira im gleißenden Gegenlicht.
»De acuerdo, querido vámonos.«

Auf dem Weg zu Nairas Wagen fragte ich, ob das denn nicht wenigstens bis Schichtende Zeit gehabt hätte? Naira hüstelte. Aber sie sagte nichts, wie auch die gesamte folgende Fahrt über nicht. Als wir schließlich zu meiner Wohnung kamen, hielt sie in zweiter Reihe. Sie müsse schon einen Parkplatz suchen, bemerkte ich. Sie lächelte. Etwas Trauriges spielte in ihren Augen. Wir saßen beklommen nebeneinander, als erwarteten wir Klausurergebnisse. Schließlich gab sie sich einen Ruck.
»Puyu«, hauchte sie.
Schöner, lapidarer, endgültiger hätte der Rauswurf nicht sein können. Ich nickte. Ich schluckte.

Auf dem Weg über den Bürgersteig schien mir, als wirke das Haus im Tageslicht freundlicher. Die Backsteine strahlten Wärme aus, Geborgenheit. Der Hausflur lag still. Meine Schritte platschten verräterisch.
Im Postkasten fand ich Ihren Brief. Er war dick. Ich konnte es kaum erwarten, ihn zu lesen. Noch wusste ich ja nicht, wie lange es dauern sollte, bis ich dazu kommen würde. Ich ging also voller Vorfreude den Flur hinunter, tauchte ins Zwielicht, was sich sofort nach Heimat anfühlte, bog um die hintere Ecke und stand vor meiner Tür.
Ich stand vor meiner Tür.
Ich stand vor meiner Tür, in deren Mitte jemand *das* geklebt hatte:

[Hier ein offenbar mühsam abgelöster Aufkleber mit Lackresten auf der Rückseite: handtellergroß, kreisrund, weiße Schrift auf petrolfarbenem Grund: »ÖPNV-Kundenbarometer 2017 – SWN hat die nettesten Busfahrer Deutschlands«. Schräg darunter Petrol auf Weiß: »Das 4. Jahr in Folge!« Anm. d. Hrsg.]

Wer war das gewesen? Wer wusste, dass ich hier wohne? Sollte das ein makabrer Scherz sein oder eine freundliche Geste? Ein verunglückter Mutmacher, gar eine Botschaft früherer Kollegen? Auf jeden Fall zeigte die Vergangenheit sofort ihr hässliches Gesicht. Ich zitterte am ganzen Körper. Das Türschloss bekam ich nur beidhändig auf. Sobald ich in der Wohnung war, musste ich den Schreck laut auskeuchen. Immer wieder. Ich muss geklungen haben wie ein Hund, der kotzt. Erst als ich mich selbst so hörte, kam auch mein Bewusstsein hinterher.

Kaum war ich wieder bei mir, traf mich der nächste Schlag: die Küche!

Es war dunkel gewesen, als Naira mich morgens abgeholt hatte, aber ich war felsenfest davon überzeugt, dass ich nicht mehr zurückgelassen hatte als einen nackten Tisch, eine schmutzige Spüle, einen leeren Kühlschrank und einen Stuhl, über dem mein fleckiger Trainingsanzug hing.
Jetzt aber lag da eine Tischdecke, der Trainingsanzug war gewaschen und zusammengelegt, die Oberflächen gewischt, neben der Spüle ein nagelneues Abtropfgitter und auf dem Fensterbrett ein Streuselkuchen! Der Kühlschrank war gefüllt. Teller, Tassen und Besteck verschiedenen Dekors stapelten sich auf der Ablage. Hatte man die Wohnung weitervermietet?
In der Nische, in der ich wochenlang achtlos Leergut und Verpackungsmüll gestapelt hatte, stand ein Trimmrad. Ein Ergometer.
(Muss ich dazusagen, dass es in aggressivem Orange lackiert war und zitronengelb auf blauem Untergrund *Heroes Pedalium* stand?!)
Und dann war da noch eine große Topfpflanze, die mir unbekannt war. Etwa kniehoch. Der dschungelhafte Charme des Gewächses verhieß einen üblen Geruch. Mit weichen Knien näherte ich mich – aber ganz im Gegenteil verströmten die großen hellgrünen Blätter einen feinen Duft. Und ich sah deutlich, dass sie behaart waren.
An einem Zweig hing eine Frucht. Blaugrün. Die Schale war dünn und mit Mulden versehen, die sich wie Fingerabdrücke dicht an dicht nebeneinanderreihten. Ich wollte sie gerade berühren, als mir die Türklingel den Rest gab.
Ich fiel auf den Hintern. Wieder schellte es. Ich verbarg meinen

Kopf unter der Achsel. Mein Herz schlug so laut, dass ich dachte, jemand träte die Tür ein. Aber bevor das Holz splittern konnte, drehte sich der Schlüssel.

»Herr Zweipfennig? Johan? Alles gut bei Ihnen?!«

Ich erkannte die Stimme von Frau Lambrecht und hievte mich mühsam hoch, stützte mich am Rahmen der Küchentür ab.

»Stören wir? Können wir vielleicht für einen Moment …«, setzte ihr Mann nach und stand auch schon in der Wohnung. Frau Lambrecht strahlte.

»Na?«, sagte sie.

»Ja«, sagte ich.

»Na, dann …?«, schlug der General vor.

»Ja.«

Ich gab den Weg frei.

Beide setzten feierliche Schritte in den Raum, als besichtigten sie ein Kaufobjekt.

Sie zwinkerte mir zu. Er räusperte sich. Sie fegte ein Staubkorn vom Bord. Er nickte zufrieden. Sie begutachtete die Pflanze.

»Rahmapfel!«, sagte sie wohlwollend.

»Vitaminspender«, zwinkerte er.

Ich meinte wenig überraschend: »Ja.«

Während sie mit Blick auf mein Fenster »Schön haben Sie's hier. Ist das … ähh … Arbeit?« fragte, nestelte der General einen Dokumentenumschlag aus seiner Jacke.

»Ich darf doch?«

Er nahm Platz. Dann zog er einen Hefter aus dem Umschlag, schlug ihn auf, schien angestrengt nach etwas zu suchen, wurde fündig, strich mit der Hand die ohnehin glatte Seite glatter und schob sie mir hin.

Weil ich keinerlei Anstalten unternahm, dieser neuerlichen Gefahr ins Auge zu blicken, nickte er nachsichtig. Er schnäuzte

sich krachend, schimpfte auf das nasskalte Wetter und bedachte meine nackten Füße dabei mit einem ungläubigen Blick.
Noch immer tropfte der Straßenmatsch von ihnen.
»Wir sollten Herrn Zweipfennig nicht zu lange auf die Folter spannen, Vati. Er will sich ja sicher erst mal –«, Frau Lambrecht wurde von ihrem Mann unterbrochen.
»Duschen? Duschen, meinst du? Na, das wird wohl nichts, was, Johan?«, trompetete er gut gelaunt. Allerdings bemerkte er schnell, dass ich seine Stimmung nicht teilte. Er nickte wieder, räusperte sich und setzte sein generalstabsmäßiges Hausmeistergesicht auf.

Dann begann er zu erzählen: dass sie schon immer ein Herz für mich gehabt hätten, schon damals, als ich die Wohnung von Anette übernommen hatte. Weil sie selbstredend die Geschichte der *Enterprise* und meiner Geburt ebenso hautnah miterlebt hätten wie leider die zu vielen Jahre, in denen Anette ihrem Außerirdischen auf der Spur gewesen wäre. Dass ich also ihrer Meinung nach von Anfang an zu dieser Wohnung gehört hätte und sie deswegen später meine erbitterten Streitigkeiten mit der Wohnungsbaugenossenschaft, den Briefwechsel und den Telefonterror immer auch mit Wohlwollen verfolgt hätten, persönlich im Übrigen nie böse gewesen seien.
Darauf entspann sich ein kleines Pingpong der Eheleute, das mir die Möglichkeit gab, in Verständnisfragen nachzuarbeiten.
»Aaach, Pillepalle«, sagte sie.
»Schnickschnack«, sagte er.
»Tüddelkrams.«
Er darauf: »Ganz weicher Fliegenschiss!«
Und sie: »Na, sach ich doch.«
Der General setzte seine Erzählung fort: Na ja, das mit der Du-

sche, das sei eben so – Nicken zu seiner Frau: »Kommt Zeit, kommt Rat« –, aber unterm Strich, im Ganzen, alles in allem wollte er, dass ich wisse, dass sie mich unterstützten. Dass ihnen schon Maries Verschwinden ungeheuer leidgetan habe, dass dann die Katastrophe, von der die ganze Stadt heute noch spreche, mich wenn nicht zu einem Helden, so doch immerhin zum Ehrenbürger der Herzen gemacht habe und sie beide immer alles versucht hätten, um mir ihre Dankbarkeit zu zeigen. Was man ja auch daran ablesen könne, dass sie mich nach meinem Duschunfall … Aber das müsse ja nicht alles noch mal aufgewärmt werden. Jedenfalls – »langer Rede kurzer Sinn« – hätten sie sich im Laufe unserer Mau-Mau-Abende, auch im Nachgang zu Gesprächen mit Naira und der netten Frau Doktor, dazu entschlossen, das ungerechte Kuddelmuddel aus MDK-Gutachten, Frührente und Mietrückstand auf ihre Art zu lösen oder wenigstens ein bisschen zu entschärfen.
Jana, wären Sie erstaunt, wenn ich zugäbe, dass ich »Ja?« sagen wollte?
Zur Wahrheit gehört aber auch, dass ich es nicht schaffte. Es flimmerte mir vor Augen, fiepte in den Ohren: Drophead, Corvette und Lion's City rasten in Unheil bringender Entschlossenheit aufeinander zu. Ein Aufprall war nicht zu vermeiden. Deswegen hörte ich das Ende von Lambrechts Vortrag nicht mehr bewusst. Ich musste es mir später aus Versatzstücken und Hinweisen zusammenreimen, als die beiden die Wohnung längst verlassen hatten.

Folgendes wird er wohl gesagt haben: Als die Wohnungsbaugenossenschaft während der Bankenkrise in wirtschaftliche Schieflage geriet, kauften die Lambrechts zwei nebeneinanderliegende Wohnungen aus der Konkursmasse: ihre und meine.

Sie sind also beinahe 10 Jahre meine Vermieter, ohne dass ich es bemerkt habe. Kein Wunder, da alle administrativen Aufgaben weiterhin von der angeschlossenen Immobilienverwaltung erledigt werden. Nach meiner Einweisung in die Fachklinik lernten sie erst Naira kennen (freundeten sich mit ihr an) und suchten endlich sogar das Gespräch mit der Brunslow. Als dann vor 8 Wochen Chris auf der Bildfläche erschien, nahm der jetzt umgesetzte Plan Gestalt an. Während Chris sich bereit erklärte, meine Amtsprobleme zu lösen sowie mich in seiner Firma anzustellen, bot Naira an, mich jeden zweiten Tag zu Hause zu behandeln. Der Beitrag der Lambrechts zur Intrige ist eine unbefristete Mietstundung.
Nur eine einzige Gegenleistung verlangen die beiden dafür:
Wir werden ab jetzt Rommé oder Canasta spielen.
Start: heute Abend 19:00 Uhr!

Wann sie gegangen sind, kann ich nicht genau sagen. Ich vermute aber, dass ich nicht allzu lange brauchte, um zu verstehen, was sie mir da unterbreitet hatten. Immerhin hätte ich es ja kommen sehen können. Hatte es kommen sehen. Auch wenn alles in mir darauf geeicht war, es nicht zu akzeptieren.
Die Welt hatte sich gezeigt. In ihrer freundlichsten, hilfsbereitesten, manche würden sagen: märchenhaftesten Verkleidung.
Doch eben Verkleidung!
Wenn sich mir jemand öffnet, wenn jemand ohne Hintergedanken freundlich sein will, neige ich dazu, gemein zu werden.
Sie wissen das, Jana.

Ich stand geraume Zeit einfach rum. Wie der Rahmapfel. Wir sahen uns an. Der einzige Unterschied war: Die Pflanze hatte eine Frucht. Die pendelte im Lufthauch, den der Abgang der

Lambrechts verursacht hatte. Ich beobachtete es. Als sie sich schließlich beruhigt hatte, atmete ich wieder.
Ich wollte nicht gemein werden.
Nur wusste ich nicht, wie das geht.
Ich öffnete den Kühlschrank und nahm den Frischkäse heraus.
Ich hob den Deckel ab. Drunter: Alufolie. Sie war bedruckt.

»Griaß di!
Du hast Geschmack!
Damit ich meinen voll entfalten kann, lass mich noch fünf Minuten stehen und rühre mich danach einmal durch. Dann bin ich besonders cremig.
Guten Appetit und bis bald!«

Der Käse duzte mich.
Plötzlich war es wie früher. Wie damals, als Marie noch bei mir wohnte. Als wir dem anderen Post-its hinterließen, falls wir früher aus dem Haus mussten oder länger schlafen durften. Als wir unsere Welt mit kleinen Wünschen, Spötteleien oder Tiefsinnigem zusammennähten.
Sie: »Freu mich auf dich.« (Ins Kinoprogramm geklebt.)
Ich: »Ende gefunden, kannst gespannt sein …« (An der leeren Klorolle.)
Sie: »Hast du alle Buchstaben aus der Zeitung gelesen?!« (Daneben nur Werbebeilagen. Kein Sport, kein Vermischtes …)
Ich: »Dein Müsli gehört ~~gesiezt~~ gesüßt :).«
Die Dinge sprachen durch uns mit uns. Es machte Spaß. Da war kein Riss. Nichts Trennendes. Noch nicht. Es waren lustige Deutungen. Einzige Voraussetzung war der Widerspruch zwischen Wollen und Können. Und Zuneigung war die Triebfeder.

Es ist für Sie vielleicht schwer zu verstehen, aber in dem Moment, in dem ich die Botschaft des Frischkäses gelesen habe, überkam mich die Ahnung, dass es eine Zeit *vor* der Geschichtenlosigkeit gegeben hatte. Und diese Ahnung fühlte sich an wie Heimkehr. Ich will nicht übertreiben, wenigstens fühlte sie sich gut an. Hilfreich, freundlich, sinnvoll ohne jede Form von Berechnung.

Und ich musste gar nicht gemein werden!

Bis dahin hatte ich Ihren Brief noch nicht gelesen (es würden auch noch 10 Stunden vergehen), dennoch wuchs eine Idee in mir. Ich dachte daran, wie es wäre, wenn Marie Ihnen über Lea schrieb. Ich hörte, wie Marie sich Gedanken machte. Wie sie sich in die Möglichkeiten hüllte, die Sie nicht haben können, und ich schon gar nicht. Ich beschloss, Marie *ein* Leben von Lea erzählen zu lassen. Das ist nah und doch entfernt genug, um es wegschieben zu können, wenn es Sie stört. Es sollte eine Fantasie werden.

Als ich Ihren Brief dann gelesen hatte, war ich mir nicht mehr sicher. Allerdings hatte mir Marie schon zu viel erzählt. Ich wollte es.

Ich hänge die Fantasie ans Ende. Sie müssen sie nicht lesen, können sie einfach wegschmeißen. Andererseits …

Aber so weit sind wir noch nicht.

Ich habe den Frischkäse nicht gegessen. Ich habe mein Fenster abgebaut. Die einzelnen Blätter habe ich gestapelt, den Stapel ordentlich verstaut. Wer weiß, wofür es gut ist. Als ich die Klebereste mit dem Messer entfernen wollte, kam Lambrecht. Das habe ich schon geschrieben, er baute den Scheinwerfer ab. Das war um 16:00 Uhr herum.

Bald darauf klingelte Naira. Sie erzählte mir alles, was sie über

den Rahmapfel wusste – bei ihr hieß er übrigens *ćiri muyu*. Sie hatte ihn gezüchtet (Ursprung: Anden) und mir als Begleiter in die Wohnung gestellt. Sie sagte: »Kumpel«. Bei all ihrer Freundlichkeit (und meiner Befangenheit) machte sie einen unruhigen Eindruck, als erwarte sie noch jemanden.
Gegen 18:30 Uhr kamen die Lambrechts. Es begann unser erster Rommé-Ausflug. Chris hatte sich entschuldigt: Er sei erkältet und komme in den nächsten Tagen dazu. Ich glaube nicht, dass das stimmt. Aber der Pförtner aus dem Hahnknüll schneite herein! Und wie sich herausstellte, ist er Nairas Mann! Er spricht fabelhaft Spanisch.
So vieles war neu – da fielen die Regeln des Spiels auch nicht mehr ins Gewicht. Es wurde ein langer Abend. Erst nach Mitternacht verließen die Letzten meine Wohnung. Wir haben keine einzige unfallfreie Runde hinbekommen. Trotzdem klebten sie an ihren Stühlen, als wollten sie mich nicht allein lassen.
Um ein Uhr nachts öffnete ich endlich Ihren Brief.
Das war dann einfach zu viel.
Aber ich will mich nicht kampflos ergeben.

Doch bevor ich Marie erzählen lasse, muss ich noch ein paar Sachen loswerden:
Wodka und Zigaretten in einem aufgestemmten Kiefer? Wollen Sie mich auf den Arm nehmen? Sollte das stimmen und nicht nur als (durchsichtige!) Provokation gemeint gewesen sein, hätte das die schlimmsten Auswirkungen auf meinen Eindruck von Ihnen. Und ja: Wenn meine Hand nicht schon vollkommen verkrampft wäre, würde ich Ihnen jetzt das Bild zeichnen, das ich von Ihnen habe.

Was Doktor Stahlmann anlangt, habe ich übrigens einen anderen Eindruck. Wäre es möglich, dass Sie ihm Unrecht tun? Dass Sie ihn zu sehr nach seinen Grübchen beurteilen? Zwar sagt man, jeder habe das Gesicht, das er verdient, aber ob das wirklich stimmt? Vielleicht ist Stahlmann nur ein gegen sich und andere harter, ein enttäuschter Idealist (Arzt!). Und er hasst das Vertrauen, das ihm entgegengebracht wird, weil er weiß, dass er daran nur scheitern kann.

Übrigens meine ich, dass der reine Ausdruck nicht ohne Zweck ist. Und sei der Zweck nur, dass dieser Ausdruck selbst zur Geltung kommt, den Empfänger erreicht. Die Erzählung will gehört werden. Dafür muss sie sich wohl oder übel bestimmter Mechanismen bedienen, Regeln, die aus ihrer Wirkung abgeleitet werden. Und so wird aus dem Selbstgenügsamen schließlich – doch eine Lüge.
Andererseits: der Frischkäse.
Sei klug und halte dich an Wunder?
»Sei klug und halte dich an Frischkäse!«
Wobei auch das nicht der Weisheit letzter Schluss sein kann, denn dieser Brotaufstrich war so ein bayerischer Schwampf. Unterwürzt und überfettet. Wie gemacht für Massenspeisungen – man wird satt, ohne zu wissen, was man gegessen hat. Es klebt einen zu: wie Wunder und Geschichten?

Jana, jetzt ist Marie dran. Eines aber noch. Ich werde ab morgen (*also heute!* – Zeitpunkt des Abtippens) nicht mehr die Möglichkeit haben, Ihnen vom Hahnknüll aus zu schreiben.
Bitte geben Sie Jette meine Adresse. Sie soll mir den Rechner unbedingt schicken! Ausdrucken kann ich bei den Lambrechts.
24 Nadeln!

Andernfalls hat sich das mit den Geschichten sowieso erledigt. (Ich kann Chris bitten, ihn ihr abzukaufen?)

Mind the Aufstrich!

J.

PS: Sie haben auch damit recht, dass meine Begriffe sich vor ihre Bedeutung schieben. Ich bin ein Plapperer. Das sind diejenigen, die aus dem wenigen, das sie mitzuteilen haben, Berge von Worten machen, weil die Grate und Kare (die Endmoränen, Geröllfelder und Gletscherzungen – *haha!!!*) so interessant aussehen. Vielleicht hätte ich mich doch der Musik widmen sollen?
In einem anderen Leben.

Marie weiß, wie es gewesen sein könnte, ohne wissen zu können, wie es war

Marie vermutet, Mark Michelsens Tod habe alles verändert. Es sei ja ein unerlöster Abtritt gewesen: Alle Streitigkeiten seien ohne Chance auf Frieden geblieben. »Aus der Mitte des Lebens« – oder was sonst so gedruckt werde, wie Marie es formuliert, während sie eine Strähne hinters Ohr schiebt und unzufrieden den Kopf schüttelt. Deshalb liege es auch klar auf der Hand, dass Marks Mutter, von Schuldgefühlen geplagt, zurück in die Depression habe stürzen müssen.

Wir sitzen im Wartezimmer. Marie rutscht im tiefen Ledersessel herum. Sie ist unruhig. Sei es wegen der bevorstehenden Untersuchung, sei es wegen des Entschlusses selbst, die Konsultation unbedingt noch diese Woche vornehmen zu lassen, den sie mit Halsstarrigkeit gefasst und gegen mich durchgesetzt hat. Jedenfalls haben ihre Bewegungen etwas Quecksilbriges, und ihr Geist sortiert unstet die Fülle der Möglichkeiten. Marie legt Fährten.

»Werner verbittert, weil ja nur einer zerfließen darf, und baut um Lea einen Käfig aus Angst und Anspruch. Gleichzeitig idealisiert er sie. Die Kleine war beim Tod ihres Vaters, von dem sie doch immer dachte, er sei ihr großer, wilder Bruder, erst vier Jahre alt!«

Und weiter: Die Michelsens hätten Lea aus dem Kindergarten genommen und daheim betreuen lassen. Wahrscheinlich hätten sich die teuersten Erzieher die Klinke in die Hand gegeben. Aber natürlich erschien Werner keiner gut genug. Und wer doch die Chance bekam, sich um das schmale, stille, aber widerspenstige Kind zu kümmern, scheiterte unweigerlich an der selbstgerechten Art der Eltern.

Lea habe bestimmt zwei Hamster bekommen, die sich dann gegenseitig aufgefressen hätten; ein Meerschweinchen, das von einem Gartenspaziergang nicht zurückgefunden habe; ein Paar Japanischer Sumpfschildkröten, denen, während die Michelsens ein Wochenende im Heide Park verbrachten, die Junisonne zum Verhängnis geworden sei; danach den lange ersehnten Hund und endlich, nachdem sich herausgestellt habe, dass Regine unter einer Hundehaarallergie litt, weswegen Werner ihn abgeschafft hätte, ein Pferd samt Reitlehrer in Padenstedt.

»Alles«, wie Marie irrlichtert, »im Laufe eines Jahres!«
Nichts habe vermocht, die Kleine zu berühren. Sie sei in ihrem Kosmos geblieben. Ein Trabant mit besonderem Klima, eigenen Gezeiten und Stürmen, die man unter ihrer blassen Haut bestenfalls ahnen konnte. Schon mit sechs Jahren probierte sie verschiedene Spielarten des Seins durch, als spränge sie in einem Fluss von Stein zu Stein, um irgendwann ein noch unsichtbares Ufer zu erreichen.
Lea sei sehr intelligent, stellt sich meine Tochter vor. Sie hätte Klassenbeste werden können, habe es aber nie versucht. Sie blieb auch in der Schule isoliert. Freunde oder wenigstens Spielkameraden blieben ihr gleichgültig. Immer noch war es, als dringe nichts zu ihr durch. Und das habe sich erst geändert, als ihr mit zwölf Jahren ein Fotoapparat in die Hände fiel.

Ein Mann mit dicker Backe wird aufgerufen. Er trägt einen Blaumann und stöhnt bemitleidenswert. Marie erschrickt. Sie greift ein Lesezirkel-Heft und verschwindet dahinter. Ich muss grinsen. Ihre Bangigkeit entschädigt mich ein bisschen für die Auseinandersetzungen, die wir um diesen Zahnarztbesuch hatten.
»Was war das für eine Kamera?«, frage ich sie. Ich sehe ihr an, dass sie nur auf diese Frage gewartet hat.

Werners Baufirma sei irgendwann tief in die Krise und schließlich in den Konkurs geschlittert, fährt Marie fort. Er habe den Bungalow nicht mehr halten können. (Den, Jana, den Sie kennen, der nur wenige Straßen hinter der Wendeschleife liegt, die uns miteinander bekannt gemacht hat.) Er habe das Haus also zum Kauf angeboten.
Als sie Abstellräume, Kisten und Schränke ausmisten wollten, um nur das Nötige in die Eigentumswohnung mitzunehmen, die Werner seiner Frau in weiser Voraussicht schon vor Jahren überschrieben hatte, sei Regine eines Nachmittags plötzlich verschwunden gewesen. Werner habe sich vergeblich auf die Suche gemacht. Er rief nach ihr. Er suchte sogar in Garten und Garage. Er telefonierte mit Nachbarn, Freunden, Ärzten – niemand konnte ihm helfen. Als Lea von der Schule kam, fand sie ihn ungewöhnlich aufgeregt vor. Er berichtete, was los war. Zielstrebig führte Lea ihn in den Keller, öffnete die klebrige Saunatür, und eine Wolke von Schweiß, Staub und Alkohol schlug ihnen entgegen. Drinnen saß Regine über eine zerfledderte Bananenkiste gebeugt.
Spinnweben. Comics. *Panini*-Sticker-Alben, *Bravo*- und *Yps*-Hefte lagen überall verstreut. Sie starrte auf ein leuchtendes Saurierskelett-Gimmick. Der Karton, den Mark lange vor seinem Tod gepackt und achtlos beiseitegeschoben haben musste, weil ihm

die Sachen einerseits zu kindisch, andererseits zu wertvoll erschienen waren, um weggeschmissen zu werden, musste Regine vollkommen unvorbereitet getroffen haben. Ein brutales Fundstück. Auch Lea und Werner standen wie vom Donner gerührt. Lea beobachtete, wie Werner rot anlief, und fürchtete, dass nun käme, was immer kam – dass er seine Wut und Verachtung nicht würde im Zaum halten können, dass er sie in einem tödlichen Satz wegnuschelte: »Sind doch noch Gefühle übrig, ja?« Dass Regine einen Schreikrampf bekommen und hemmungslos alles durch die Gegend werfen würde.
Aber nichts dergleichen sei geschehen. Regine und Werner seien, wie in einer Zeitschleife gefangen, vollkommen reglos geblieben. Und Lea habe unter den zerfledderten Heften ein schwarzes Ding entdeckt. Sie habe sich gebückt, es aufgehoben und von allen Seiten besehen. Ein kleiner Plastikquader mit Stellschrauben und Linse. So groß wie ihre Hand.

»Beirette electronic«, lächelt Marie naseweis, »aus den Achtzigern.«
»Wie kommst du denn auf so was?«, frage ich.
»Keine Ahnung. Glaubst du mir etwa nicht?«
Ich zögere: »Kommt drauf an, wie's weitergeht.«

Mit Ehrfurcht hob Lea die Kamera ans Auge und warf einen Blick durch den Sucher. Von da an, meint Marie, sei sie eine andere gewesen. Ihr Körper, der immer ein wenig angespannt und staksig gewirkt hätte, entspannte sich. Ihre Bewegungen seien spielerisch geworden, solange sie sich die Kamera vors Auge hielt. Und was sie sah, habe sie mit glucksenden Lauten kommentiert, mit Brummen, Lachen und Murren – je nachdem. Mit einem Mal habe sie auf ihre Umwelt reagiert!

Was man ins Objektiv fragte, beantwortete sie. Was man ihr zeigte, nahm sie wahr. Was man ihr auftrug, befolgte sie. Wenn man sie lobte, lachte sie fröhlich.
Indem sie eine Scherbe zwischen sich und das Außen schob, habe die Zwölfjährige einen Schlüssel zur Welt gefunden. Und das, obwohl sich schnell herausstellte, dass die Batterie des billigen Geräts längst ausgelaufen war. Das Fach war verklebt, das Ammoniumchlorid auskristallisiert und die Kontakte verkrustet. Lea reinigte mit Wasser und schließlich mit Spiritus; sie schmirgelte, tupfte mit Q-Tips, zerbrach Zahnstocher, bis alles sauber war.
Dennoch wollte der Apparat nicht mehr.
Es schien ihr nichts auszumachen. Fotos selbst waren ihr nicht wichtig. Im Gegenteil bildete sie bald die Fähigkeit aus, einmal durch das Objektiv Gesehenes abzuspeichern. Sie sammelte die Bilder in ihrem Kopf. Sie kannte jede Einzelheit. Sie verstand, was die Bilder erzählten – und was sie verbargen.
Sie suchte belebte Orte auf. Schwimmhallen, Partys, Einkaufszentren: Lea erntete Ansichten.
Das Mädchen mit der Kamera wurde bekannt.
Selbst zu Hause konnte ihre Begeisterung helfen. Allerdings war die Familie in die Eigentumswohnung am Stadtrand gezogen, und die beengten Platzverhältnisse wirkten wie ein Katalysator. Konkurs und Depression lagen auf den Michelsens wie Mehltau. Nur wenn Lea unvermittelt Geschichten erzählte – aus einer Zeit vor ihrer Geburt –, hörten die Michelsens plötzlich hin. Sie widersprachen oder bestätigten lächelnd, konkretisierten, schmückten aus und blühten auf – bevor sie auf einmal stutzten und erkannten, dass Lea diese Episoden keinesfalls erlebt haben konnte. Darauf angesprochen, lächelte sie, machte ein paar Schritte zum Schrank und zog das richtige Album heraus.

Nachdem sie die betreffenden Bilder aufgeschlagen hatte, konnte es vorkommen, dass Regine die Situation erinnerte, Lea ihr jedoch widersprach – im Hintergrund eine Person entdeckte, die keineswegs zu Regines Erinnerung passen mochte, Bewegungen, Kleidungsstücke, Wettersituationen oder Gesichtszüge ausmachte, die eine ganz andere Geschichte nahelegten.
Dann wurde Regine stolz.

»Was du alles siehst«, muss sie gemurmelt haben, schlägt Marie vor. Und mit einem langen Blick scheint sie die Wirkung der Geschichte auf mich testen zu wollen. Ich bin mir unsicher. Sie bemerkt es sofort.
»Meinst du, man kann nur sehen, was ist?«, fragt sie empört.
»Natürlich nicht.«
»Wenn *ich* zum Beispiel …«
In dem Moment öffnet sich die Tür, und ein Kind kommt aus dem Behandlungszimmer. Eine Arzthelferin fragt in die Runde, wer denn seine Eltern seien? Das Kind, ein etwa sechsjähriger Junge, weint. Weil sie keine Antwort bekommt, fragt sie den Jungen. Aber der ist untröstlich. Nach einem irritierten Blick, der merkwürdigerweise gerade an mir hängen bleibt, führt die Frau den Kleinen zum Empfang. Die dort entstehende Unruhe können wir nicht mehr verfolgen. Dennoch ist der gerade geknüpfte Gesprächsfaden zerrissen.
»Wenn du *was* zum Beispiel?«
»Nichts. Ich will jetzt endlich drankommen!«
Marie vergräbt sich in einem Reiseheft. Ich schaue zum Fenster hinaus. Erst als das Geräusch des Fissurenbohrers wieder zu hören ist, hält sie das Schweigen nicht mehr aus.

Marie sagt, Leas Wandel habe sich auch nach außen abgezeichnet.
Sie schoss in die Höhe, eine gertenschlanke Person mit glänzend dunklem Haar, erste Anzeichen von Fraulichkeit waren nicht mehr zu übersehen. Ihre Stimme nahm eine beinahe rauchige Färbung an. Wenn sie lachte, kiekste sie, zwischen zwei Welten noch nicht ganz entschieden. Aber das würde bald kommen. Immerhin würde sie demnächst sechzehn werden.
Ungefähr zu der Zeit muss es gewesen sein, dass ihr die Filmkapsel wieder in die Hände fiel, die damals in der Beirette gewesen war. Natürlich hatte sie sie aufgehoben, bevor sie sich übers Batteriefach hermachte. Dann war der Film im Chaos ihres Mädchenzimmers wohl verschwunden und eben auch verschwunden geblieben unter all den Unsicherheiten, Aufregungen und Träumen, die sich wie Sediment auf sie gelegt hatten.
Jetzt aber habe sie ihn plötzlich wiedergefunden, stellt sich Marie vor.
Die Kapsel lag auf ihrem Nachttisch. Sie machte Lea Angst.
Auf diesem Film war festgehalten, was ihr Bruder Mark in ihrem Alter gesehen hatte. Mark, den es nicht mehr gab. Den sie nur aus Erzählungen und von Bildern kannte. Mark, der das Zeug zu ihrem Traumprinzen hatte. Würde sie ihren Bruder auf den Fotos finden, wenn sie sie entwickeln ließe? Oder nur eine Enttäuschung?
Diese Spekulationen begleiteten die Wochen, in denen ihre Eltern Leas Geburtstag vorbereiteten. Eine unsichere Zeit. Eines Nachts entschloss sie sich, den Film entwickeln zu lassen. Niemand wusste davon, und niemand würde die Fotos sehen, wenn sie es nicht wollte. Wenn überhaupt noch etwas zu entwickeln wäre, immerhin musste der Fujicolor älter sein als Lea selbst.
Sie fand ein kleines Labor, das Handvergrößerungen herstellte,

schlachtete ihr Sparschwein und gab den Film ab. Man machte ihr wenig Hoffnung: Streulichteinfall, Feuchtigkeit und Zeit würden auf jeden Fall ihre Spuren in der chemischen Beschichtung hinterlassen haben. Mit ein wenig Glück und der notwendigen handwerklichen Erfahrung aber konnte man vielleicht etwas retten. Die Frau im Labor schien Spaß an derlei Archäologie zu haben. Lea mochte sie.
Drei Tage vor ihrem Geburtstag habe Lea das Material bekommen. In einem kartonierten Umschlag steckten zwei Negativstreifen und zwei Vergrößerungen: 18 × 24 cm. Lea war aufgeregt. Die Laborantin bedauerte die magere Ausbeute. Die Blechkapsel sei verbogen und die Dichtungen daher nicht mehr voll funktionstüchtig gewesen. Licht sei eingetreten und habe den gesamten Film mit Ausnahme der ersten beiden Felder nachbelichtet. Von den zwei Negativen aber, die zeichneten, habe sie Abzüge gefertigt – blass und in ausgewaschenen Farben. Trotzdem reizvoll, wie die Laborantin meinte.
Sie fragte Lea, ob sie sich die Bilder nicht anschauen wolle?
Das junge Mädchen bewegte den Kopf genau einmal von links nach rechts. Zu einer größeren Entschiedenheit war sie nicht fähig. Die Laborantin lachte überrascht. Sie fragte, ob irgendetwas nicht in Ordnung sei?
»Ein Geburtstagsgeschenk.«
»Für deine Oma?« Die Laborantin war freundlich.
Noch einmal schüttelte Lea den Kopf. »Für mich.«
Das rührte die Laborantin. Sie erließ Lea den Preis für die Entwicklung und kassierte nur die Abzüge. Dann nickte sie zur Kamera hin, die Lea vor der Brust baumelte, und fragte, ob sie die Fotos damit gemacht habe. Sie bat, den Apparat einmal ansehen zu dürfen, und während sie ihn dann zärtlich in der Hand drehte, erzählte sie, dass die Beirette aus Freital komme, dem

VEB Pentacon Werk bei Dresden, und Mitte der Achtziger gebaut worden sei. Etwas für Sammler, selten, Lea solle gut darauf aufpassen.
Die Frau sah Lea warm an.

»Wenn es so gewesen ist«, spekuliert Marie munter vor sich hin, »dann wäre Lea sicher rot geworden und so verwirrt, dass sie sich auf der Straße gefragt hätte, ob die Frau tatsächlich sächsisch gesprochen hat!«
Marie lacht, selbst begeistert von ihrer kleinen Erfindung.

Das mit dem Geburtstagsgeschenk habe Lea allerdings ernst gemeint. An ihrem Geburtstag wollte sie sich der Wahrheit stellen – so oder so.
Dass dann alles anders kam, war kein Zufall.
Es war notwendig.
Von der Notwendigkeit, die die Summe all unserer Fehler hervorbringt.

»Der Geburtstag fiel auf einen Samstag.«
Marie schaut mich an, als solle ich ihr das bestätigen. Ich zucke die Achseln. Es ist ihr egal.
»In meiner Geschichte wäre ihr Geburtstag ein Samstag«, sagt sie trotzig.

Die Eltern weckten Lea mit einer Torte samt Wunderkerzen, sangen alberne Lieder und schenkten ihr einen teuren italienischen Pullover. Lea verachtete Mode. Zu Mittag würden sie einen Ausflug machen, teilten die Eltern ihr mit. Wohin? Überraschung.
Es lag ein merkwürdiges Flirren über allem. Der Vormittag verging nur zäh.

Schließlich saßen sie ziemlich befangen im Auto und verließen die Stadt. Werner nahm die Altonaer Straße, passierte Wittorf, spätestens aber, als sie unter der A7 querten und die Bürgerstuben rechts liegen ließen, wurde Lea mulmig. Sie wusste, wohin die Fahrt gehen würde: zum Reiterhof in Padenstedt.
Was sollte sie dort?
Sie hatte den Ort nie gemocht.
Weil er sie an Mark erinnerte oder eben daran, dass es ihn nicht mehr gab. (Wie sie auch die Bundesstraße, auf der ihr Bruder verunglückt war, unter allen Umständen mied.)
Immer hatte es Streit gegeben, weil sie Luke, das Pony, nie besucht hatte und auch nicht reiten lernen wollte. Das Pferd würde sie gar nicht mehr erkennen, genauso wenig, wie der Reitlehrer sie je kennengelernt hatte.
War etwas mit Luke?
Warum mussten Geburtstage immer so peinlich sein?
Zu ihrer Überraschung hatten die Eltern einen Tisch in den Park-Stuben reserviert. Sie hatten einen ganzen Raum für sich. Es war feierlich eingedeckt, soweit das auf dem Hof ging. Auf ihrem Platz lag ein DIN-A4-großes Geschenk. Bevor sie es auspackte, polterte Werner, wolle man auf sie anstoßen. Mit großer Geste orderte er eine Flasche Prosecco.
»Liebe Lea, großes Kind. Bleib, wie du bist. Du hast das Beste abbekommen: Durchsetzungskraft von mir und Einfühlsamkeit«, Werner holte Luft und warf Regine einen Blick zu, »oder Empfindlichkeit – jedenfalls Sensibilität von deiner … von Regine.«
Er musste aufstoßen. Regine zitterte.
»Mark wäre so stolz auf dich!«, flüsterte sie. Und Lea fragte sich im Stillen, warum sich das alles nicht anhörte, als meinte es sie. Bevor sie den Gedanken allerdings zu Ende denken konnte, hatte

Werner schon die Grillplatte »Prärie« bestellt, mit Wildkräutersalat, Pommes und Gemüse. Ketchup / Mayo.
»Viel!«, hatte er der niedlichen Bedienung hinterhertrompetet.

Marie hat rote Wangen. Sie steigert sich in die Erzählung hinein. Sie will dabei gewesen sein. Sie holt sich Ideen von den Plakaten der Zahnärztekammer (Grillteller, Pommes), die um uns herum an den Wänden hängen, und ist besonders stolz auf die wörtliche Rede, die sie regelrecht vorspielt.
Ich lächle. Das scheint ihr nicht zu genügen. Sie steht auf und macht Werner Michelsen nach. Breitbeinig und schwankend steht sie plötzlich vor der Tür zum Behandlungsraum. Da verlässt sie der Mut. Sie schnurrt zusammen, blickt sich nach mir um, hebt sacht die Schultern. Wir sind die Letzten im Wartezimmer. Es ist ganz still.

Dann sei es sicher still am Tisch gewesen.
Lea packte das Geschenk aus. Sie war nicht besonders neugierig, gab sich aber alle Mühe, einen aufgeregten Eindruck zu machen.
Als sie das Papier endlich beiseitegelegt hatte, hielt sie ein Fotoalbum in Händen, das Regine ihr gebastelt hatte: Bilder von Lea. Die meisten kannte sie (und mochte sie nicht besonders). Sie blätterte von hinten nach vorne. Lächelte über das eine und schüttelte über das andere den Kopf. Oft sie, oft die Michelsens in ihrer, wie sie fand, verlogenen Art. Tiere, Ferien, Fahrrad; Fasching, Schultüte, Seepferdchen.
Und dann aus heiterem Himmel, ziemlich weit vorne schon, Mark.
Lea, zweieinhalb, auf Marks Schultern zwischen den Padenstedter Heuballen.

Lea (2) auf dem Sozius seiner geparkten Maschine, ängstlich weinend.
Auf dem letzten Foto schlief Lea auf Marks Schoß, während er Rauchkringel über ihren Kopf pustete.
Sie klappte das Album zu.
Gerade wurden die Speisen serviert. Sie lächelte das rotwangige Mädchen an, das sich mit den Tellern abmühte. Eine Erbse fiel zu Boden.
»Na denn«, Werner stopfte sich die Serviette in den Kragen.
»Da fehlt doch was«, sagte Lea.
»Ja, ja. Guten Appetit!«, brummte er, als hätte er es schon drei Mal gesagt, und machte sich über das Grillgut her.
»Das meinte ich nicht. Ich meine … Was ist mit den ersten beiden Jahren? Kein einziges Babyfoto von mir?!«
Stille.
Dann habe Lea die ganze Geschichte erfahren.
Aus Sicht der Michelsens zumindest.

Sie habe, da ist sich Marie sicher, nicht viel davon verstanden. Sie ist unnachgiebig, ja regelrecht verbohrt, als sie sagt, Lea sei da nicht mehr rausgekommen. Sie sei stumm geblieben für ein halbes Jahr.

Zwar hätten die Michelsens alles versucht, konnten sie schließlich aber doch nur auf eine Boarding School in England abschieben.
Sedbergh School, Cumbria.
Die Entfernung.
Ein Neuanfang.
Alles vergessen, was man nie gewusst hat.

Ich wundere mich über den Ton, den Marie anschlägt, als sie sich das vorstellt. Sie ist auf eine so befremdliche Weise aufgeregt. Was hat sie? Ich versuche sie zu beruhigen. Sie funkelt mich an.
»Ich will jetzt endlich da rein!«, faucht sie und geht auf die Tür zu. Sie will klopfen. Ich kann sie aufhalten, indem ich sage:
»Wer ohne Termin kommt, muss eben warten, bis er dran ist …«
»Ich will doch nur wissen, ob meine Zähne okay sind! Was braucht daran so lange?«
»Wir hätten einen Termin machen können wie jeder andere auch, in der nächsten oder übernächsten Woche.«
»Ich will es aber *jetzt* wissen!«
»Siehst du, das ist das Problem.«
Sie holt Luft, um etwas zu erwidern, lässt es dann aber, setzt sich, zieht die Füße auf die Sitzfläche und spult das Ende ihrer Erzählung ab, als habe sie es schon lange im Kopf.

Lea schrieb noch ein paar Mal.
Sie mochte die Landschaft und die Mitschüler. Sie schwärmte von der Dunkelkammer, den *Creative Arts*-Kursen und dem Segelunterricht. Ihre Sprache war allgemein.
Irgendwann blieben ihre Briefe ganz aus und die Nachfragen der Michelsens unbeantwortet.
Damit war Lea verschwunden. Sie hatte sich aufgelöst.

»Und das war's?«, frage ich.
Da ruft die Zahnarzthelferin Marie endlich auf.
Wie sie zur Behandlung geht, kommt sie mir ganz fremd vor.
Ich bleibe allein im Wartezimmer zurück. Irgendwann macht der Bohrer ein Loch in die Stille.

Chris' Vater, als Arzt wohlhabend und ein Leben lang Kunstsammler, wird 2016 von einem befreundeten Galeristen auf eine aussichtsreiche Kapitalanlage gestoßen werden: Es handelt sich um handgefertigte Bücher. Limitierte, signierte, wunderschöne Ausgaben, in denen Fotos gewöhnlicher, niemandem bekannter Menschen in ihrem täglichen Umfeld versammelt sind. Es heißt, dass der Künstler oder die Künstlerin, von der Identität sei nichts bekannt, weltweit durch Antiquariate reise und Schuhkartons voller Diapositive aufkaufe, die bei Wohnungsauflösungen, Umzügen, nach Todesfällen oder einfach aus erlahmtem Interesse des Urhebers den Weg in den Restebuchhandel gefunden hätten. Übrig gebliebene Erinnerungen, vergessene Geheimnisse, verdrängte Wünsche und Niederlagen – durch Komposition und Publikation in ein neues Leben gehoben.
So kommentarlos wie beredt.
Fern und verwandt zugleich.
Der Arzt wird recherchieren, die Londoner Galeristin finden, die den Anonymus vertritt, Sammlungen und Museen, in denen die Werke zu sehen sind – aber nichts über das Leben des Künstlers oder der Künstlerin. Als er schon droht, das Interesse zu verlieren, wird er von einem Auktionshaus auf eine Website verwiesen werden:
beirette.art.ca
Auf der Website wird er zwei offensichtlich alte Fotos (18 × 24 cm) in blassen, verwaschenen Farben finden:
Eines zeigt ein abwartendes Meer, unbewegt, fast bleiern, formatfüllend. Aus der unteren linken Ecke winkt ein Zeh ins Bild. Der Nagellack verleiht dem Foto etwas unwiderstehlich Lebendiges.
Das zweite Bild ist dunkler, zu den Rändern hin schwarz. Ein Muttermal ist darauf zu sehen, aus wenigen Zentimetern Ent-

fernung aufgenommen. Es könnte zu einem jungen Gesicht gehören. Sitzt es über der Lippe? Neben der Nase?
Unter den Bildern werden diese drei Wörter stehen:
WHO – IF – WHEN

Zehn Tage später war Marie verschwunden.
Aber ich konnte sicher sein, dass sie in der Zeit darauf keine Zahnschmerzen bekommen würde.

Uniklinik Freiburg, 28. 2. 2019
04.43 Uhr

Ich schwimme. Ich schwimme im offenen Meer, weit und breit ist kein Land zu sehen, keine Insel, nicht mal ein Felsen.
Ich schwimme. Durch Ihre Geschichte. Durch Ihre Fantasie.
Sie trägt mich – weit hinaus, aber sie trägt mich doch. Ich bin nicht ertrunken.
Lea und ich. Marie und Sie.
Ich gehe nicht unter.
Sie gehen nicht unter.
Wir gehen nicht unter.

Am Mittag

Würde ich jetzt fragen: Woher wissen Sie von der Kamera, Johan?
Würde ich sagen: Sie haben den Zufall bestochen.
Würde ich erzählen: Es war der Tag, an dem ich Mark zum letzten Mal sah …
Der Tag vor meiner Abreise aus Padenstedt, zurück nach Kirchhörde. Da wussten wir noch von nichts, da waren wir nur zwei Teenager, die versuchten, die Vorstellungen von Sommer und Liebe und Jugend und Freiheit umzusetzen, die uns im Kino und in der *Bravo* vorgelebt wurden. Wir dachten, mit wehenden Haaren und ohne Helm auf dem Mofa über Straßen und Feldwege ans Meer zu knattern, sei ein guter Anfang. Sich an einen Strand

zu setzen und eng umschlungen aufs Wasser zu schauen, sei romantisch. Es hatte so etwas von Zukunft und Möglichkeit.
Es lag in der Luft, dass wir es heute tun würden. Es war dran. Für beide von uns. Also taten wir es. In einer windstillen Sandkuhle, von Strandhafer umstanden. Von geduckten Kiefern bewacht. Vom Meer berauscht.
Der Anfang und das Ende von allem.
Ich erinnere mich hauptsächlich an die Erleichterung danach: geschafft! Wir rollten halb nackt im Sand herum, kitzelten uns, alberten. Mark mit einem Grashalm im Mund, eingeklemmt in die kleine Lücke zwischen den Schneidezähnen, ich mit feinen Sandkörnern auf der Wange. Da zieht er eine kleine schwarze Kamera aus der Tasche seiner Jeansjacke. Hält sie mir vors Gesicht, einfach so, ohne durch den Sucher zu schauen. Klick. Ich bin erstaunt. Er hält sie über uns, streckt die Zunge raus. Klick. Ich strecke auch die Zunge raus. Klick. Versuche, ihm die Kamera abzunehmen. Klick. Ich lache. Klick. Er lacht. Klick.
Würde ich sagen: So war es.
Dann hinge alles zusammen.
Dann ergäbe alles einen Sinn.
Sogar meine Liebe zum Konjunktiv.

Am Abend

Sie haben uns alle vereint, Johan. Es ist unsere gemeinsame Geschichte. Wir alle sind sie. Marie und Sie genauso wie Lea und ich.
Ich kann nicht aufhören zu weinen.
Ich möchte endlich nach Hause.

01. 03. 2019, am Morgen

Alle Hoffnung dahin!
Die Haft nimmt kein Ende. Ich muss noch eine Woche hierbleiben.
Dr. Stahlmann hatte eine Entlassung zum Wochenende in Aussicht gestellt, aber daraus wird nichts. Ich habe keine ausreichenden Fortschritte gemacht, sprich, ich kriege die Klappe nicht weit genug auf. Dabei gebe ich mir solche Mühe. Die Fäden sind gezogen, die Zähne fühlen sich nicht mehr so wackelig an, als würden sie jeden Moment ausfallen, meine Zunge ist besser, deutlich abgeschwollen (ich mache den Wodka für die schnelle Heilung verantwortlich, ja, auch wenn es das Bild, das Sie von mir haben, erschüttert: Der Wodka ist Realität, die Kippen auch. Was soll ich sagen? Ich kann Jette kaum hoch genug loben für ihr Mitgefühl und ihr entschlossenes Eingreifen, ich wäre sonst längst die Wände hochgegangen vor Verlangen nach allem. Nach Abwechslung, nach bunten Kleidern, nach frischer Luft und kalten Füßen – Gott, meine Füße sind immer so heiß, ich kann kaum schlafen deswegen –, nach meinen Pflanzen und meiner Wohnung, nach einem vernünftigen Espresso und etwas Anständigem zu essen! Ja, selbst der von Ihnen zitierte *Obazda, ja, griaß di*, wäre für mich eine märchenhafte Verlockung, ich darf gar nicht dran denken, dann steigt gleich wieder der Speichelfluss und – ach).
Es ist ja ganz rührend, wie Sie Stahlmann in Schutz nehmen mit seinen Grübchen, ich habe mich in den vergangenen Tagen auch redlich bemüht, all das in ihm zu sehen, was Sie beschrieben haben (habe sehr genau hingeschaut und nach Pickelnarben und Trauerfalten gesucht) – aber entweder hat er sich über die Jahre eine Rüstung zugelegt, die so schimmernd und spiegelnd und

dabei so stabil ist, dass man an ihr nur abprallen oder sich bestenfalls selbst darin sehen kann, oder aber er ist mit sich und seinen abgründigen Grübchen im schönsten Einklang (ich vermute Letzteres). Es ist mir jedenfalls nicht gelungen, in seinem Gesicht etwas zu entdecken, das dazu eingeladen hätte, ihn anders zu sehen. Er lächelt auf diese freundliche Art und Weise und sagt geschmeidigst: Tut mir leid, Frau Richter, Sie müssen mich noch ein wenig ertragen.
(Und ich denke, was du sagen willst, ist: Ich bin dich immer noch nicht los.)
Und mir treten die Tränen der Verzweiflung in die Augen. Und er sagt: Na, na, diese Augen sollen doch strahlen.
(Und ich denke, was du sagen willst, ist: Ich wäre froh, wenn ich diesen Blick nicht mehr sehen müsste!)
Echt jetzt, Johan. Der Mann hasst mich definitiv mehr als sich selbst.
Ich glaube, er ist ein Sadist, der alle mit aalglatter Freundlichkeit in den Wahnsinn treibt.
Ich muss hier raus. Schnellstmöglich. Ich halte das nicht mehr aus!
Verdammt. Verdammt. Verdammt.
Was reimt sich darauf?
Wodka.

Friedemann war eben da. Mit Kuchenteig zum Löffeln (das kann man jetzt sogar fertig kaufen, wussten Sie das? Offensichtlich muss man aus jeder schönen Kindheitserinnerung – Schüssel ausschlecken bis zum Bauchweh – jetzt einen Marketinggag machen, damit sich alle ewig jung fühlen) und einem Eiskaffee. Einen kleinen Eisdielenplastiklöffel kriege ich inzwischen immerhin rein.
Wir haben auf diese Art Friedemanns Geburtstag nachgefeiert, der am 26. war. Das hat mich wieder etwas mit der Welt versöhnt. Wenn es auch nicht die legendäre Party ersetzt (sein Chili ist unübertroffen, sein Humor auch, und seine Gesellschaften versammeln die größten Spinner und albernsten Künstler, immer ein großer Spaß!), die ich wegen dieser Kackhexe Heinzheinz verpasst hab.
Friedemann hat berichtet, Jette habe den Computer bereits an Sie abgeschickt, auch das stimmt ein bisschen froher. Inzwischen ist er wahrscheinlich angekommen, und vielleicht sitzen Sie schon dran? Haben Sie das Schreibprogramm installiert? Ich freue mich auf den ersten Brief.
Jette will im Übrigen kein Geld (das hat sie Ihnen bestimmt selbst geschrieben), aber eine Postkarte, wenn es möglich ist. Sie hat offenbar festgestellt, dass sie gar keine private Post mehr bekommt, und ist neidisch auf die Briefe, die ich erhalte.
Ich bin sicher, es ist eine hübschhässliche Karte zu bekommen, auf der die Neumünsteraner Innenstadt in ihrer vollen Neunzigerjahre-Pracht zu sehen ist, oder?

Ich kann nicht schlafen.
Es hat angefangen zu schneien. Der gelbe Schein der Laterne draußen vor der Klinik macht die Flocken sichtbar. Dick und nass sehen sie aus. Sie taumeln abwärts wie Besoffene auf dem Heimweg. Die einzige Bewegung da draußen.
Sind Sie da, Johan?
Sind Sie wach in der Nacht, in Ihrer neuen alten Wohnung? Sprechen Sie mit der Cherimoya? Tun Sie es! Sie wird es Ihnen danken. (Wussten Sie übrigens, dass man diese seltsamen Pflanzen auch Ochsenherz nennt? Wahrscheinlich, weil sie so geduldig sind und großzügig.)

Ich denke Leas Namen in die Dunkelheit.
Denke anders an sie als früher.
Denke an sie, zum ersten Mal mit einem Gesicht und einem Körper. Sie hat in Ihrer Geschichte mehr Gestalt bekommen als in all meinen Fantasien zuvor. Da schaute sie immer aus fremden Gesichtern. Aus den Augen eines Nachbarkindes. Aus der weinenden Fratze eines fremden Säuglings. Aus dem rosa bemalten Mund eines Mädchens. Es gab keine Regel, keinen festen Typ. Nur das willkürliche Zucken, den Stoß, wie aus heiterem Himmel vom Blitz getroffen: So ist sie.
Es hat sich noch etwas verändert.
Nach dem Knall bei meinem Sturz. Nach Ihrem vorletzten Brief, der, in dem Sie mir erklärten, ich sollte aufhören, mich gegen das Wissen zu wehren:
Ich habe mich entschieden.
Ich werde keinen direkten Kontakt mit Lea suchen. Ich werde sie nicht in die Not bringen, sich zu mir und meinen Bedürfnissen,

Sehnsüchten und Nöten zu verhalten. Diesen ganzen ZDF-klebrigen Wiedergutmachungsscheiß von wegen Erfüllung einer verpassten Liebe und so weiter erspare ich ihr und mir.
In den vielen quälenden Stunden, die ich hier in diesem Bett verbracht habe, ist mir nämlich eines klar geworden: Es darf in dieser Geschichte nicht um mich gehen. Nicht darum, ob ich erfahre, wer Lea ist, wo sie ist und was sie macht. Für mein Leben hätte dieses Wissen bestenfalls einen tröstenden Effekt.
Es muss vielmehr darum gehen, Lea die Möglichkeit zu eröffnen, zu erfahren, woher sie kommt, und so vielleicht ein bisschen besser zu verstehen, wer sie ist. Für sie liegt darin eine Chance. Ihre Geschichte, oder nein, es ist ja Maries Geschichte, hat mich noch darin bestärkt, wie wichtig das ist. Wir suchen alle nach Antworten – auf den verschiedensten Wegen.
Lea braucht einen »Schuhkarton«.

Ich habe also angefangen, eine Familienchronik zu schreiben. Nein, keine Erklärung. Keine Rechtfertigung. Keine Entschuldigung. Nur die Fakten.
Ein Licht, das den blinden Fleck beleuchtet, den ich und meine Familie für Lea darstellen müssen (denn ich kann mir ehrlich gesagt nicht vorstellen, dass Marks Eltern ihr feierlich ein Album überreicht und alles gesagt haben, und falls doch – was ist dann dieses »alles«? Alles aus ihrer Sicht. Subjektiv verzerrt. Ich komme auf das Problem noch zurück).
Seit ich meine Sinne wieder einigermaßen beisammenhabe, bastele ich nun jeden Tag ein bisschen an meinem Projekt »Schuhkarton«.
Es ist der blanke Horror.

Beispiel:
»Ich heiße Mañana Lucía Richter, mein Rufname lautet Jana. Ich wurde am 6. 6. 1971 in Valencia geboren.«
So weit, so gut.
Und dann?
»Ich wuchs auf in Kirchhörde-Nord, als Einzelkind. Ich besuchte die Grundschule Langeloh.«
Oder?
»Ich wurde auf die Grundschule Langeloh geschickt.«
»Man schickte mich auf die Grundschule Langeloh.«
»Meine Eltern schickten mich auf die Grundschule Langeloh.«
»Ich verbrachte vier Jahre auf der Grundschule Langeloh.«
»Ich wurde nach vier Jahren aus der Grundschule Langeloh entlassen mit dem Vermerk *bedingt geeignet für das Gymnasium*.«
Jeder Satz verrät etwas anderes, nichts ist neutral.
So geht es munter weiter:
»Meine Mutter hieß María Álvarez und stammte aus Sagunt in Spanien, sie verstarb im Jahr 2002 in Málaga« (jetzt: Wie weit gehe ich zurück? Bis zu meinen spanischen Großeltern? Den Urgroßeltern?).
»Mein Vater Walter Richter kam aus Dortmund, er war Berufsschullehrer und verstarb 2015 ebenfalls in Málaga.«
(Auch hier: Wie viel erzähle ich über diese Großeltern – ich kannte sie ja kaum? Was erzähle ich über das Leben meiner Eltern? Ihr Kennenlernen zum Beispiel? Ist das interessant / wichtig? Was weiß ich überhaupt über die Zeit vor meiner Geburt zu berichten? Und wie wahr ist das, was ich weiß?)
Schreibe ich:
»Sie lernten sich an der Volkshochschule kennen, wo meine Mutter einen Spanischkurs abhielt, den mein Vater nur besuchte, um dem Anforderungsprofil seiner neuen Stelle gerecht zu wer-

den (Englisch und eine weitere Fremdsprache auf Grundkursniveau)«?
Es ist zum Verzweifeln.
Jedes Wort, das ich wähle, ist von meiner Haltung dazu geprägt. Von meiner Abneigung oder Zuneigung. Von meinem Zynismus oder Humor. Von meiner Wehmut oder meiner Demut.
Ich schufte mich durch die Einzelheiten und verliere in fast jedem Satz den Überblick (immer muss ich an Ihr Fenster denken, so schieben sich die Worte übereinander, umeinander).
Alles, was ich erzähle, beinhaltet gleichzeitig auch alles, was ich nicht erzähle. Alles, was ich beschreibe, ist bereits eine Interpretation, selbst wenn ich eisern auf Kommentare verzichte.
Egal, was und wie ich es am Ende formuliere – es ist doch meine Geschichte, meine Auswahl, meine Sicht. Subjektiv verzerrt.
Wie kann man dieses Dilemma auflösen?
Mit mehr Perspektiven. Vielen! So vielen wie möglich!
Denn: Ist das stimmigste Bild nicht das vielstimmigste?
Aber jeder Ansatz, den ich dazu entwickelt habe, hat nur neue Probleme mit sich gebracht …
Beispielsweise hatte ich in Erwägung gezogen, lieber ein paar Fotos zusammenzustellen. Ein Abwesenheitsalbum. Alles drin, was bisher nie da gewesen ist. Lea könnte sich dann (wie die Lea in Ihrer Geschichte) daraus eine Chronik zusammenbauen.
Vielleicht wäre das die schönere Variante. Vielleicht wäre die Geschichte, die dabei herauskommt, weniger traurig, weniger hilflos, weniger bitter. Oder noch trauriger, noch hilfloser, noch bitterer. Das ist ja unvorhersagbar!
Es gibt Bilder, die legen nahe, dass wir Richters eine nette Familie waren. Darauf lacht meine Mutter, offen und herzlich.
Und mein Vater auch. Da sitze ich als Kind auf seinen Schultern, seine Hände umfassen meine Knie, und ich halte mich an seinen

Ohren fest. Später, als ich größer war, wurden solche netten Bilder seltener. Aber es gibt eines, von einem Sportfest, als ich 14 war, da gewann ich die 400 Meter. Da fällt mein Vater meiner Mutter um den Hals, und sie hebt die Arme und zeigt rufend auf mich. Und ich strahle in ihre Richtung. (Ein knappes Jahr später war ich schwanger.)
Was sollte Lea angesichts dieses Fotos denken? Ach, die sehen aber glücklich aus? Oder vielleicht doch eher: Dieses zufriedene Mädchen wollte mich nicht haben? Diese Leute haben mich weggegeben? Haben sich von der Verantwortung freigekauft? Ihnen war ihr kleines Vorstadtglück wichtiger als ich? Um einer Sportkarriere willen wurde ich geopfert?
Auch das: Ein Ausschnitt. Eine Interpretation. Eine Perspektive. Wie immer. Wie alles.

In einer anderen Wolfsnacht neulich kam mir irgendwo in der heulenden Grauzone zwischen Wachen und Schlafen die Idee, unter dem Vorwand eines soziologischen Experiments (das würde niemanden überraschen, die meisten meiner Bekannten sind seltsame Anliegen von mir gewohnt) eine Art Evaluation meiner Person durchzuführen. Ich arbeitete einen kleinen Fragebogen aus, den ich an alle Menschen zu verteilen gedachte, die ich irgendwie näher kenne. (Mein Freiburger Umfeld, vom Gemüsemann Armin bis zu Radwan vom Imbiss, Freunde, Bekannte aus Studium, Schule etc.)
Es wären nur fünf Fragen, wirklich überschaubar, anonym auszufüllen:

1. Seit wann und aus welchem Zusammenhang kennen Sie Jana?
2. Wie würden Sie Janas Wesen beschreiben?
3. Welche sind Janas Stärken und Schwächen?

4. Wie beschreiben Sie Janas Verhältnis zu Familie und Freunden?
5. Welche 10 Wörter verbinden Sie mit Jana?

Die Antworten hätte ich in einem frankierten und adressierten Rückumschlag an einen neutralen Informationshüter schicken lassen, der sie sammelt und verwahrt. (Ich würde gar nicht wissen wollen, was die Leute wirklich von mir denken – ehrlich, wer will das schon?!)
Im Idealfall ergäbe sich aus dem Strauß der Antworten ein halbwegs umfassender und irgendwie durch die Vielfalt objektivierter erster Eindruck von Mañana Lucía Richter, eine Chance für Lea, ihre Mutter kennenzulernen, ohne sich auseinandersetzen zu müssen.
Im Licht des folgenden Tages allerdings erschien mir diese ganze Idee, mich selbst auf diese Weise unsichtbar UND sichtbar zu machen, wie die Hybris eines Borderliners, und ich verwarf sie. (Obwohl das Experiment an sich gar nicht so schlecht ist …
Ich werde mal überlegen, ob ich es nicht irgendwie anders nutzen kann.)
Bislang bleibt es also bei meiner Chronik – sie scheint die beste Lösung.
Bleibt nur noch die Frage: Wie damit verfahren? Wie kommt sie zu Lea?

Es wird bald dämmern. Ich sehe einen Schimmer am Himmel. Mein Fenster zeigt nach Osten. Das ist mir vorher noch nie aufgefallen. Alles still hier.

Es hat aufgehört zu schneien, der Schnee ist liegen geblieben. Jetzt stapfen sie da draußen alle durch die Straßen, gehen zum Samstagseinkauf auf den Münstermarkt. Essen eine rote Rostbratwurst und sind irgendwie gut gelaunt, weil der Schnee die Welt hell macht. Die Kinder sitzen auf Schlitten. Die dicken Tulpenbünde in den grünen Eimern sehen noch hübscher aus, frischer. In den Bächle fließt bestimmt gurgelndes Wasser. (Irgendwann möchte ich Ihnen Freiburg zeigen! Es ist eine langsame Stadt. Sie verändert sich in einem so bequemen Tempo, dass sich hier selbst die Hippies noch immer auf der Höhe der Zeit fühlen. Man kann hier sehr gut man selbst sein.)
Es tut mir im Übrigen wirklich leid, dass mein letzter Brief Sie so getroffen hat, Johan. Es war nicht meine Absicht, dass Sie sich von meinen Worten geohrfeigt fühlen, im Gegenteil, ich wollte Ihnen eigentlich das wiedergeben, was Sie mir geschenkt haben: ein bisschen Mut. Denn, Hand aufs Herz, eigentlich habe ich nur wiederholt, was Sie mir schon vor einiger Zeit ziemlich unmissverständlich mitgeteilt haben: »Es ist noch nicht zu spät.« Sie wollen mir doch jetzt keinen Strick daraus drehen, dass ich Ihren Rat beherzigt und aufgehört habe, mich zu wehren? Dass ich mich dem Abgrund überlassen habe und dort in der Tiefe meiner Angst so nahe gekommen bin, dass ich ihre Schwäche erkennen konnte?
Gut, ich gebe zu, ich habe unterstellt, dass wir beide das Labyrinth verlassen wollen. Das ist richtig. Ich habe unterstellt, dass wir beide leben wollen. Habe von mir auf Sie geschlossen. Das steht mir möglicherweise tatsächlich nicht zu – trotzdem würde ich es immer wieder tun. Weil ich *so* bin. Weil ich an die Zukunft glaube.

Und alles, was Sie mir zuletzt schrieben, legt eigentlich nahe, dass Sie, wenn Sie auch vielleicht nicht an sie glauben können, zumindest bereit sind, ihr die Stirn zu bieten.

Kommen Sie zu Hause zurecht?
Ich hoffe, Corvette und Lion's City halten Ruhe?
(Nicht dass wir uns missverstehen – ich glaube nicht, dass es hilft, die Parasiten in die Wüste zu schicken, die finden ja doch immer wieder nach Hause. Aber vielleicht vertragen die ja die ein oder andere Gemeinheit ...)
Und welche Pläne hat Chris mit Ihnen? Sagen Sie, fahren Sie tatsächlich auf seinem orangefarbenen Trimmrad (wir hatten früher so eins, es stand jahrelang im Keller, wo es nach kurzer Zeit hauptsächlich zum Aufhängen von großen Wäschestücken und zur Temperaturanzeige diente. Die Batterie im Display hielt jahrelang und zeigte noch verlässlich die Hausinnentemperatur, als schon lange niemand mehr auf der Stelle strampelte. Wie warm ist es?, fragte meine Mutter. Und mein Vater sagte darauf: 21 am Fahrrad!)?
Berichten Sie mir alles von Ihrer Rommé-Runde! Ich bin gespannt, wie es weitergeht. Ich beneide Sie von hier aus ein bisschen um die Gesellschaft, vor allem aber um Ihren vollen Kühlschrank.
Mein Frühstück heute Morgen: Trinkjoghurt (Aprikose), Haferbrei, Banane. Lauwarmer Kaffee (heiß wäre der saure Geschmack nicht so deutlich. Aber durch den Strohhalm geht nur lau. Hab ich gelernt. Au).
Ich fordere eine REVOLUTION. Brötchen! Käse! Steak!

Da ist noch etwas.
Aus der Nacht, in der ich mir das Evaluations-Experiment ausdachte, ist etwas zurückgeblieben. Ein Stück der Idee hat sich gelöst und sich verselbstständigt und Wichtigkeit gewonnen: Der Informationshüter.
(Klingt wie die Figur eines Rollenspiels, wie aus einem Onlinegame, oder? Der Informationshüter: Er ist ein Bewahrer, Verwalter, neutraler Teilnehmer. Sein Wert: Verlässliche Figur mit zwar geringem Bewegungsradius, aber durchschlagenden Aktionen. Seine Superpower: Geduld und Ausdauer.)
Jemand, dem ich meine Chronik anvertrauen kann.
Sie ahnen, worauf ich hinauswill.
Keine Angst! Sie müssen erst mal nichts weiter unternehmen, als mein Pamphlet aufzubewahren. (Natürlich schicke ich Ihnen den dazugehörigen Schuhkarton – wenn Sie mögen, gern auch mit Schuhen drin … falls Sie sich in der nächsten Zeit doch zu einem Besuch bei Frau Florczak entschließen.)
Wie lange, weiß ich nicht.
Wofür, weiß ich nicht.
Was daraus werden soll, weiß ich nicht.
Ob mir nun diese Bitte zusteht, weiß ich auch nicht.
Ich riskiere es.
Es ist kein leichtfertig dahingesagtes Anliegen. Ich habe ausführlich darüber nachgedacht, die Sache hin und her gewälzt, und Sie, Johan, sind der Einzige, der wirklich infrage kommt.
Warum?
Weil Sie jemand sind, der mir nah genug ist und doch fern. Jemand, der mir vertraut ist und doch fremd. Jemand, der als Einziger ein Verbindungsglied, eine Art Gelenk, zwischen mir und

Lea darstellen kann, ohne selbst involviert zu sein. Und vor allem, weil ich das deutliche Gefühl nicht loswerde, dass Sie mehr wissen als ich?!
Werden Sie mein Informationshüter?

Fragt, bange,
Ihre Jana

[Eine Postkarte, die einen Nachkriegsbau zeigt. Die Fassade ein Flickwerk aus zweckmäßigen Hässlichkeiten. Im unteren Drittel ein Verkaufsfenster mit geschlossenem Plastikrollladen. Eingerahmt von angegilbten Kacheln. Rund um das Fenster kleben bunte Eistüten sowie zwei Italien-Flaggen, auf denen »To go« steht. Über dem Fenster eine altmodische Leuchtschrift »Eis Venezia«, das V dem Bug einer Gondel nachempfunden. Darüber ziert in Froschgrün der Satz »Grüße aus Neumünster« das Ensemble. Die Karte ist in winziger, schlecht lesbarer Handschrift beschrieben. Anm. d. Hrsg.]

Liebe Jette – unbekannterweise,
wenn Sie wüssten, wie sehr Sie mir mit dem Rechner geholfen haben. Momentan macht es mir am meisten Spaß, die Klebespuren der Post-its abzuknibbeln und mir dabei auszumalen, welche Verbrecher Sie mithilfe dieser Reminder hinter Gitter gebracht haben. War schon ein Lebenslänglicher dabei?
Sollte es Sie nach Neumünster verschlagen, möchte ich Sie in dieses Lokal einladen (Jana kann Ihnen viel darüber erzählen). Sobald der Laden wieder öffnet, nach Ostern vermutlich, werde auch ich so weit mobil sein, Ihnen dort den besten Eisbecher nördlich von Venedig bestellen zu können. Versprochen!
Die Qualität der Eiscreme verhält sich hier nämlich direkt proportional zum Verfall der Fassade.
Falls Sie noch keine lebenslängliche Haftstrafe erwirkt haben sollten, bin ich Ihr erster Lebenslänglicher: lebenslang dankbar!

Johan Zweipfennig

Neumünster, 12. 03. 2019

Liebe Jana,

ich hätte wohl die Möglichkeit, Ihre Geduld auf die Probe zu stellen. Ich könnte einen erschöpfend ausführlichen Brief über Stahlmann schreiben, über mein neues Alltagsleben und die Schwierigkeiten, einen Windows-7-Computer zum Laufen zu bringen. Ich könnte, wie Sie es von mir wahrscheinlich zu Recht erwarten, die Endmoräne der Nebensächlichkeiten ins Unüberschaubare wachsen lassen und erst ganz hinten, erst, wenn Sie den Geröllhaufen der Plappereien schon wieder hinunterstolpern, wenn Sie schon gar nicht mehr damit rechnen, Ihre wichtigste Frage streifen: Ihre Bitte in Betracht ziehen. Sie abwägen, überlegen, ausloten. Der Möglichkeit nachhorchen, die sie birgt. Mich mit Ihrer schönen Idee befassen, ich hätte den Zufall bestochen.
Das will ich aber nicht.
Sie fragen mich, ob Sie mir einen Karton schicken dürfen, in dem Fundstücke, Beweise und Gimmicks Ihrer Vergangenheit wohnen?
Wie groß, um Gottes willen, ist der denn?
Ich wohne auf bescheidenen 64 qm. Und ich teile sie mir nicht nur mit dem Ergometer und dem Rahmapfel (der, glaube ich, luftreinigende Wirkung hat), mit Tisch, Bett, Spüle, Kühl- und Kleiderschrank, sondern auch mit Stapelkisten voller Demeter-Gemüse (Werbepartner von Chris), einer täglich wachsenden Menge an Leergut und mit einer Galerie alter T-Shirts hinter Glas (!), die mir Herr Lambrecht an die Wand genagelt hat.

Die Lambrechts, die sich gegenseitig nur Vati und Mutti rufen, wollen von mir jetzt Rosi und Bodo genannt werden. Sie haben mir ganz offiziell das Du angeboten. (Die Aussicht, dass sie mich sonst Sohnemann nennen würden, hat mich überzeugt.) Kaum hatte ich zugestimmt, stand Bodo mit den Rahmen vor der Tür. Ich bin mir sicher, dass Rosi ihn gezwungen hat, seine Schätze zu entsorgen. Weil er wusste, dass ich nicht Nein sagen kann, bot er sie mir an. Jetzt glotzen mich von den Wänden 1 Testbild-Shirt mit Aufschrift Sendepause, 1 LL Cool J-*Nitro*-Tour-Shirt von '89 (ob Sie's glauben oder nicht), 1 Adidas Big Logo in Weiß, Blau und Orange (hängt beim Trimmrad), 1 Maffay- und 2 Nena-Shirts, 1 Trikot von Fortuna Düsseldorf mit ARAG-Aufnäher uvm. an.
Irgendwie kann ich Rosi verstehen. Dumm nur, dass Bodo jetzt noch häufiger Grund hat, bei mir reinzuschneien – auch wenn ich vermute, dass sein Interesse mehr der Nähe seiner Lieblinge gilt als mir.
Wollen Sie Ihr Leben wirklich in dieser Umgebung abstellen, Jana? Hier ist es staubig. Was sich nicht regelmäßig bewegt, wird von Spinnweben an die Fußleisten geklebt – also alles. Wollen Sie den Tresor Ihrer Erinnerungen und Versäumnisse hier beerdigen? Weil Sie sich Ihrer Sammlung nicht sicher sind? Weil Sie der Perspektive nicht trauen?
Oder geht es darum, dass Sie sich etwas von der Seele reden und hoffen, dass es dadurch verschwindet? (Wir kommen von den Geschichten nicht los: Ihr Schuhkarton ist eine Geschichte. Sie ist schon geschrieben. Anders vielleicht, als Sie denken.) Geschichten sind wie Flaschen, in die wir die Geister und bösen Träume sperren. Schaudernd spielen wir mit dem Gedanken, den Korken zu ziehen, können die hässlichen Wesen, angsteinflößenden Fratzen, schmerzhaften Trugbilder durch das dicke Glas

betrachten. Und sind doch immer sicher, dass sie uns nicht in die Nase beißen.

Sie wollen mir Ihre Flaschengeister in die Seele stellen? Haben Sie sich mal überlegt, was ich mit denen machen soll? Essen die Erinnerungen? Trinken sie Blut? Leuchten sie nachts? Tanzen sie vielleicht so betörend, dass ich irgendwann den Verschluss öffne?

Na gut, ich nehme sie. Unter einer Bedingung:

Dass sie dann mir gehören!

Dass ich mit ihnen nach Belieben tanzen darf.

Ich tanze mit Ihren Geistern.

(Das tue ich ja schon lange, oder?)

Ihre Auswahl, Jana, Ihre Sicht auf die Vergangenheit, ist die Summe dieser Vergangenheit. Haben Sie mir nicht erzählt, der Erzähler sei Bestandteil der Geschichte, eben weil er auswählt, ausschmückt und damit manipuliert?

Zeigt sich nicht außerdem derjenige ganz offen, der sich am täuschendsten verkleidet?

Sagt man nicht »zur Kenntlichkeit entstellt«?

Ihr Unbehagen beruht doch nur darauf, dass Sie mit Ihrer Erzählung etwas erreichen wollen; dass Sie wissen, wem Sie berichten (auch wenn Sie es eben nicht wissen können) – dass Sie eine diffuse Hoffnung mit der Geschichte verbinden.

Sprächen Sie ohne Voraussetzung, wäre alles gut. Sprächen Sie mit einem Dahergelaufenen, einem Fremden, dem Sie nie wieder begegnen müssten, mit jemandem, der Sie nichts anginge, Sie wären mit Ihrem Selbstporträt zufrieden.

Noch einmal: Ihr Schuhkarton ist bereits voll.

Trotzdem nehme ich ihn.

Ich stelle ihn hier in die Ecke und lasse mir von ihm was vorsingen.

Die Karte ist für Jette. Wie bestellt. Ich hoffe, ich habe Ihren (und ihren) Geschmack getroffen? Da das Paket von *Krieger, Stein, Gehrckens & Partner* in Freiburg kam und der nette Gruß mit »Alles Gute unbekannterweise, Jette« unterschrieben war – wusste ich nicht, wohin ich die Karte schicken soll.
Auf keinen Fall doch in die Kanzlei.
Geben Sie sie ihr bitte?

Sie haben im Übrigen keine Ahnung, wie sehr es mich juckt, Ihren Fragebogen auszufüllen. Allerdings kommt mir das indiskret vor. Sie finden mich sowieso übergriffig, das scheint manchmal durch – aber (ohne dass ich mich aus der Verantwortung stehlen will) das könnte auch mit meinem Zustand zu tun gehabt haben. Es gab einen Moment, in dem mein Band zur Welt zerrissen ist.
Jetzt knüpfe ich.
Vorsichtig und ungelenk.
Ein Feinmotoriker war ich nie.

Johan

Später

Der Computer in meiner Wohnung verändert alles radikal. Plötzlich ist so vieles möglich, und das auch noch zu jeder Zeit.
Zum Beispiel hat Chris mich als Routenmanager angestellt, meint aber, ich könne das auch von zu Hause aus erledigen. Sein Sparfuchs hat neurotisches Fell: Er schickt mir täglich die Fahr-

ten seiner Mitarbeiter, und ich muss auswerten, ob sie die kürzesten, günstigsten Routen nehmen.
Ich laufe Gefahr, ein lebender Algorithmus zu werden.
Damit ich mich aber nicht wieder in der binären Welt verlaufe, habe ich mir kurze Gänge an die frische Luft verordnet. Man kann auch dort Erstaunliches beobachten – und es gibt mir sogar Kraft.
So wie heute Nachmittag, als ich von der Mülltonne kam:
Herr Lord war mit seinem Dackel unterwegs. Sie wissen schon, mein Klauenbruder. Er taperte von Stamm zu Stamm, Lord folgte ihm geduldig, redete ermunternd auf ihn ein und beugte sich, sobald der Hund ihm endlich den Gefallen tat, das Bein zu heben, zu dessen Hinterteil hinunter. Und wenn er hoffen durfte, dass der Teckel wirklich markieren würde, brachte er eine Suppenkelle in Anschlag. Reinstes *Art déco*. Welch Abstieg für so ein Stück Tafelsilber. Entwürdigend für alle Beteiligten.
Der Hund strafte Herrn Lord mit einem beleidigten Blick und humpelte von dannen.
Ich weiß nicht, welche medizinischen Maßnahmen es rechtfertigen, ein Lebewesen so bloßzustellen, aber ich habe mich Knall auf Fall in den Kurzbeiner verliebt – unsere Ähnlichkeit spielt dabei durchaus eine Rolle.
Ich schwöre hoch und heilig, dass ich ihn mitnehmen werde, sollte ich jemals zu Frau Florczak gehen!
(Ihre Nummer habe ich heute Morgen wiedergefunden.)

Liebe Jana, ich schulde Ihnen etwas.
Ich schulde Ihnen einen Freitag.
Lion's City.

Es war der 23. Oktober 2015.
Das »Kein Anschluss unter dieser Nummer« hatte mich umgehauen. Mehr als das. Ich war nicht Herr meiner Sinne. Ich griff den Stoffbeutel und stürzte auf meinen Bus zu, vor dem schon eine Gruppe von Fahrgästen wartete.
Im Nachhinein denke ich oft, dass mein Zustand die spätere Eskalation begünstigt hat.
Plötzlich stand er da. Er glotzte auf meine Tasche.
I get a bird.
Er lachte, als müsste dieses Lachen sich seinen Weg nach draußen erkämpfen.
Seine Haare waren fettig, dünn und kräuselten sich im Nacken.
Er war groß, trug abgetragene Jeans, ein türkisfarbenes Sweatshirt, darüber eine Bomberjacke.
Ich habe das so oft beschreiben müssen.
Den billigen Rucksack, der wegen seiner Körpergröße vollkommen unpassend wirkte. Schwarz oder dunkelblau, so genau habe ich nicht darauf geachtet. Aber am Reißverschluss hing ein Mainzelmännchen.
Ich verschaffte mir Platz und öffnete die hintere Tür, sah drinnen auf dem Boden eine halb zertretene Bierdose. Ich hob sie auf, wollte sie noch an der Haltestelle entsorgen und stellte deshalb meine Tasche im Bus ab.
Währenddessen drängelten sich die Passagiere hinein.
Ich zwängte mich hinter das Lenkrad und schloss die Türen.
Die Stimmung hatte sich halbwegs beruhigt.
Da fiel mir meine Tasche wieder ein. Ich musste also noch mal aus dem Sitz. Sie stand dort, wo ich sie abgestellt hatte, neben dem Verwirrten. Ich nahm sie und ging zurück.
Plötzlich schrie jemand: »Feuer!«
Es war die Stimme einer jungen Frau.

Kennen Sie das? Man weiß sofort, dass Not am Mann ist, und reagiert dennoch (oder vielleicht gerade deshalb?) so langsam. Und falsch.
Wir hatten doch Schulungen für solche Situationen.

Ich drehe mich um und sehe eine Stichflamme. Aber anstatt sofort die Türen zu öffnen, mache ich ein paar Schritte auf den Brandherd zu. Die Leute geraten in Panik. Mittendrin dieser große, wirre Mann, dem die Spucke aus dem Mund tropft. Vor ihm auf dem Boden sein Rucksack.
Da schlagen Flammen heraus.
Das Mainzelmännchen schmilzt.
Er wird gleich explodieren, schießt es mir durch den Kopf. Und jetzt erst öffne ich die Türen.
»Alle raus! Sofort alle raus!«, schreie ich ins Mikrofon.
Wieder renne ich zur hinteren Tür, um den Passagieren zu helfen, die sich gegenseitig beim Aussteigen behindern. Ein rothaariger junger Mann mit Sommersprossen und den blauesten Augen, die ich je gesehen habe, ist der Einzige, der ruhig und entschlossen handelt. Gerade drängt er zwei Jugendliche zur Seite, um einem Rollstuhlfahrer nach draußen zu helfen. Ich komme von der anderen Seite dazu und sperre den Weg frei. Unsere Blicke treffen sich, und er sagt: *»Go, get the kids!«*
In der hintersten Bankreihe sitzen drei Schülerinnen. Sie starren den Psycho an. Er steht wie ein Turm neben dem Feuer und scheint das Chaos zu genießen!
Ich brülle nach hinten, zerre sie von ihren Plätzen und schiebe sie, so schnell es geht, ins Freie.
Dichter Qualm schlägt aus dem Bus. Wahrscheinlich haben die Sitze Feuer gefangen. Im selben Moment höre ich von hinten: *»Go! Go!«*

Der Rothaarige gestikuliert wild.
Ich springe wieder hinein, renne durch den Rauch nach vorne. Zerre den Feuerlöscher aus seiner Verankerung. Ich kämpfe mich zurück und versuche, die Sicherung zu lösen. In den dunklen Schwaden erkenne ich den Psycho. Ich bin so sehr mit den Handgriffen beschäftigt, dass ich nicht auf das Messer in seiner Hand achte. Mit wenigen Schüben ersticke ich die Flamme. Nehme noch wahr, wie der Rothaarige mir zu Hilfe kommt.
In einer Jacke klingelt ein Handy.
Ich bekomme einen Schlag.

Als ich die Augen wieder öffnen kann, liegt vor mir ein Schuh. Es ist einer dieser Boots mit tiefem Profil. Von der Sohlenplatte tropft Blut. Dunkles Blut. Der ganze Schuh wackelt und ruckelt. Ich kann mir das nicht erklären. Schließlich wird der Rothaarige weggeschleift und hinterlässt eine schmutzige Spur.
Ein Handy ist nicht mehr zu hören.

Wie ich später erfuhr, hatten die Fahrgäste den Amokläufer ins Freie gezerrt. Der Rothaarige, ein Australier, hätte ihn beinahe überwältigt. Doch dem Verrückten war es gelungen, mit seinem Messer zehn Passagiere zu verletzen, bevor die Polizei eintraf. Den Australier erwischte er so schwer, dass er bei einer Notoperation starb.

Die Staatsanwaltschaft arbeitete wochenlang an der Anklage. Warum genau er das getan hat, ist nie geklärt worden. Drei Monate nach der Tat wurde er in die Psychiatrie verlegt.
Ins AMEOS Klinikum Preetz, in dem auch ich lag.

Ich habe nie wieder einen Schuh angezogen.

Den Rest (von Mae bis Brunslow, *Enterprise* bis *Star Trek online*, von Drophead bis Chris) kennen Sie. Zum Rest gehört aber noch etwas:

Es kann sein, dass ich Sie, wenn ich mit Ihnen sprach, gar nicht meinte. Dass ich so in mir gefangen war, dass ich den einen Ton gesucht habe. Den Ton, der erzählt, ohne zu klingen. Der erleichtert, weil er nichts zurückhält.
Den ich mit Marie hatte, als ich ihr auf den nächtlichen Straßen vorsang, von dem wegen des Verkehrslärms nichts übrig blieb.
Und der doch in der Welt ist.
Ich glaube, ich habe oft mit Marie gesprochen.
Weil ich ihr immer alles sagen durfte.
Weil sie über so vieles hinweggesehen hat.
Weil ich mir nichts anderes vorstellen kann als Marie.
Das tut mir leid.

[hier reißt der Brief ab]

[Ein Kuvert liegt bei, auf dem handschriftlich vermerkt ist:
»Aus dem Holsteinischen Courier von gestern …« Anm. d. Hrsg.]

Schlicht und einfach war Dein Leben,
treu und fleißig Deine Hand,
Ruhe hat Dir Gott gegeben,
schlafe wohl und habe Dank.

Vicelinstift Betreutes Wohnen

In Liebe und Dankbarkeit nehmen wir Abschied

Werner Michelsen

Bauunternehmer

* 5.4.1940 † 10.3.2019

Wir denken an Dich

Kornelia Ernst-Michelsen
Prof. Dr. Achim Ernst
Chris Ernst

die Belegschaft der Firma MiBau
und alle Angehörigen und Freunde

Die Trauerfeier findet am Freitag, dem 22. März 2019, um 13.30 Uhr auf dem Friedhof Gadeland statt, anschließend Urnenbeisetzung.

[Folgende Zeilen sind auf Hotelbriefpapier geschrieben. Sowohl das Clipart-Logo als auch das Papier des Hotels sind deutlich in die Jahre gekommen. Anm. d. Hrsg.]

Firzlaff's-Hotel
»... wohnen fast wie zu Haus«

Neumünster, 21.3.2019

Lieber Johan,

ich bin hier.
In Firzlaff's Hotel, wie Sie unschwer erkennen können. (Waren Sie jemals hier drin? Wahrscheinlich nicht. Man geht ja in seinem Heimatort eher selten ins Hotel ... Das Haus hat einen sehr eigenen Charme. Von der 80er-Jahre-Optik allerorten bis hin zum falschen Apostroph im Namen. Ein Relikt aus einer anderen Zeit. Unserer Jugendzeit. Meine Eltern stiegen hier früher immer für eine Nacht ab, wenn sie mich zum Ponyhof brachten. Damals war es sehr modern! Als ich heute Morgen im Internet nach einer Unterkunft suchte, war es plötzlich wieder da, wie so vieles andere auch in der letzten Zeit.)
Ich bin tatsächlich hier.
Bin Ihrer Aufforderung, Ihrer Einladung gefolgt. Denn das war es doch, oder? Die Traueranzeige, die dem Brief beilag? Der Hinweis auf eine Gelegenheit, Fakten zu schaffen?
Ich habe mir jedenfalls erlaubt, das so zu interpretieren. Und wenn es nur ist, um mir selbst die Argumente dafür zu liefern,

dass es richtig war, heute Morgen so Hals über Kopf in den Zug zu steigen.
Es war eine echte Ad-hoc-Entscheidung. Getroffen und durchgeführt. Habe meinen Kopf und meine Bedenken mit Schnelligkeit überlistet.
Ich kann es selbst kaum glauben.
Bis gestern sah es wahrlich nicht danach aus, dass ich mich heute irgendwohin bewegen würde! Zum einen war ich mir nicht sicher, ja, selbst jetzt bin ich es nicht hundertprozentig, ob ich all diesen geschriebenen Worten und Gedanken der vergangenen Monate wirklich Taten folgen lassen will. Ob ich will, dass Neumünster, Werner Michelsen, Chris, seine Familie und vor allem Lea und, ja, auch Sie Wirklichkeit werden (Sie kennen ja meine Tendenz, mich lieber im Wolkenkuckucksheim einzuquartieren, als mich der Realität mit all ihren Unwägbarkeiten zu stellen).
Zum anderen war ich nach der Entlassung aus der Klinik so sehr mit der Wiederaufnahme meines zerbröselten Lebens beschäftigt – hatte schon ganz vergessen, wie es ist in den eigenen vier Wänden. Mit einem eigenen Willen. Mit meinen Pflanzen! –, dass ich eigentlich nie wieder meine Wohnung verlassen wollte, so froh war ich, dass endlich wieder alles war wie vorher (außer meinem Kopf. Glauben Sie mir, mein Gesicht sieht mir noch immer nicht ähnlich – wenn ich in den Spiegel schaue, was ich nach Möglichkeit vermeide, dann sehe ich die misslungene Karikatur einer entfernt bekannten Person. Ich bin sicher, Sie wissen genau, was ich meine – nach dieser schrecklichen Geschichte im Bus! Mit Ihren Füßen! Die Entfremdung von sich selbst, vom eigenen Körper. Dieser Schreck, jedes Mal, wenn man sich selbst sieht und nicht erkennt? Ich kann zwar inzwischen wieder ohne große Schmerzen essen und trinken und ohne Wodka die Tage

überstehen, aber »normal« im Sinne von öffentlichkeitstauglich fühle ich mich beileibe nicht. Zum Abschied aus der Klinik gab es übrigens noch einen echten Stahlmann. Er gibt mir die Hand und sagt: »Verhext und zugenäht, Frau Richter. Sie werden mir fehlen.« Er ist und bleibt ein Arsch, da können Sie sagen, was Sie wollen!), auch die Schlaflosigkeit ist mir durch all die Zeit geblieben, ausgerechnet, ich habe sie fast lieb gewonnen.
Als ich vergangene Nacht wach lag, hörte ich wieder das Klingen: Ihr letzter, noch unbeantworteter Brief, der leise, aber durchdringend nach einem Echo, einer Erwiderung ruft. Darin ein paar Sätze, die sich tiefer als andere Sätze in mir festgesetzt haben.
Ich höre dieses Klingen seit Tagen. Habe es eigentlich die ganze Zeit gehört, nur nach Kräften ignoriert. Wahrscheinlich, weil ich die ganze Zeit ahnte, dass dieser Brief mehr von mir verlangt als Worte. Also habe ich ihm nachgegeben und Ihre Zeilen noch mal gelesen. Und das Datum auf der Traueranzeige. Und dann habe ich, ohne nachzudenken, den Zug und das Hotel gebucht.
Jetzt bin ich hier.

Gleich, wenn ich fertig geschrieben habe, werde ich noch einen Spaziergang machen. Ich werde durch die nachtstillen Straßen Neumünsters gehen und mir Bei Güven einen Dürüm Burger bestellen (Sie glauben nicht, wie heiß ich auf Junkfood bin!) und mich über das Gesicht des Verkäufers freuen, wenn er mich korrigiert. Und wenn ich dann immer noch mutig genug bin, werde ich Ihre Adresse aufsuchen, werde vor Ihrem Haus stehen und Ihren Briefkasten finden und diesen Brief einwerfen. Ich werde hochschauen und Ihnen in Gedanken einen guten Abend und viel Glück beim Karteln wünschen. Und dann gehe ich zurück ins Hotel, um erneut schlecht und unruhig zu schlafen.
Denn morgen, morgen ist ein wichtiger Tag.

Erst mal die Beerdigung.
Ich habe mir eine große schwarze Sonnenbrille mitgebracht und einen schwarzen Schirm (wie im Film). Wenn die Wettervorhersage stimmt, werde ich den brauchen, denn ich werde draußen warten. Im Internet habe ich mir die Erlöserkirche Gadeland angeschaut – sie ist hell und nackt, protestantisch nüchtern, und bietet keinerlei Schutz. In dieser Kirche ist man Menschen und Gott und allen Dämonen gleichermaßen hilflos ausgeliefert, egal, wie groß die Sonnenbrille ist. Da bringen mich keine zehn Pferde rein!
Ich weiß gar nicht genau, wovor ich mehr Angst habe: dass Werner aus der Kiste springt und mich an den Pranger stellt? Mit dem Finger auf mich zeigt und schreit: »Die da! Die ist die Keimzelle allen Übels«? Dass ich die Fassung verliere? Dass Lea weinend am Sarg steht? Dass Chris oder sonst jemand mich anspricht? Dass mich alle anstarren, mein derangiertes Gesicht? Wahrscheinlich eine Mischung aus allem.
Also suche ich mir einen Baum oder ein hübsches Grab, an dem ich warten kann, bis alle ihre Reden geschwungen haben und der Trauerzug die Kirche verlässt. Dann kann ich sie an mir vorüberziehen lassen wie beim Defilee. Die Honoratioren, die Geschäftsleute, die Anbiederer, Neider und Heuchler, Michelsens diverse heimliche und/oder offizielle Geliebte, die Familie. Oh, die Familie!
Ich werde mich anschließen, werde irgendwo dazwischengemogelt ans Grab treten und Werner eine Schaufel Sand mit auf seine letzte Reise geben. Denn trotz allem hat er sich ja um Lea gekümmert, hat versucht, sie auf seine Weise zu lieben und für sie da zu sein. Das ist mehr, als ich getan habe. Dafür schulde ich ihm allen Respekt.
Ich werde mir die Leute ansehen, ihre Gesichter, ihre Mienen,

und versuchen zu begreifen, welche Art Leben hier geendet hat, welche Art Menschen dieses mir fremde Leben bevölkert hat, welche Art Familie dort zu Grabe fährt. Es ist ja die letzte Gelegenheit! Ich werde ein weiteres Kapitel abschließen. Eine weitere Stimme, eine weitere Perspektive aus meiner Geschichte verabschieden. Es gibt jetzt keine anderen direkten Zeugen mehr – außer mir.
Und wahrscheinlich werde ich umkommen vor Aufregung.
Ob sie da sein wird? Lea? Ob ich sie erkenne? Ob ich weiß, dass sie es ist? Und was dann? Trete ich vor sie, schüttle ihre Hand und sage: Mein Beileid?
Stecke ich ihr einen Zettel mit Ihrer Adresse zu und sage: Sprechen Sie mit Herrn Zweipfennig, er kann Ihnen alles erklären?
(Apropos: Ich habe die Familienchronik fertig und mitgebracht. Keine Sorge, es ist kein wirklicher Schuhkarton, und es sind nicht tausend Gimmicks aus meinem Leben – nachdem Vati Lambrechts T-Shirts jetzt schon Ihre Wohnung besetzen, brauchen Sie ja nicht noch mehr Zeug –, der Schuhkarton war ja nur im übertragenen Sinne gemeint. Als ideelles Behältnis für unsortierten Erinnerungskram. Und letztlich ist die Chronik genau das geworden: eine Sammlung von allerlei Gedanken und Erinnerungen und mit genau zwei Fotos. Eins von Mark und mir als Teenager – das einzige, das ich habe. Und eins … Na, das werden Sie ja selbst sehen. Ich möchte immer noch, dass Sie die Chronik an sich nehmen. Und nein, meine Erinnerungen gehören natürlich nicht Ihnen. Wir sind hier ja nicht bei *Timm Thaler*. Ich will meine Geschichte nicht loswerden, jetzt, wo ich sie endlich mal zusammengebracht habe. Ich möchte sie an einem sicheren Ort verwahrt wissen, an dem Lea ganz geschützt Fragen stellen und Informationen finden kann, wenn sie das möchte – ohne Gefahr zu laufen, sich mit mir direkt auseinandersetzen zu müssen.

Davon abgesehen können Sie natürlich alles lesen, und mit den Geistern können Sie von mir aus gerne tanzen, bis Ihnen allen die Puste ausgeht.)
Aber wahrscheinlich weiß Lea nicht einmal, dass Werner tot ist, weil sie irgendwo in Australien rumturnt oder in Bamberg oder Olpe oder New York. Wahrscheinlich interessiert es sie gar nicht.
Wahrscheinlich kommt sie ohnehin nicht.
Dann werde ich nicht enttäuscht sein, das habe ich mir vorgenommen.
Ich werde nicht enttäuscht sein, wenn Lea nicht da ist.

Ich schreibe Ihnen das alles, weil Sie der »Ort« geworden sind, an dem meine Gedanken und meine Geister ein Zuhause gefunden haben.
Ihre Entschuldigung, Sie könnten womöglich gar nicht mich gemeint haben mit Ihrer Ansprache, sondern Marie, hat mich sehr umgetrieben. Bestimmt haben Sie recht, wahrscheinlich haben Sie oft Marie gemeint, wenn Sie mir Dinge erzählten. Ihre Sehnsucht ist so groß. Für Sie ist Marie verständlicherweise die Antwort auf viele Ihrer Fragen. Aber wissen Sie, was? Ich glaube, es geht gar nicht darum, ob Sie mich gemeint haben oder nicht. Das spielt letztlich keine Rolle. Es geht darum, dass Sie mich *erreicht* haben. Und ich Sie. Dass wir sichtbar geworden sind. Das ist unser Band, das wir geknüpft haben, oder nicht? Ganz unabhängig von Marie.
Und vor allem schreibe ich Ihnen das, weil ich, egal, was passiert und wie diese Beerdigung abläuft, um 15.30 Uhr im Eiscafé Venezia sitzen und ein Spaghetti-Eis essen werde (denn am Schokoladeneis und am Spaghetti-Eis erkennt man die wahre Qualität einer Eisdiele, wussten Sie das? Genau wie man am White Rus-

sian die wahre Qualität eines Barkeepers erkennt. Die einfachsten Sachen sind oft die schwierigsten), allein in der Zuversicht, Sie dort zu treffen.
Kommen Sie dorthin, Johan? Würden Sie das tun? Bitte!
Sie erkennen mich am zerschossenen Gesicht. Oder an der Sonnenbrille. Oder einfach so.
Essen Sie ein Eis mit mir (ich weiß, Sie haben es Jette angeboten, nicht mir – nicht dass Sie glauben, ich hätte gespickt, nein!
Sie hat mir Ihre Karte vorgelesen. Ich habe mir nur das Bild angesehen, und das reichte schon aus, um mich zum Lachen zu bringen)!
Denn der eigentliche Grund, warum ich hier bin, sind Sie.
Ich möchte mich bei Ihnen bedanken.
Ich möchte mit Ihnen reden, über Marie. Über *I get a bird*. Über alles.
Ich möchte Ihnen den Hefter mit der Chronik geben. Ganz persönlich, in die Hand. Denn, wissen Sie, bevor man jemanden *wirklich* mit den eigenen Geistern tanzen lässt, schaut man ihm einmal in die Augen. Das ist eine alte Seefahrerweisheit.
Und ich möchte mit Ihnen Rikscha fahren. Nach Padenstedt. Nach Flensburg. Von mir aus bis nach Rømø.
Ganz egal.
Wir haben Zeit. Das Zimmer hier im Firzlaff's ist für drei Nächte gebucht.
Ich warte auf Sie.

Bis morgen?

Jana

Nachweise

S. 7: aus Roland Barthes, »Der Tod des Autors«, in: *Texte zur Theorie der Autorschaft*. Stuttgart, Reclams Universalbibliothek 2000. S. 193

S. 12: aus Roland Barthes: *Die helle Kammer. Bemerkung zur Photographie*. Aus dem Französischen von Dietrich Leube. Frankfurt, Suhrkamp Verlag 1989, S. 122

S. 35, 43, 176: Tomas Tranströmer, »Die Steine«, in: Ders., *Sämtliche Gedichte*. Übersetzt aus dem Schwedischen von Hanns Grössel © 1997 Carl Hanser Verlag GmbH & Co. KG, München. S. 15

S. 141, 143: aus Lars Gustafsson, *Risse in der Mauer*. Aus dem Schwedischen von Verena Reichel. Frankfurt a. M., S. Fischer Verlage 2006. S. 84 u. a. a. O.

S. 185: aus Tomas Tranströmer, »April und Schweigen«, in: Ders., *Sämtliche Gedichte*. Übersetzt aus dem Schwedischen von Hanns Grössel © 1997 Carl Hanser Verlag GmbH & Co. KG, München. S. 227

S. 197, 198: aus Mascha Kaléko, »Rezept«, in: Dies., *Sei klug und halte dich an Wunder*. München, dtv 2013. S. 7

S. 257: Abbildung Bagger: © Valentin Valkov / Alamy Stock Photo